エレメンタル・カウンセラー

+ ひよっこ星守りと精霊科医 +

西塔 鼎

イラスト・風花風花

「そろそろ一回
休憩にしないか？
……こちとら体力下り坂の
三十路だぞ」
私の名前は、ナニカ。
精霊さまを鎮める『星守り』の巫女です。
初めての旅の途中、
ちょっと変わったおじさ……男の人と出会いました。
この人は、いったい何者なんでしょうか？
✦謎の男✦
オトギ
ナニカの前に現れた謎の男。
旅に似つかわしくない
白衣を纏っている。
この世界の常識に
疎いようだが……。

「自信満々に言わないでくださいよもう……」
（……うわぁ、おじさんくさい）
+『星守り』の巫女+
ナニカ
精霊と対話することを生業とする巫女。
ただしまだ駆け出し。
薬草の知識が豊富な
薬士でもある。

「帰って。星守りに――
人間どもの我儘を言付かるだけの
伝言係に用はないわ」
山の精霊
『蒼木』のアグラストリス
ナニカとオトギがふもとの村から
『鎮め』を頼まれた精霊。
だが彼女の様子は
どこかおかしく――?

「なら、医者はどうだ」
「……!」
その人――オトギさんは、
自分を〝医者〟だと言いました。
そして、荒ぶる精霊さまに一歩も引かず、
立ち向かっていきます。
ただ、目の前のひとを『救う』ために。

「『循還』の名の下に、
災害を断罪する」
旅の最中、狂った精霊さまを倒すべく、
剣を振るう騎士に出会いました。
人間を守るために戦う彼ら。
でも、それでは精霊さまたちは――。
『循還騎士団《サーキュラー》』二番隊騎士長
ユースティス
荒ぶり、人に仇なすようになった精霊を
滅ぼすために戦う騎士。
紫電を纏う剣
『ゲルエルドリン』を使う。

『なるほど貴様、
ゲルエルドリンの信徒か』
✦灰の街に佇む精霊✦
『黒焔』の
クレマチヤ
竜の姿をした精霊。
強力な力を持ち、
『空間』や『時間』すらも操る。

もくじ

デザイン＋BEE-PEE

エレメンタルカウンセラー

＋ひよっこ星守りと精霊科医＋

西塔 鼎

イラスト 風花風花

■0――『外《アウター》なるもの』■

空というのは、どうやら青いらしい。

男がそれを実感したのは、目を覚ましてほどなくしてからのことであった。

とはいえ別に男は盲人《もうじん》ではないし、今までだって空なんてそりゃもう飽《あ》きるほどに眺《なが》めていたけれど、こうも――こうも見事に透《す》き通《とお》った混じりけなき青というのは、今まで生きてきて一度もお目にかかったことはなかったのだ。

どこまでも眩《まぶ》しく、宇宙すら見通せるのではと錯覚《さつかく》してしまうほどに透明《とうめい》な空。さんさんと降り注ぐ日差し。風に草本《そうほん》が身を委ねる静かな音。青々とした土と草の匂《にお》い。

ゆっくりと身を起こすと――男が倒《たお》れているのはどうやら、小高い丘《おか》の上のようだった。

軽く自身の手を握《にぎ》ったり開いたり、あるいは腹やら頭やらを軽く触《ふ》れて何事もないことを確かめると、男はおそるおそる立ち上がって、服の土を払《はら》いながらぐるりと辺りを見渡《みわた》す。

一面に広がる緑の草原と、遠景に見える背の高い山々。

まるで外国の絵葉書みたいな、現実味を感じない風景。
眼前のその光景に男は息を呑《の》んで――澄《す》み渡《わた》った高原の空気に軽くむせこみながら、震《ふる》える唇《くちびる》で小さく呟《つぶや》く。

「……何だこりゃ。ここは……一体、どこだ」

『帝都《ていと》』サールロントから遠く東、『儚《はかな》きもの』の霊脈《れいみゃく》に連なるコルニス山脈地帯。
それは、男が知るはずもないその地の名であり。
そして何よりかの地にとっても――いや、か、か、か、の世界に、と、っ、て、も、、彼《かれ》という存在は未知にして異邦《いほう》の異物。

その存在は、かの地において『外なるもの《アウター》』に他ならなかった。

■

はじめ、世界が今みたいでなかった頃《ころ》。
世界という名の混沌《こんとん》は今よりももっと気まぐれで、無軌道《むきどう》で。それはそこで生を育《はぐく》む小さきものたちにとってあまりに暴虐《ぼうぎゃく》で、荒波《あらなみ》のように全てを奪《うば》い去《さ》るものであった。

ゆえに必然として、やがてそれを管理し、統《す》べるものたちが産み落とされた。
焔《ほのお》を治め、水を宥《なだ》め、風を巻き、闇《やみ》を撫《な》でるものたち。
己《おの》が根源を調律し、荒海《あらうみ》がごとき世界を生命の庭へと変換《へんかん》する役を担《にな》いし管理者たち。
人智《じんち》を超《こ》えた自然の顕現《けんげん》。近くにありて、けれど決定的に隔《へだ》たりしもの。
小さきものたちは彼《かれ》らを崇《あが》め、祀《まつ》り――やがていつしか、名を付けた。

まじりけなき霊性《れいせい》。すなわち『精霊《せいれい》』と。
畏怖《いふ》と敬意とを以《もっ》て、人は彼《かれ》らをそう呼んだ。

（注：本文中の表現はイスファリア第二地域共用言語を翻訳《ほんやく》、変換《へんかん》したものである）

■1——星守《ほしも》りの巫女《みこ》と精霊病《せいれいびょう》■

草木の鬱蒼《うっそう》と茂《しげ》る山中。

おおよそ猟師《りょうし》か、あるいは山賊《さんぞく》連中のような後ろ暗い輩《やから》しか立ち入らないであろう獣道《けものみち》で、何者かがうずくまっていた。

年の頃《ころ》にして十五か六といった程度だろうか。目深《まぶか》に被《かぶ》ったフードに隠《かく》れて顔は見えないが——小柄《こがら》な少女のようだ。

こぼれる髪《かみ》は、木漏《こも》れ日《び》の光をきらきらと受けて煌《きら》めく銀色。この辺りでは珍《めずら》しい色である。おそらくは旅人なのだろう。

しかしながらその出《い》で立《た》ちはというと旅人と言うにはいささか奇妙《きみょう》。すっぽりと着込《きこ》んだローブは薄手のつくりで、しかも裾《すそ》などに織《お》り込《こ》まれた精緻《せいち》な刺繍《ししゅう》を見るに、単なる防寒具というよりも宗教的な意味合いを色濃《いろこ》く感じさせる。

そして更《さら》に目を引くのは、彼女《かのじょ》の背負っている大きな匣《はこ》。引き出し口がいくつも備え付けられたそれは、まるで箪笥《たんす》かなにかをそのまま背負っているかのようである。


「……あった」

茂《しげ》みにうずくまっていた少女は、どうやら何かを探していたらしい。お目当てのものを摑《つか》んで、彼女《かのじょ》はすっくと立ち上がる。

その白い手に握《にぎ》られていたのはしかし、高価な金品……とかではなく、見目こそ可憐《かれん》ではあるがただの碧《あお》い花。

しかしそんな一輪の花を少女は満足げに見つめて、小さく頷《うなず》いた。

「カゲユキハナがこんなところに生えてるなんて。ふふ、ついてるなぁ……。お祖母《ばあ》様はすっごいレアものだって言ってたし」

上機嫌《じょうきげん》にそう呟《つぶや》きながら、少女はローブに付いた土を払《はら》って、それから背負っていた匣《はこ》を下ろすと一番大きな引き出しを開ける。

そこには様々な色や形をした草花の数々が、紐《ひも》で束ねられて収納されていた。

名をナニカという、この少女。

彼女《かのじょ》の生業のひとつは——言うまでもなく、薬士《くすし》である。

「これで材料も揃《そろ》ったし、あのお薬も作れるかな……。よしよし。これで……」

ぽつりぽつりと零《こぼ》しながら、彼女《かのじょ》はそこで懐《ふところ》から古ぼけた手帳を取り出して眺《なが》め始める。

それは、種々の薬の調合がしたためられたレシピの数々。同じく薬士であった祖母から彼女《かのじょ》が教わった、大切な知識の宝庫である。

こんな落ち着かない場所だというのに、彼女《かのじょ》はそのままそこで何やら仕事場を広げようとして――と、そんな折のことであった。

ううぅん。

るうぅぅうん。

それは、風が揺《ゆ》らぐような。あるいは誰《だれ》かの嗚咽《おえつ》のような、奇妙《きみょう》な音だった。

「……うん？」

調合道具を取り出そうとしていたナニカは、そこで手を止め耳に神経を集中させる。

遠く。微《かす》かに耳に届くその音は、風の音と言うにはいささか生物的なうねりや高低に富んでいるように思えた。

こんな山奥《やまおく》である。おおかた獣《けもの》の鳴き声か何かであろう。けれど、そう思って納得《なっとく》するにはどこか不自然で――非生物的な規則性とぎこちなさを感じる音。

祖母の教えを、頭の中で反芻《はんすう》する。

『山で採集をするときには、危険がいっぱいです。獣《けもの》に山賊《さんぞく》、そして――』

と、その時。

「……誰《だれ》か、助け……」

反響《はんきょう》する音の中に一瞬《いっしゅん》人の声のようなものが混じったのを、ナニカは耳ざとく聞きつける。

男の声。それも、助けを求める声だ。

声は近い。いや、近づいてきている。急いで荷物をまとめて、ナニカが立ち上がろうとしたまさにその時だった。


草むらを掻《か》きわけて、勢い良く——一人の男が、転がるようにナニカの前に姿を現した。

「ひゃっ⁉」

「うおっ」

互《たが》いに目が合い、思わず間の抜《ぬ》けた声をこぼす。

飛び出してきたのは、やはり男だった。

見た感じ、三十路《みそじ》くらいだろうか。見たこともないような薄手《うすで》の白い長衣《ちょうい》をひょろりとした長身痩軀《そうく》の上に纏《まと》った、どこか頼《たよ》りなさを感じさせる男である。

山歩きにはあまり慣れていないのか、彼《かれ》の白装束《しろしょうぞく》の至る所には細かな草や枝がこびりついている。猟師《りょうし》という感じではないし、旅人と言うには旅慣れしたふうもない。

彼《かれ》は無精髭《ぶしょうひげ》の生えたその顔にありありと驚愕《きょうがく》を浮《う》かべ、しばらくナニカを見つめた後——

「……君、人間……だよな？」

「え？」

開口一番にそんな頓珍漢《とんちんかん》な問いを投げられて、ナニカは怪訝《けげん》な顔になる。すると向こうもそ

れに気付いたらしく、

「ああいや悪い、この辺の言葉にはあんまり慣れてなくてね、まだ細かいニュアンスがおかしいかも……」

何やらよく分からないことを口走りながら、彼《かれ》は言葉を選ぶようにあーとかうーとか唸《うな》りはじめ……と、そんな時だった。

うるるぅぅん、と。

再びさっきの奇妙《きみょう》な鳴き声が風に混じり――その刹那《せつな》、男はその顔に焦《あせ》りを滲《にじ》ませる。

「……ああくそ、話は後だ！」

言うやいなや、いきなりナニカの細腕《ほそうで》を摑《つか》む男。

「きゃあっ⁉　な、何すんですか！」

「逃《に》げるんだよ！」

「逃《に》げるって、何から」

「そりゃあ――」

その時だった。

ずどん、と。

落雷《らくらい》のような音と共に――二人の眼前に、光が堕《お》ちてきた。

否、それは光ではなく、獣《けもの》。

晶質《しょうしつ》と金属とでその身を形作られた、異形《いぎょう》の四足獣《しそくじゅう》であった。

「……『眷属獣《けんぞくじゅう》』……！」

青ざめた顔で、ナニカが呟《つぶや》く。それについては、祖母から聞いたことがあった。

光を纏《まと》う霊獣《れいじゅう》。曰《いわ》く彼《かれ》らは、『精霊《せいれい》』たちの使役獣《しえきじゅう》にして、彼《かれ》らの領域を護《まも》るものであると。

ゆえに彼《かれ》らは獣《けもの》にして獣《けもの》にあらず。いたずらに人に害を為《な》すことはなく、だからこそ、山などで偶然《ぐうぜん》に出会ったとしても、決して怯《おび》える必要はないと。

……だが。目の前のそれは――どうだろうか。

うるぅぅぅん、うるるぅぅぅん、と。

その独特の声はどんどん低く、剣呑《けんのん》なものへと変わり。ガラス玉のような単眼はこちらを見つめて、獲物《えもの》を狙《ねら》う猫《ねこ》のようにその大柄《おおがら》な体軀《たいく》を低くして――

「明らかに、狙《ねら》われてるっ……！」

「逃《に》げるぞ！」

男の声に弾《はじ》かれたようにして、ナニカはすくんだ足を動かして踵《きびす》を返《かえ》す。と次の瞬間《しゅんかん》、今しがたナニカが居たあたりの土が爆《は》ぜ、眷属獣《けんぞくじゅう》の鋭《するど》い爪痕《つめあと》が刻《きざ》み込《こ》まれていた。

冷《ひ》や汗《あせ》が流れ落ちるのを感じながら、ナニカは全速力で走る。脚力《きゃくりょく》では男よりナニカのほうが上であったらしく、いつの間にかナニカが男を引っ張って走る構図になっていた。

「ちょっとあなた、何であんなのに追いかけられてるんですか⁉」

「知らん！　山で迷ってたらいきなりあいつに襲《おそ》われただけだ！」

「そんなわけないでしょう、眷属獣《けんぞくじゅう》は無害な人間を襲《おそ》ったりはしな――」

言いかけて、その時背後からプレッシャーを感じてナニカは男を思いっきり引っ張る。

「危ない！」

「あだっ！」

遠心力も重なって、思いの外いい勢いで吹《ふ》っ飛《と》んだ男はそのまま木に激突《げきとつ》。次の瞬間《しゅんかん》、今しがた男がいた場所を踏《ふ》みしめて眷属獣《けんぞくじゅう》がゆらりと立っていた。

ふう、間一髪《かんいっぱつ》。

「……あ」

ちらりと見ると、どうやら打ちどころが悪かったのか、眷属獣《けんぞくじゅう》を挟《はさ》んだ向こう側で男は大の字になって倒《たお》れていた。

力を入れすぎただろうか。……いやいや、今のは仕方がなかったのだ。そう己《おのれ》に言い聞かせつつ、ナニカはそこで我に返る。

「……ええと」

眷属獣《けんぞくじゅう》が、ナニカをじいっと見つめていた。

射竦《いすく》められたまま動けないナニカは、先ほど摘《つ》んだカゲユキハナを握《にぎ》りしめたまま、その場でへたり込《こ》んでただその無機質な眼《め》を見つめ返す。

燐光《りんこう》を放ちながら、微動《びどう》だにせずこちらを見下ろす異形《いぎょう》。その姿をまじまじと見つめているうちに、ナニカは奇妙《きみょう》なものを見て取る。

眷属獣《けんぞくじゅう》の口元に、何か――枯《か》れ草《くさ》のようなものがくわえられていたのだ。

なんだろう、と思うのもつかの間。眷属獣《けんぞくじゅう》が一歩を踏《ふ》み出《だ》したのを見て、ナニカはびくりと震《ふる》える。

その四肢《しし》はしなやかに太く、そこから伸《の》びる硬質《こうしつ》な爪《つめ》は剣《けん》のように薄《うす》く、鋭《するど》い。あんなもので引《ひ》き裂《さ》かれたら、人の体などいとも簡単に千切れ飛んでしまうだろう。自分がそうなる様を思わず脳裏《のうり》に結像させて、ナニカは唇《くちびる》を噛《か》む。

こんなところで、終わってしまうのか。

村の皆《みな》の期待を背負って旅に出て。それなのに、こんな――まだ御役目《おやくめ》を何も成《な》し遂《と》げていないうちに、死んでしまうのか。

首のうしろ、うなじの辺りからさぁっと血の気が引いてくる。逃《に》げようにも、体がもう抵抗《ていこう》することを諦《あきら》めてしまっている。

この状況《じょうきょう》で、こんなものから逃《に》げ切《き》れるはずない。絶望感が体中に染《し》み渡《わた》って、麻酔《ますい》薬のように心と体を縛《しば》り付《つ》けてゆく。

どうせなら、ひと思いにやってほしい。どうせ死ぬにしても痛かったり苦しんだりするのは勘弁《かんべん》して欲《ほ》しい。

そんな自棄《やけ》めいた願いを胸に、ナニカはぎゅっと目をつぶってその瞬間《しゅんかん》を待つ。

待つ。

待って——けれど、しかししばらくしても、予感していたような激痛だとか衝撃《しょうげき》だとか、そういうものの感触《かんしょく》はない。

不思議に思ってナニカが薄目《うすめ》を開けてみると——そこには、何もいなかった。

「……あ、れ？」

目を瞬《まばた》かせて二度、三度と辺りを見回す。けれど先程《さきほど》までここに居たはずのあの眷属獣《けんぞくじゅう》はもう、どこにもいない。

全く実感が湧《わ》かないが——とにかく、危機は去ったらしい。

そのことを実感しながら、いまだ震《ふる》える足に力を込《こ》めて立ち上がると、ナニカは向こうで倒《たお》れている男のもとへと駆《か》け寄《よ》る。

こちらも、怪我《けが》はないらしい。頭を打ったせいかいまだ意識はないが。

……いや、いやいや。違《ちが》うんです。私はただ、彼《かれ》を助けようとしただけなんです。

誰《だれ》にともなくまたもやそんな弁解を胸中で漏《も》らしながら、ナニカは彼《かれ》の前で腕《うで》を組む。

改めて、妙《みょう》な男だ。服装もそうだが、そもそもこの人はこんな山奥《やまおく》で何をしていたのだろう。

無論、自分も他人のことを言えた立場ではないが。とはいえ彼《かれ》の見た目は薬士《くすし》という感じでもないし――

「……なんか、関わり合いにならないほうがよさそうだけど」

そう零《こぼ》しながら、ナニカは祖母の教えを脳内で反芻《はんすう》する。

曰《いわ》く、厄介《やっかい》事の匂《にお》いを感じたら関わらないのが吉《きち》。だが――

「半分くらいは私のせいみたいなものだし。そういうわけにも、いかないよね」

そう呟《つぶや》いて小さく息を吐《は》くと、ナニカは肩《かた》を貸すようにして彼《かれ》の体をよいしょと担《かつ》ぐ。

……流石《さすが》に、重い。けど、そうも言っていられまい。

厄介《やっかい》事には関わらないのが吉《きち》、ではあるが――困っている人を見たら助けることを迷うなというのもまた、祖母から教わった大切な教訓なのだ。

■

あれからしばらく歩いて下山し、麓《ふもと》の村を訪《おとず》れると――幸いにしてそこの人々はこんなよそ者を邪険《じゃけん》にすることもなく、にこやかに迎《むか》え入《い》れてくれた。

男をひとまず預けつつ、ナニカは村長の計らいで宿を貸してもらうことに。すると小さい村特有の情報網《もう》というやつだろうか、久々の旅人をひと目見たいとばかりに宿へと次々に村民たちが集まり、今ではここ、食堂でちょっとしたどんちゃん騒《さわ》ぎが始まっていた。

「いやぁしかし、災難でしたなぁ。眷属獣《けんぞくじゅう》に襲《おそ》われるとは」

「ええ、正直死ぬかと思いました……」

近くに座《すわ》る村長の老人にあはは、と弱々しい笑顔《えがお》を返しつつ、ナニカは眼前に盛《も》りに盛られた黒パンの山からひとつをつまみ上げ、ちぎって口に入れる。人酔《ひとよ》いしてしまってあまり味はわからないが、多分美味《おい》しい……と思う。

「ふむ、お顔の色がすぐれんようですが、もしやどこかお怪我《けが》でも？」

「い、いえ……こういう顔なんです」

別に、彼《かれ》らに対して思うところがあるわけではない。単純に——人と言葉を交《か》わすというのがあまり得意ではないのだ。

知らない人が相手となれば一対一でもうまく言葉が出てこなくなるし、ましてや自分に対してこうも大勢の衆目が集まっている状況《じょうきょう》となればなおのこと。

……とはいえ折角歓迎《かんげい》してもらっているのだ。変に気を遣《つか》わせてしまっても失礼なので、ナニカは現状で出来る精一杯《せいいっぱい》の作り笑いを浮《う》かべつつ会話を続ける。

「……あ、怪我《けが》といえば。私が運んできたあの人は……どうでしたか？」

「ああ、あの男性ですか。怪我《けが》などは問題なさそうですよ。どうやら疲労《ひろう》が溜《た》まりに溜《た》まっていただけのようで」

「ああ、そうですか。それはよかった……」

その言葉を聞いてほっと一息。とりあえずの心配の種がひとつは消えた。

木鉢《きばち》になみなみと注がれた野菜のスープでほっと体を温めて、ナニカはふぅ、と安堵《あんど》の息を漏《も》らす。そんなナニカのそばに、村民らしい若い女性が寄ってきた。

「やっ、お嬢《じょう》ちゃん。食べてる？」

快活に距離《きょり》を詰《つ》めてくる女性に、ナニカは思わず若干《じゃっかん》身を引きながら硬《かた》い笑顔《えがお》を浮《う》かべる。

「あ、うう、えっと、美味《おい》しかった、です」

「そりゃあ良かった。そのスープ、わたしが作ったのよ」

我ながらなんとも無様な返しだと思ったが、幸い女性は大して気にしなかったらしい。白い歯を見せて上機嫌《じょうきげん》に笑うと、彼女《かのじょ》はどっかりとナニカの隣《となり》に腰《こし》を下ろして続けた。

「それにしてもナニカちゃん、だっけ？　まだ若いのに一人旅とは感心ねぇ。なんでまた？」

そんな無遠慮《ぶえんりょ》とも思える問いを、たしなめたのは村長だった。

「こら、よしなさい。人様の事情を余計に詮索《せんさく》するもんじゃない」

「あ、いえ、その……大丈夫《だいじょうぶ》です」

苦笑《くしょう》しながらナニカはそう前置きして、こほんと咳払《せきばら》いをした後に続ける。

「私、『星守《ほしも》り』なんです」

そう告げたその瞬間《しゅんかん》、場の空気がざわりと変わった。

「……『星守《ほしも》り』って、あの『星守り』のこと?」

「ええ。精霊《せいれい》と対話し、彼《かれ》らと人との間を繋《つな》ぐ。それが——私たち星守りの役割であると、そう聞いています」

『星守りの巫《かんなぎ》』。

この世界に遍《あまね》く存在する超《ちょう》自然《し ぜん》的存在、『精霊《せいれい》』……彼《かれ》らと言葉を交《か》わし、ときに乱心した彼《かれ》らを鎮《しず》めることの出来る——そんな稀有《けう》な素質を保持する者たちを、人はかように呼び崇《あが》める。

ナニカの返事に、皆《みな》しばし言葉を失い。やがて誰《だれ》かが、ぽつりと呟《つぶや》いた。

「……奇跡《きせき》だ」

「ああ、まさかこんな時に星守りの巫女《みこ》様が来て下さるなんて……ありがたや」

ざわざわと、あちらこちらから安堵《あんど》や喜びといった感情が湧《わ》き出してくるのを感じて、ナニカは少しばかり困惑《こんわく》する。

自然を調律し、世界と人を管理し、保つ存在である『精霊《せいれい》』。

彼《かれ》らに人の言葉を届け伝えることのできる星守りというのが一般《いっぱん》的に重宝される存在であるのは確かである。

とはいえしかし、この盛り上がりようというのはいささか尋常《じんじょう》でない。

「あの、これは一体……」

「ああ、すまんね、ナニカさん。なにぶん渡《わた》りに船……いや、こういう言い方は品がないかの。ともかく、我々にとってナニカさんどんぴしゃりな来客であったもので……ちょいとばかり皆《みな》、はしゃいでしまっているんじゃ。すみませんのう」

「いえ、いいんですけど……ひょっとして何か、お困りごとが？」

ナニカがそう告げると、村長はううむと言葉を濁《にご》す。それを見た女性が、身を乗り出して発《は》破《ぱ》をかけた。

「いいじゃない、こんな機会二度とないかもしれないんだから、相談してみましょうよ！」

「いや、しかし……ナニカさんはこの村とは無関係の方じゃし。我々の問題を押《お》し付《つ》けるというわけには……」

「大丈夫《だいじょうぶ》ですよ」

弱腰《よわごし》な村長に、そう助《たす》け舟《ぶね》を出したのはナニカの方からだった。

「困っている人や精霊《せいれい》さまからお話を聞いて、問題があればその橋渡《はしわた》しになる。それが私たち星守《ほしも》りの御役目《おやくめ》なんです。ですから、私に力になれることでしたらなんでも話してはもらえませんか」

ナニカのそんな言葉に、村長はなおも難しい顔でその顔に深い皺《しわ》を刻《きざ》み込《こ》んだあと――やがて、覚悟《かくご》を決めた様子で口を開いた。

「……実は、ナニカさん。貴方《あなた》がたを襲《おそ》った例の眷属獣《けんぞくじゅう》の件も、我々の抱《かか》えている問題の一つなのです」

「ということは、精霊絡《せいれいがら》みの問題なんですね」

ナニカの返事に頷《うなず》いて、村長は——ぽつりと、口を開く。

「ナニカさん。貴方《あなた》は『精霊病《せいれいびょう》』という言葉を……ご存知ですかな」

■

『精霊病《せいれいびょう》』。それは読んで字のごとく、精霊《せいれい》たちを蝕《むしば》む『病《やまい》』であると言われている。

超《ちょう》物質的存在であるところの精霊《せいれい》。それゆえに彼《かれ》らは人が患《わずら》うような傷病とはおよそ無縁《むえん》であると考えられているのだが、しかしこの病は奇妙《きみょう》なことに、そんな彼《かれ》らをも侵《おか》し、蝕《むしば》み、その存在を変質させてゆく。

原因は不明。精霊病《せいれいびょう》に罹患《りかん》した精霊《せいれい》はある時から少しずつ、その思考に障害を来《きた》し——やがては狂《くる》い果てて自律を逸《いっ》し、一個存在として統一された『精霊《せいれい》』としてのありようを失って、無軌道《むきどう》なエネルギーの塊《かたまり》——『災害』へと変質してしまうと言われている。

「近頃《ちかごろ》は精霊病《せいれいびょう》の報告も増えていて、いろんな所で精霊《せいれい》の暴走が起こっていると……いや、『星守《ほしも》り』であるナニカさんには言うまでもないことでしたか。申し訳ない」

村長の言葉に「いえ」と短く返した後、ナニカは神妙《しんみょう》な面持《おもも》ちで言葉を続ける。

「……というと、問題っていうのは、つまり」

「ええ。実は――この一帯を管理している精霊《せいれい》さまの様子が、最近おかしいのです」

「おかしい？」

怪訝《けげん》な顔で問い返すナニカに、村長は重々しく頷《うなず》く。

「……はじめは、一月《ひとつき》ほど前のことでした。精霊《せいれい》さまの社《やしろ》がある山に立ち入った村の猟師《りょうし》が、奇妙《きみょう》な幻《まぼろし》を見たと言い出して……。最初はその猟師《りょうし》が毒キノコにでもあたったのだろうと皆《みな》気にしていなかったのですが、それからと言うものの山に立ち入ったものが何人も同じような体験をしたと訴《うった》えたのです」

「幻《まぼろし》って、具体的には」

「はあ。なんでも何かを探している若い女がいて、話しかけると消えてしまうのだと……」

なんとも妙《みょう》な話だが。とはいえしかし、ナニカは眉《まゆ》をひそめて疑念を口にする。

「……でも、村長さん。それだけじゃ、精霊《せいれい》さまの仕業かどうかは分からないんじゃないですか。『小妖精《フェアリー》』や『子鬼《ゴブリン》』なんかのイタズラって線もあるかも」

『小妖精《フェアリー》』や『子鬼《ゴブリン》』というのは、精霊《せいれい》の棲《す》まう場所に発生する擬似《ぎじ》的な生命体の総称《そうしょう》である。単一存在として確立された精霊《せいれい》と異なり、彼《かれ》らは群体。個々は人格を持たず、ただ近づいた人間に反応して超《ちょう》自《し》然《ぜん》的現象を発生させる——そういう、ちょっと迷惑《めいわく》なモノたちだ。

しかし。

「……違《ちが》うわ、あれは確かに精霊《せいれい》のせいよ。だって——あの頃《ころ》からだもの。眷属獣《けんぞくじゅう》が山に入った人を襲《おそ》うようになったのは」

ナニカの指摘《してき》に、言葉を発したのは村長ではなく、隣《となり》の女性だった。

「ナニカちゃんだって鉢合《はちあ》わせたんでしょう、人を襲《おそ》う眷属獣《けんぞくじゅう》と。眷属獣《けんぞくじゅう》は、精霊《せいれい》の手足。ならあいつらがおかしくなってるのは、大本の精霊《せいれい》がおかしくなってるから。違《ちが》う？」

その剣呑《けんのん》な様子に若干気圧《じゃっかんけお》されつつ、ナニカは「そうですね」と返す。

実際、彼女《かのじょ》の言うとおりだ。ただ山の様子がおかしいだけでなく、あんなふうに——無害なはずの眷属獣《けんぞくじゅう》までもが人を襲《おそ》うというのは尋常《じんじょう》なことではない。

「俺《おれ》も眷属獣《けんぞくじゅう》にやられてこの怪我《けが》だ！」

「俺《おれ》はあいつに追い回されて足折ったぞ！」

周囲からも轟々《ごうごう》とそんな声が立ち上がってくる。どうやら、自分たちみたいな目に遭《あ》った人間は結構な数に上るようだ。

「それだけじゃない。ヨハンが死んだのだってきっと、精霊《せいれい》の——」

「よさないか！　あれは……息子《むすこ》のことは、精霊《せいれい》さまとは関係ない」

横合いから飛び出した言葉を厳しい口調でたしなめた後、村長は「失礼」と言葉を継《つ》いで、ナニカに向き直る。

「お見苦しいところを、お見せしました」

「いえ。ですが、今のお話は……？」

ナニカの問いに、村長はやや消沈《しょうちん》した面持《おもも》ちで言葉を続ける。

「息子《むすこ》が、おりましてな。丁度精霊《せいれい》さまがご乱心なさる少し前に山で沢《さわ》に落ちて……命を落としたのです。歳《とし》をとって山登りが億劫《おっくう》になった私の代わりにと、精霊《せいれい》さまのお社《やしろ》の手入れを引き受けてくれていたのですが……」

村長の言葉を遮《さえぎ》るようにして、隣《となり》の女性が暗い表情のまま口を開く。

「死んだヨハンの亡骸《なきがら》を、あの精霊《せいれい》の眷属獣《けんぞくじゅう》が運んできたのよ。……間違《まちが》いない、ヨハンはあいつに殺され――」

「やめなさいと言っているだろう。精霊《せいれい》さまが、そんなことをするはずがない」

二人の言葉を最後に、しばし辺りは静寂《せいじゃく》に包まれる。

発すべき言葉を見つけられず黙《だま》り込《こ》むナニカに、村長はやがて、改まった様子で頭を下げた。

「ナニカさん。いえ、星守《ほしも》り様。……たまたま立ち寄っただけの貴方《あなた》に、虫のいい願いであることは承知でお頼《たの》み申し上げます。どうか我ら村民に代わってあの山におわす精霊《せいれい》さま……『蒼木《そうぼく》』のアグラストリス様の『御鎮《みしず》め』を、引き受けては頂けませんか」

深々と頭を垂れる村長。いや、村長だけではない。見回すと、周りに集まっていた村民たち全員が——ナニカに向かって頭を下げていた。

その状況《じょうきょう》に圧倒《あっとう》され、ナニカは言葉を失う。

「……あ、私は……」

相談してくれと言ったのは、自分の方である。だというのに——口が乾《かわ》いて、言葉が出ない。

「星守り様、どうか」

「お願いします、星守り様！」

「星守り様！」

押《お》し寄《よ》せる嘆願《たんがん》の洪水《こうずい》が、少女の体を縛《しば》り付《つ》ける。村民たちの数多《あまた》の視線が、すがるように少女に纏《まと》わりつく。

ナニカは凍《こお》りついたように唇《くちびる》を震《ふる》わせて、彼《かれ》らの視線から逃《のが》れるように目線を膝《ひざ》に落とす。

『御鎮《みしず》め』。各地を旅して、荒《あら》ぶる精霊《せいれい》と対話し、これを鎮《しず》めること——それが、星守りとしての役を担《にな》う者の宿命である。

どうしよう、応《こた》えなきゃ。星守りとして、御役目《おやくめ》を果たさなきゃ。そう思う一方で——黒い染《し》みのように、ナニカの胸中で不安と疑念が鎌首《かまくび》をもたげ始める。

――本当に大丈夫《だいじょうぶ》なの？　私なんかで、皆《みな》を助けられるの？

そんな自問自答がぐるぐると渦《うず》を巻いて、思考はどんどん後ろ向きに引っ張られて――と、そんな時のことだった。


「話は聞かせてもらった。その相談、なんなら僕《ぼく》が引き受けるぜ」

村民たちの視線が、一気にナニカからその声の主へと引き寄せられる。

食堂の入り口にいつの間にか寄りかかっていたのは――あの、ナニカが助けた奇妙《きみよう》な衣装《いしよう》の男であった。

「おお、お目覚めですか。お具合のほうはいかがですかな。ええと……」

「オトギだ」

オトギ、と名乗ったその男は、軽く頭をさすりながら続ける。

「おかげさんで体のほうはもう大丈夫《だいじようぶ》だ。いまだに後頭部がじんわり痛いが……あの妙《みよう》なのに蹴飛《けと》ばされでもしたかな」

……知らない聞こえない私のせいじゃない。用意出来る限りの自己弁護ワードをリフレインしつつ、ナニカは微妙《びみよう》に男から視線を外す。

「……それで、ええと、オトギさん。今おっしゃったのは、どういうことですかな」

「言ったままさ。僕《ぼく》なら、その精霊《せいれい》の患《わずら》ってる病を治せる」

自信満々にそう言い放つオトギに、しかし村長は不信感を露《あら》わにする。

「精霊病《せいれいびょう》は、不治《ふち》の病《やまい》と言われておる。かの病に冒《おか》された精霊《せいれい》さまを救うには、星守《ほしも》り様に『御《み》鎮《しず》め』をして頂くか――あるいは討滅《とうめつ》するかしかないと。失礼じゃが、貴方《あなた》は……星守りか？」

「いいや、違《ちが》う。僕《ぼく》は医者だ」

オトギは短くそう返すと、「『医者』って単語はここにもあるんだっけか」などと何やら小声でぼやく。

そんな彼《かれ》の奇妙《きみょう》な様子に村長や、他の村民たちは更《さら》に疑念を深くしたらしかった。若干苛《じゃっかんいら》立《だ》たしげな様子で、村長が声を荒《あら》げる。

「……行き倒《たお》れていた人間に厳しいことを言いたくはないがな。貴方《あなた》のような怪《あや》しい人間をそうやすやすと信じられるほど我々も純粋《じゅんすい》じゃあない。後にして――」

「そうだな、ここから東にあるでかい森……なんつったっけな、まあいいや。あの辺を管理してたカルトグリムって精霊《せいれい》を治したのは、実は僕《ぼく》なんだ」

遮《さえぎ》るようにオトギが告げたそんな言葉に、村長が目を見開いた。

「……先週訪《おとず》れた行商たちから聞いた噂《うわさ》じゃ。奇妙《きみょう》な白装束《しろしょうぞく》を着込《きこ》んだ『外なるもの《アウター》』が、精霊病《せいれいびょう》に冒《おか》されて暴れ回ってた精霊《せいれい》を治した、と。……もしや、貴方《あなた》が」

「おっ、信じてもらえたみたいで何より」

村長の言葉に嬉《うれ》しそうに口元を歪《ゆが》めるオトギ。そのやり取りに、ナニカは目を丸くする。

『外なるもの《アウター》』。

その呼称は出自《しゅつじ》の分からない旅人、あるいは漂流《ひょうりゅう》者たちを形容する言葉として使われているものである。

最初に『外なるもの《アウター》』と考えられる人物が歴史上に現れたのが、今からおよそ百年も昔。

それからというものの、散発的に各地で同じような身元不明者が発見されるようになった。

彼《かれ》らに共通するのはふたつ。どこの国のものとも合致《がっち》しないその奇妙《きみょう》な言語と、おおよそこの世のものとは思えないような不可思議《ふかしぎ》な知識、技術の数々。

その異質さゆえに彼《かれ》らは、「まるでこの世界の外から来たようだ」という冗談《じょうだん》みたいな理由から、いつしかこう呼ばれるようになったのだという。

『外なるもの《アウター》』であるというその男は、ひとまずの信頼《しんらい》を得たと判断したらしい。

「それじゃ早速《さっそく》、報酬《ほうしゅう》についての話なんだが……」

と、そう彼《かれ》が言いかけたところで、ナニカは慌《あわ》てて言葉を挟《はさ》んだ。

「ちょっ、ちょっと待って下さい！」

すっくとその場で立ち上がると、ナニカは目を丸くしているオトギをびしっと指差して睨《にら》みつける。

「星守《ほしも》りでもないのに精霊《せいれい》さまの言葉を聞いて、しかも精霊病《せいれいびょう》を治しただなんて。そんなの信じられません！」

精霊《せいれい》の声を聴《き》くことが出来るのは、星守りの血脈にあるもののみのはず。であれば、そんな道理が通るはずはない。

「そうは言ってもなぁ。話せちまったもんはしょうがないというか」

ナニカの指摘《してき》にオトギは困ったように頭をかくと、小さく肩《かた》をすくめて村長に向き直る。

「村長さんも、同じ肚《はら》で？」

「……否定は、せんがの。とはいえ正直な話をしてしまえば、今は藁《わら》にでも縋《すが》りたい状況《じょうきょう》じゃ」

そう返すと村長は深いため息をつく。

「精霊《せいれい》さまがご乱心なさって以来、山は以前よりも活気を失い、木々や植物の類も枯《か》れ始めております。……私が言うのも恥《は》ずかしい話ですが、この村にはそう大層な特産などもありはせんで。材木や山菜、山の獣《けもの》の肉や毛皮……そういったものが我々の生活の下支えですゆえ、今の状態が長続きしてしまえば、我々の生活にも差《さ》し支《つか》える」

村長の言葉に、周りの村民たちも同意するように頷《うなず》く。

「ですから、こう言ってはお二方《ふたかた》に失礼かもしれませんが……今は頼《たよ》れるものなら、何でもいいから頼《たよ》りたいのです」

その言葉を受け、オトギはナニカをじっと見つめる。

「……とまあ、そういうことだそうだけど。君は僕《ぼく》みたいな怪《あや》しい奴《やつ》を精霊《せいれい》さまの所に行かせたくないと」

「ええ」

鼻息荒《あら》く答えたナニカに、オトギは何やら思いついた様子でにいっと笑う。

「なら簡単だ。僕《ぼく》と君、二人で一緒《いっしょ》に精霊《せいれい》さまの様子を見に行こうじゃないか」

「……え？」

目をぱちくりさせるナニカに向かってオトギは笑顔《えがお》を向けると、村長の方へと向き直って、

「村長さんも、それなら安心でしょう。なんせ星守《ほしも》り様が一緒《いっしょ》なんだ。僕《ぼく》がしくじったとしても、彼女《かのじょ》がきっと上手《うま》くやってくれる」

「まあ、そうじゃが……」

「なら決まりだ」

有無《うむ》を言わせずそう言い切ると、オトギはもう一度ナニカに向き直り、

「星守り様も、それでいいね？」

そう言われてしまってはもう、ナニカに前言を撤回《てっかい》するという選択肢《せんたくし》は残されていなかった。

「……はい」

「よし結構」

余裕《よゆう》の表情でうんうんと頷《うなず》くと、オトギはナニカの元へと進み出て——その手を差し出して告げる。

「それじゃあ宜《よろ》しく、星守りのお嬢《じょう》ちゃん」

「……ナニカです。ナニカ・ハーヴェル」

不承不承《ふしょうぶしょう》その手を握《にぎ》り返してナニカが名乗ると、オトギはそこで何やら一瞬《いっしゅん》怪訝《けげん》な顔になり——しかしすぐに薄笑《うすわら》いを取《と》り戻《もど》して、続ける。

「それじゃあ改めて宜《よろ》しく、ナニカ。僕《ぼく》の名はオトギ。さっきも言ったが——医者だ」

■

「……どうして、こんなことに……」

その翌日。精霊《せいれい》の住むという社《やしろ》へと続く崖際《がけぎわ》の山道を歩きながら、ナニカはぐったりとした様子で深いため息をついていた。

辺りは春の山だというのにどこか殺風景で、道すがらに生える草木は冬のそれのように寒々しい色を見せている。村長の言っていた通り、精霊《せいれい》の影響《えいきょう》による異変を色濃《いろこ》く感じさせるその光景は——皮肉にも、今のナニカの気分にぴったりだった。

「どうしたナニカちゃん。景気の悪い顔して」

「貴方《あなた》のせいです」

不機嫌《ふきげん》を隠《かく》すことなくそう返すと、隣《となり》を歩くオトギは肩《かた》をすくめてみせる。

「そいつは失礼。けどこうして同行することになったのも何かの縁《えん》だ。しばらく堪《こら》えてくれ」

飄々《ひょうひょう》とした態度でそう返すオトギに、ナニカはというとむっとしたまま歩調を早める。

実のところ、ナニカが腹を立てているのは彼《かれ》についてだけではなかった。

「……昨日」

「うん？」

「昨日、貴方《あなた》は――わざと私を乗せましたよね」

ナニカの問いかけに、オトギは薄笑《うすわら》いを浮《う》かべながら首を横に振《ふ》る。

「何のことかな。僕《ぼく》は単に、丁度飯の種になりそうな話をしてたから首を突《つ》っ込《こ》んだだけだぜ」

「嘘《うそ》です」

断固とした語調でナニカはそう言い切ると、振《ふ》り返《かえ》ってオトギをじろりと睨《にら》む。

「村の人たちの前で固まっていた私に助《たす》け舟《ぶね》を出すために、貴方《あなた》はああやって話に割って入ってきた。そして、売り言葉に買い言葉で私が言い出しやすいようにお膳立《ぜんだ》てまでして――私をまんまと乗せた。違《ちが》いますか」

どこの馬の骨とも分からぬ怪《あや》しい異邦者《いほう》。それを監視《かんし》するために名乗り出た、若き星守《ほしも》り。

『村の人たちの願いを背負う』のではなく、あくまで『怪《あや》しい奴《やつ》の監視《かんし》』のため。

そうやってこちらの心理的ハードルを引き下げ。さらには村人たちの注目を一旦《いったん》自分に集めることで、彼《かれ》はこちらが名乗り出やすい状況《じょうきょう》を作り出してみせたのだ。

ナニカの指摘《してき》に、オトギは軽く肩《かた》をすくめて頷《うなず》いてみせる。

「見ていた限り、君はどうも注目を浴びるのがあまり得意じゃなさそうだったからね。お節介《せっかい》とは思ったけど、口出しさせてもらったのさ」

「……見ていた、って！」

ひょっとして、真っ青な顔をして村人たちの対応をしていたところから見ていたのだろうか。

問《と》い質《ただ》したいところだったが――そうだと言われたらそれはそれで恥《は》ずかしい。

人類の代理人として精霊《せいれい》と言葉を交《か》わす神聖な巫《かんなぎ》である星守《ほしもり》が、大勢の前で萎縮《いしゅく》して縮こまってしまうような小心者だなんて。そんな情けないことがあっていいはずがない。

悶々《もんもん》と思《おも》い悩《なや》むナニカの内心を知ってか知らずか、オトギは安心させるように笑って続ける。

「ほらほら、そう青い顔するなって。……別にさ、君みたいに人前に出るのが苦手ってタイプはそう珍《めずら》しくはないんだぜ。どっかの疫学《えきがく》研究じゃ十人に一人は一生のうちにそういう悩《なや》みを経験するって言われてるくらいだしな」

「……そう、なんですか？」

「ああ。『社交不安症《しょう》』って言ってな。君みたいに悩《なや》んでる人は大勢居るし――克服《こくふく》する方法だって、ちゃんとある」

「あるんですか⁉」

ナニカは思わず声を上げ――その後すぐに、バツの悪い顔でそっぽを向く。そんなナニカを微笑《ほほえ》ましげに見つめて、オトギは頷《うなず》いた。

「まあ、地道な方法だけどな。社交不安の原因ってのは、基本的には認知《にんち》の歪《ゆが》み……つまりは根拠《こんきょ》の乏《とぼ》しい勘違《かんちが》いだ。例えばナニカちゃん。君はさ、実際に人前で喋《しゃべ》って笑われたり、バカにされたりした――そんな経験、あるかい？」

「それは……えっと」

オトギに言われて改めて、思い返してみて――ナニカはそこで唸《うな》る。言われてみれば、思い当たる節がない。

そんなナニカの表情を見て、オトギはもう一度頷《うなず》いて、続ける。

「つまりはそういうことさ。僕《ぼく》らは時に、そうやってありもしないことで思《おも》い悩《なや》んでしまう。だからまずはそういう『勘違《かんちが》い』を自覚して。そっから少しづつ、人前に出ることに慣れていけばいい。……そうすりゃきっと、無駄《むだ》に人前で緊張《きんちょう》することもなくなるさ」

そう締《し》めくくったオトギに、ナニカはしばし沈黙《ちんもく》して――やがて、不承不承《ふしょうぶしょう》といった顔で礼を口にする。

「……ありがとう、ございます。ただの詐欺《さぎ》師かと思ってましたけど、ちょっと見直しました。

少なくとも、悪い人ではなさそうです」

そんな彼女《かのじょ》の言葉に、オトギは少しだけ驚《おどろ》いた顔になる。

「へぇ、昨日の口ぶりからしててっきり完全に嫌《きら》われてたもんかと思ったけど。案外冷静に人を見るんだな、君は」

「……いっときの感情だけで物事を判断するな、と、祖母に教えられたので」

「いいお祖母《ばあ》さんだ」

小さく笑うと、オトギはそこで少しだけ肩《かた》の力を抜《ぬ》いて続ける。

「だがまあ、そんなに過大評価してもらっちゃ困るんだが——実のところ、僕《ぼく》としても百パーセント君への善意だけで口出ししたわけじゃない。どうせなら一度、精霊《せいれい》相手のプロのお手並みを拝見したいと思っただけさ。僕《ぼく》は——精霊《せいれい》とやらのことについて知らなすぎるからな」

オトギの意外な発言に、ナニカは首を傾《かし》げる。

「精霊《せいれい》を、知らない？　でも、精霊病《せいれいびょう》を治したって」

「それはそうなんだが……ありゃあ色々と、うまい偶然《ぐうぜん》が重なったってのもあるからな」

何かを思い出したのか微妙《びみょう》な顔でそう告げると、彼《かれ》は「そうだ」と何やら思いついた様子で言葉を続けた。

「君、星守《ほしも》りってことは精霊《せいれい》についても詳《くわ》しいんだよな」

「ええ、まあ……」

ナニカが怪訝《けげん》な顔でそう返すと、オトギは軽い調子で言葉を継《つ》ぐ。

「なら教えてくれ。精霊《せいれい》ってのは一体、何なんだ？」

「……は？」

その突拍子《とっぴょうし》もない質問に、ナニカは一瞬《いっしゅん》絶句する。

精霊《せいれい》は、この世界において人の生活に――いや、世界の安定のために無くてはならない存在。

そんな彼《かれ》らのことを、この男は何一つ知らないというのか。

その非常識っぷりに唖然《あぜん》としつつも、ナニカはうーんと唸《うな》った後に口を開く。

「精霊《せいれい》っていうのは、簡単に言ってしまえば『人格を持った自然』です」

「人格を持った、自然？」

オウム返しに続けるオトギに頷《うなず》いて、言葉を続ける。

「物質的なものに拠《よ》り所《どころ》をもたない、私たち人とは決定的に違《ちが》う高位の存在。いったい彼《かれ》らがいつから存在しているのか、どのようにして生まれたのか。そういうことは分かってないんですけど――精霊《せいれい》さまはずっとずっと遠い昔からこの世界にいて、あちこちで自然を調律し、管理していたと言われています」

「……すると、『カミサマ』みたいなもんなのか」

「『カミサマ』？」

聞きなれない単語に首を傾《かし》げるナニカ。「なんでもない、続けてくれ」と促《うなが》すオトギに応じて、ひとまずナニカは説明を続ける。

「精霊《せいれい》さまは各々《おのおの》が決まった属性から分化したもので、水や火、風、砂塵《さじん》に陽炎《かげろう》——とにかくいろんな種類の精霊《せいれい》さまが各地にいらっしゃるんだそうです。そしてそれぞれが各地に住み着いて、そこに住む私たち人間と関わり、時には恵《めぐ》みを、時には災禍《さいか》をもたらしながら共存している……と、そんな感じなんですけど……あの？」

ナニカがオトギに視線を戻《もど》すと、彼《かれ》は何やら手帳を取り出して一心不乱にそこに何かを書き込《こ》んでいた。

「それは？」

「ん、ああ。大事な話を聞いたから備忘録《びぼうろく》として残しといた方がいいと思ってな。いかんせん、僕《ぼく》らの業界じゃあ記録ってのは大事でね——っと」

飄々《ひょうひょう》として掴《つか》みどころのない男だが、妙《みょう》にマメな一面もあるらしい。

「ありがとうな、お陰《かげ》でだいぶ理解が進んだ気がするよ」

と、素直《すなお》に礼を返したオトギに、なんだか気恥《きは》ずかしくなってナニカは顔を逸《そ》らす。

「……でも全部、祖母の受け売りばかりです。私はまだ、一度も精霊《せいれい》と話したこと……ありませんから」

「精霊《せいれい》と、話したことがない？」

オトギの意外そうな顔にバツが悪くなって目を合わせられず、ナニカは黙《だま》り込《こ》む。

……失言だった。


実のところナニカは、駆《か》け出《だ》しの星守《ほしも》りである。

駆《か》け出《だ》しも駆《か》け出《だ》し、まだ生まれ育った故郷の村を出てから一月程度。こうして『御鎮《みしず》め』――精霊病《せいれいびょう》に冒《おか》された精霊《せいれい》と対面し、その問題を解決するという御役目《おやくめ》を担《にな》うのは、実を言えば今回が初めてなのだ。

加えて、ナニカの育った郷里には精霊《せいれい》はおらず――ゆえに彼女《かのじょ》の星守りとしての知識は全て、同じく星守りをしていたという祖母の教えによるもののみ。

だからこそ、ナニカは不安だった。

自分がちゃんと星守りとしての御役目を果たせるのか。そう悩《なや》んでいたがゆえに、昨日もあの宿での一幕でオトギの助けを借りる羽目になってしまったのだ。


オトギの顔を、見ることが出来ない。どんな顔をしているのだろう。

……軽蔑《けいべつ》されただろうか。されたに決まっている。精霊《せいれい》と向き合ったことのない身の上の分際で、随分《ずいぶん》と偉《えら》そうな態度をとってしまったのだから。

俯《うつむ》いたまま、ナニカはただ、オトギの言葉を待つ。すると――

「一度も話したことがない、か。なら、僕《ぼく》がついてきた意味もあったってもんかね」

「……え？」

「だってそうだろう。……いや、良かったぜ。君が百戦錬磨《ひゃくせんれんま》の玄人《くろうと》だったら、僕《ぼく》が同行してもひたすらお邪魔《じゃま》虫にしかならなかったろ」

顔を上げると、オトギの顔に浮《う》かんでいたのは穏《おだ》やかな笑《え》みだった。

「……軽蔑《けいべつ》、しないんですか」

「軽蔑《けいべつ》？　なんでまた」

「……だって私。駆《か》け出《だ》しのくせに、昨日はあんなに貴方《あなた》に偉《えら》そうなこと言って」

「そりゃあ自分の役目にちゃんと誇《ほこ》りを持ってるってことだろう。僕《ぼく》みたいな奴《やつ》が出しゃばってきたら、プロである君の立場からすりゃあ釘《くぎ》を刺《さ》すのは当然ってもんさ」

ナニカの吐《は》き出《だ》した懺悔《ざんげ》を、彼《かれ》はそう言ってただ、受け止めてくれる。

そんな彼《かれ》の言葉に、優《やさ》しさに。ナニカは思わず、目頭《めがしら》が熱くなるのを感じて——慌《あわ》てて彼《かれ》から顔を背《そむ》けると、大きく深呼吸して息を整える。

「……すみません。変なことを、言ってしまいました」

「気持ちは、軽くなったかい」

「……はい」

「ならいいさ」

後ろから聞こえたオトギの言葉に背中を押《お》された気がして――ナニカは再び、山道を進む。

その足取りは先程《さきほど》までよりも少しだけ、軽いものであった。

■

「しっかし、結構歩いたな。もうそろそろ一回休憩《きゅうけい》にしないか？」

「……って、何言ってるんですか」

いい感じにまとめようとしていた矢先に、もう。

気の抜《ぬ》けたことを言い出すオトギに若干呆《じゃっかんあき》れ顔で振《ふ》り向《む》くと、ナニカは大仰《おおぎょう》に肩《かた》をすくめる。

「まだ多分、たったの二時間くらいですよ。こんなの歩いたうちに入りませんって」

「こちとら体力下り坂の三十路《みそじ》だぞ、君みたいなぴっちぴちの若者とは違《ちが》うんだ」

「自信満々に言わないでくださいよもう……」

そういえば眷属獣《けんぞくじゅう》から逃《に》げ回《まわ》っていたときにも、結局最終的には自分の方が彼《かれ》を引きずる形になっていたような。……いくらなんでも、体力がなさすぎじゃあないだろうかこの人。

先程《さきほど》の一件で持ち上がっていたオトギに対する信頼《しんらい》度が再び下降曲線を描《えが》き始めたのを感じつつ、しかしナニカはそこで足を止め、手近に転がっていた岩に腰掛《こしか》ける。

「……まあ一刻を争うってことでもないですし、一度休憩《きゅうけい》にしましょうか」

「そうこなくちゃ」

安堵《あんど》した様子でナニカの隣《となり》に座《すわ》ると、肺から絞《しぼ》り出《だ》すように大きく息を吐《は》くオトギ。うわぁ、おじさんくさい。

「なんか今すごい軽蔑《けいべつ》の視線を感じたんだけど、気のせいかな」

「小妖精《フェアリー》かなにかが見てたんじゃないですか」

そういうもんか、と納得《なっとく》するオトギを差し置いて、ナニカは背負った匣《はこ》を下ろすと中から革《かわ》製《せい》の水筒《すいとう》を取り出して彼《かれ》に差し出す。

「どうぞ。これ飲んでさっさと回復して下さい」

「おっ、悪いな。……あー、生き返るぅ」

おじさんくさいなぁホント。知らず知らずのうちに苦笑《くしょう》を浮《う》かべつつ、ナニカは何気なく周囲を見回す。

切り立った断崖《だんがい》の上。耳を澄《す》ますと水音が聞こえる。どうやら下に沢《さわ》があるようだ。

「……沢《さわ》、かぁ」

そう言えば、村長の息子《むすこ》が一ヶ月前に沢《さわ》に落ちたと話していた。ひょっとしたら、ここかもしれない。

覗《のぞ》き込《こ》んでみるとなるほど結構な高さで、下方を川が流れているのが見える。落ちたらひとたまりもなさそうだ。

「……ん、あれ、なんだろう」

不意に視界の端《はし》にちらつくものに気付いて、よく目を凝《こ》らすと――崖壁《がいへき》の半ば辺りの張り出しに、碧《あお》い花がまばらに生えているのが見える。遠目からにも鮮《あざ》やかで目を引く、可憐《かれん》な花だ。

「……カゲユキハナ？　すごい、あんなに群生してるなんて……けど」

近付いてよく観察したいとナニカの中の薬士《くすし》根性《こんじょう》が声を上げるが、とはいえ位置が位置である。あんな場所まで行こうとしたら最悪、崖下《がけした》に真っ逆さまということになりかねない。

むう、残念――と、そんなことを考えていると。

「貴方達《あなたたち》、何してるの」

「ひゃっ!?」

突然《とつぜん》聞こえた声に驚《おどろ》いてつんのめりそうになるのをどうにか踏《ふ》み止《とど》まりつつ、ナニカはその声の方を向く。

いつの間にか、山道の進行方向に――美しい女性が一人立っていた。

人間離《にんげんばな》れした碧色《あおいろ》の髪《かみ》に、長衣《ちょうい》を纏《まと》った出《い》で立《た》ち。自分やオトギが言えた義理ではないが、おおよそ山向きの服装とも思えない。

そして目を引くのが、彼女《かのじょ》の腰《こし》に装飾《そうしょく》された角のような一対《つい》の奇妙《きみょう》な突起《とっき》物。

眷属獣《けんぞくじゅう》を構成していた水晶《すいしょう》体によく似た淡《あわ》い燐光《りんこう》を放つそれが――『角』と呼ばれる、精《せい》霊《れい》に特有の器官であることをナニカは知っていた。

「貴方《あなた》は……この山の精霊《せいれい》さま、ですか」

こわばったナニカの言葉に、彼女《かのじょ》は僅《わず》かに眉《まゆ》をひそめると、

「ええ、そうよ。私の名は、アグラストリス……『蒼木《そうぼく》』のアグラストリス」

平坦《へいたん》な口調でそう告げると、彼女《かのじょ》──アグラストリスは少しだけ不思議そうな顔でナニカとオトギとを見る。

「それで、貴方達《あなたたち》は何。私の言葉を理解して、私と対話する貴方《あなた》は──何」

そう問う彼女《かのじょ》の語調はぼんやりとしていて覇《は》気《き》を感じないもので。けれどどうしてか、得《え》も言われぬ迫力《はくりょく》を感じてナニカは口をつぐむ。

空気が、鉛《なまり》のように重い。固まりそうな喉《のど》をどうにか動かして、ナニカは口を切る。

「私は、星守《ほしも》りです。貴方《あなた》にお目通りするために、麓《ふもと》の村の方に頼《たの》まれてここに来ました」

「星守り。……ああ、なるほどね。星守り。うふふ、あはは」

笑う要素はなかったはずだが。何故《なぜ》か彼女《かのじょ》は堰《せき》を切ったように含《ふく》み笑《わら》いを零《こぼ》した後──今度はがくんと首を動かしてオトギの方をじっと見る。

「そっちも、星守り……じゃ、ないね。なんだろう、へんなのだ。へんなの。ヘン。偏《へん》、片《へん》、片《かた》っぽの片割れがひび割れて、あは、うふふ、ふふ」

「え、あ、あの……」

まるで言葉のサラダのように、脈絡《みゃくらく》のない言葉を羅列《られつ》しだした彼女《かのじょ》を前にナニカがおろおろしていると、ややあって彼女《かのじょ》は糸の切れた人形みたいにがくん、と項垂《うなだ》れて。それからすぐに顔を上げて、ナニカに向かってにんまりと、生ぬるい笑《え》みを向けた。

「なんだっけ。私と話しがしたいんだっけ。いいよ、おいで。……私のおうちで話しましょう」

彼女《かのじょ》がそう告げた、その瞬間《しゅんかん》のこと。

ふわりとした奇妙《きみょう》な浮遊《ふゆう》感とともに、急に足場がなくなったような感覚に襲《おそ》われて――ナニカは思わず目をぎゅっと瞑《つぶ》る。

その間、数秒ほどだったろうか。やがて足元の感覚が戻《もど》ってきたのを確認《かくにん》して、おそるおそる目を開くと。

「……え？」

ナニカの前に広がっていたのは先程《さきほど》までの崖《がけ》沿いの山道ではなく――木々に包まれてひっそりとそびえる、古びた石造りの社《やしろ》。

そこへと続く石畳《いしだたみ》の上に、ナニカとオトギの二人は立っていた。

「おいおい、何だよ今の」

驚《おどろ》いた様子のオトギに、ナニカは動揺《どうよう》を隠《かく》せぬまま、震《ふる》える声で返す。

「……たぶん、『精霊術《せいれいじゅつ》』。精霊《せいれい》さまだけが使うことの出来る、神秘の法。……でも、まさか、

「こんな——瞬間《しゅんかん》移動まで出来るなんて」

言いながら、ナニカは改めて周りを見回す。苔生《こけむ》した石造りの本殿《ほんでん》へと至る、長い石畳《いしだたみ》の路《みち》。

おそらくはここがアグラストリスを祀《まつ》るための祭殿《さいでん》なのだろう。

だが——それは祭殿《さいでん》と言うには、華《はな》やかさとはおおよそ遠いものだった。

社を囲む木々は異変によるものか、枯《か》れ木《き》のように痩《や》せ衰《おとろ》え、葉を落とした惨《みじ》めな姿を晒《さら》し。

通路の両脇《りょうわき》に並んでいたであろう燭台《しょくだい》は殆《ほとん》どが倒《たお》れ、あるいは砕《くだ》けていて、石畳《いしだたみ》のほうも至る所がひびだらけ。しばらく手入れを受けていないのだろう、本殿《ほんでん》の社も石柱に細かな亀裂《きれつ》が入っていて、至る所に経年劣化《れっか》の痕跡《こんせき》が見える。

酷《ひど》い有様《ありさま》だ、と——ただそう言うことしか出来ない、あまりに荒廃《こうはい》した状態。瞬間《しゅんかん》移動してきたことよりもむしろその惨状《さんじょう》に、ナニカが少なからずショックを受けていると、

「あはは、驚《おどろ》いてる。驚《おどろ》いてる」

頭上から降りかかる声に顔を上げると、小高い祭殿《さいでん》の軒下《のきした》に腰掛《こしか》けて、アグラストリスが薄《うす》笑《わら》いを浮《う》かべながらこちらを見下ろしていた。

何が面白《おもしろ》いのか、けたけたと笑《え》みを零《こぼ》して——やがてふっと元の無表情に戻《もど》ると、ぼんやりとした調子で呟《つぶや》く。

「で、話って何」

その起伏《きふく》の激しさに得体《えたい》の知れない違和感《いわかん》を覚えて、ナニカは体をこわばらせる。

あまりにも無軌道《むきどう》で、あまりにも――感情に、一貫性がない。

精霊《せいれい》というのはそういうものなのだろうかと思いつつ、ナニカは言葉を選んで口を開いた。

「精霊《せいれい》さま。精霊《せいれい》さまがこの山を閉じ、人が立ち入れないようにしているというのは……本当ですか」

「うん。それがどうしたの」

あっさりと。アグラストリスはそう言い切ると、無感動な眼《め》でナニカを見下ろす。

冷たいその眼差《まなざ》しに、ナニカは射竦《いすく》められたようにびくりと肩《かた》を震《ふる》わせながらも――何とか気持ちを奮《ふる》い立たせて、強い口調で言葉を押《お》し出《だ》す。

「村の皆《みな》さんが、山に入れないせいで困ってるんです。……精霊《せいれい》さま、お願いします、どうかお怒《いか》りを鎮《しず》めて――」

「怒《いか》りを、鎮《しず》めろですって？」

アグラストリスが返した、そんなぞくりと鋭《するど》い言葉。それに呼応するかのようにして、不意に周囲の木々が蠢《うごめ》いて――まるで蛇《へび》か、あるいは鞭《むち》のように、ナニカに向かってその鋭《するど》い枝を伸《の》ばす。

「！」

ナニカは咄嗟《とっさ》に顔を覆《おお》って。それから、おそるおそる目を開けると――刺《さ》さるか刺《さ》さらないかというぎりぎりのところで、幾《いく》本もの枝が空中で静止していた。

腰《こし》から力が抜《ぬ》けて、その場にへたり込《こ》むナニカ。そんなナニカをつまらなそうに一瞥《いちべつ》して、アグラストリスは小さく鼻を鳴らす。

「帰って。星守《ほしも》りに——人間どもの我儘《わがまま》を言付《ことづ》かるだけの伝言係に用はないわ」

取り付く島もないその態度に、ナニカが返す言葉を探していると、

「なら、医者はどうだ」

横合いから投《な》げ掛《か》けられたのは、そんな——オトギの言葉だった。

彼《かれ》は気の抜《ぬ》けた笑《え》みを浮《う》かべながら、ナニカの隣《となり》を通り過ぎてアグラストリスの方へと近付いてゆく。そんな彼《かれ》に、ナニカの時と同じように周囲から太い枝が槍《やり》のように伸《の》びて——けれど、彼《かれ》に刺《さ》さる前にそれらは止まる。

「来ないで。死にたいの」

「君の話をちゃんと聴《き》くには、この距離《きょり》じゃ遠すぎる。患者《かんじゃ》の表情や仕草《しぐさ》を見なきゃ、医療《いりょう》面接の意味はないからな」

そんな彼《かれ》の奇妙《きみょう》な言動に、アグラストリスは眉《まゆ》をひそめる。

「……何を、言ってるの」

「僕《ぼく》の仕事は、君を一方的に言いくるめることじゃない。……僕《ぼく》はただ、君の抱《かか》えてる悩《なや》み事を聴《き》きにきた。それだけだ」

「信じられない」

「信じる必要はないさ。……なに、世間話でも愚痴《ぐち》でも構わない。思ってることを口に出すってのはそれだけで心が軽くなるもんだからな――試《ため》してみるのも、きっと悪くはないと思うぜ」

そう言って不器用なウインクをしてみせるオトギを、アグラストリスは怪訝《けげん》な顔で見つめ――ぷいとそっぽを向く。

「……悩《なや》みなんて、ないわ」

「なるほど、それなら何よりだが――だとしたらどうして急に、山を閉ざしたりするようになったんだ？」

オトギがそう問うた瞬間《しゅんかん》、彼女《かのじょ》の表情にふっと陰《かげ》りが落ち。

「決まってるじゃない。あいつらが――『彼《かれ》』を隠《かく》すからよ」

ややあって彼女《かのじょ》は、平坦《へいたん》な声音《こわね》でそう、オトギに返した。

「『彼《かれ》』？」

眉根《まゆね》を寄せるオトギに、アグラストリスはその口元を僅《わず》かに緩《ゆる》めて続ける。

「彼《かれ》は……ヨハンは、麓《ふもと》の村の人間だって言ってたわ。山で獣《けもの》に襲《おそ》われているのをたまたま助けてあげたら――それから毎日、ここに来るようになったの」

彼女《かのじょ》の告げたその名前に、ナニカは昨日の話を思い出す。

ヨハンというのは確か、一ヶ月前に亡《な》くなったという村長の息子《むすこ》の名だったはずだ。

だが、『隠《かく》した』というのは一体どういうことだろうか。疑問を渦巻《うずま》かせるナニカに構うふうもなく、アグラストリスは投げ出した足をふらふらと揺《ゆ》らして続ける。

「変なやつだったわ。星守《ほしも》りでもない、ただの人間だった彼《かれ》には、私の——精霊《せいれい》の言葉は届いていなかったでしょうに。彼《かれ》はいつも私のところに来て、色んなことを一方的に話していった」

「『色んなこと』、ね。ちなみに、例えばどんなことを？」

オトギが促《うなが》すと、アグラストリスは「そうね」と少し考えた後、

「村の猟師《りょうし》が大きな獣《けもの》を狩《か》ってきた、貴方《あなた》のお陰《かげ》だ、ありがとうとか。行商人が面白《おもしろ》いものを運んできたとか。……そんな、どうでもいいことばっかりだったわ」

くすくすくす、と笑《え》みを零《こぼ》す彼女《かのじょ》。その表情には先程《さきほど》までの頑《かたく》なさとは一転して、柔《やわ》らかく暖かいものが滲《にじ》んでいた。そんな彼女《かのじょ》の一連の振《ふ》る舞《ま》いに、そして何よりオトギの手腕《しゆわん》に、ナニカはただただ呆気《あっけ》にとられる。

あんなにも警戒心《けいかいしん》に満ちていたアグラストリス。そんな彼女《かのじょ》の心を——彼《かれ》はたったの数言で、ほどいてしまったのだ。

アグラストリスは、何かを思い出すように目を閉じながら言葉を続ける。

「……幸せだった。随分《ずいぶん》と長い間、ここに来てくれる人間なんていなかったから。村の連中は私を頼《たよ》るだけ頼《たよ》るくせして、めったに人なんて寄越《よこ》さなかったから」

そんな彼女《かのじょ》の言葉に、ナニカは無言で頷《うなず》く。この荒廃《こうはい》具合が一朝一夕《いっちょういっせき》のものではないであろうことは、容易に見て取れた。

精霊《せいれい》と人とのかかわり合いは、本来双方向的《そうほうこうてき》なものであるべきである。けれど時として、人は享受《きょうじゅ》することに慣れ、彼《かれ》らに『返す』ことを忘れてしまう――そう、祖母が何度も言い聞かせてくれたことを思い出す。

そんなナニカの胸中をよそに、アグラストリスは更《さら》に続ける。

「寂《さび》しかった。寂《さび》しくて、寂《さび》しくて、寂《さび》しくて寂《さび》しくて寂《さび》しくて――けどね、彼《かれ》が何もかも、変えてくれた。この社《やしろ》だって少しづつ綺麗《きれい》にしてくれたし……何より私のことを、ちゃんと見てくれていた。私と、関わってくれた。……なのに」

とそこで、ふっとその表情に深い影《かげ》が差す。口を閉ざした彼女《かのじょ》を前にオトギは少しだけ、彼《かの》女《じょ》からの発言を待った後――ややあって、彼女《かのじょ》の代わりに言葉を継《つ》ぐ。

「『彼《かれ》』が、来なくなったんだな」

アグラストリスはそれに答えず。ただその目を虚《うつ》ろにして、がっくりと項垂《うなだ》れたまま一切《いっさい》の動きを止める。その異様な雰囲気《ふんいき》を前に、ナニカはオトギに困惑《こんわく》の視線を向けた。

「……きっと、あいつらのせい。人間が、彼《かれ》を私から引《ひ》き離《はな》したの」

ぞくりとするような冷たい声で、アグラストリスが呟《つぶや》く。

「そうよ、そうに決まってる。だって、おかしいんだもの。また来るって約束したのに。狂《くる》って。くる、くる、くるくるくるって。ぐるぐる回って。なのに、なのに――」

彼女《かのじょ》の顔に浮《う》かんでいたのは、純粋《じゅんすい》な憎悪《ぞうお》の色。その威圧《いあつ》感に、ナニカはびくりと震《ふる》えて一歩後ずさるが——オトギは怯《ひる》まない。

「落ち着いて。ゆっくりでいい、君の言葉で話してくれ」

息を荒《あら》くして言葉を詰《つ》まらせるアグラストリスに、優《やさ》しい声音《こわね》でそう語りかけるオトギ。そんな彼《かれ》の言葉を受けて、彼女《かのじょ》は少しだけ沈黙《ちんもく》した後——再び口を開く。

「あいつらが。人間どもが彼《かれ》を……ヨハンを、私から奪《うば》ったの。きっと私が精霊《せいれい》だから。そうよ、そうに決まってる」

「何で、そう思うんだ？」

「だって、そう言ってるんだもの。お前とヨハンでは住んでいる世界が違《ちが》うんだって。身《み》の程《ほど》を知れって。そう、聞こえるんだもの。……ほら、今も。あいつらが——私の悪口を言ってる」

アグラストリスのそんな言葉を受けてナニカは耳を澄《す》ましてみるが、しかし聞こえるのは木の葉が揺《ゆ》れる音ばかり。そんな声はどこからも聞こえない。

不思議がるナニカだったがしかし、オトギはそんなアグラストリスの言葉に深く頷《うなず》いて、

「聞こえる、か。そうだよな、聞こえるんだよな。……オーケー、分かった。ちなみに喋《しゃべ》ってる声は、どんな声なんだ？」

などと、彼女《かのじょ》の言葉をあくまで肯定《こうてい》しながら問いかけを進めていく。

彼《かれ》のしていることは、何ら特別なことではない。

アグラストリスの発言を決して否定することなく。ときに相槌《あいづち》を打ち、ときに彼女《かのじょ》の言葉をそのままに受け止めて反芻《はんすう》する——たったそれだけのこと。

けれどそれだけのことが、恐《おそ》らくいちばん大事なことなのだろう。オトギと話すアグラストリスの表情は先ほどまでよりも大分、和《やわ》らいだものになっていた。

旅のさなか、ナニカは幾度《いくど》か、他の星守《ほしも》りと出会ったことがあった。

彼《かれ》らは皆《みな》、言っていた。精霊《せいれい》とは嵩《たか》くにある存在であり、彼《かれ》らは決して我々を理解せず、また我々も決して彼《かれ》らを理解出来ることはないのだと。

けれど、目の前のこの男はどうだろうか。

彼《かれ》は——まるで一人の人間と接するように、精霊《せいれい》と接している。

理解できないものと棚上《たなあ》げするのではなく、ちゃんと彼女《かのじょ》の全てを受け止めて、理解しようとしている。

……それはナニカにとって、ひどく新鮮《しんせん》な在《あ》り方であるように思えた。

「……お前、変な奴《やつ》ね」

自身の話に熱心に耳を傾《かたむ》けるオトギに、アグラストリスはぽつりと呟《つぶや》く。

「お前の魂胆《こんたん》は、分かってるのよ。そっちの星守《ほしも》りと同じで、私をどうにかするように頼《たの》まれたんでしょう」

「……ま、否定はしないよ」

「正直なのね」

「嘘《うそ》をつけるほど、器用じゃあないもんでね」

彼女《かのじょ》の詰問《きつもん》に、悪びれた様子もなく頷《うなず》いて返すオトギ。そんな彼《かれ》に、けれどアグラストリスは責める様子はなく――呆《あき》れたように小さく笑う。

「本当に、変な奴《やつ》。……でも、貴方《あなた》の言ったとおりだったかも」

「ん」

首を傾《かし》げるオトギに、彼女《かのじょ》は静かに目を閉じて、

「話せば、楽になるって。貴方《あなた》に話したら、なんだか少しだけ、楽に――」

穏《おだ》やかな様子でそう告げた、その時のことだった。

「……お二方《ふたかた》ーっ、無事ですか！」

急に本殿《ほんでん》にそんな声が響《ひび》いて、ナニカとオトギ、そしてアグラストリスは弾《はじ》かれたように社《やしろ》の入り口へと視線を向ける。

大勢の足音と共にそちらから姿を見せたのは――なんと、村長を筆頭とした村民たちだった。

ぞろぞろとこちらを囲むように集まってきた彼《かれ》らを前に、ナニカは驚《おどろ》いて声を上げる。

「村長さん⁉　何で……」

「あれから村の皆《みな》で相談しましてな。やはりお二方《ふたかた》だけに任せっきりで我々だけ村で待っているというのは、余りにも無責任が過ぎると思ったのです」

そんな村長の言葉に、ナニカはその表情を明るくする。彼《かれ》らはちゃんと、アグラストリスとの関係性について彼《かれ》らなりに考えてくれていたのだ！

……だというのに、オトギはと言うと――どうしたことか彼《かれ》らを見て渋面《じゆうめん》を滲《にじ》ませている。

奇妙《きみよう》に思ってナニカが口を開こうとした、その時だった。

「……いや。来ないで」

か細く震《ふる》えた声が、耳に届く。振《ふ》り向《む》くと、先ほどまでの様子とは一変して――アグラストリスがその顔を真っ青にして、村民たちを見下ろしていた。

形の良《い》い唇《くちびる》をわなわなと震《ふる》わせて耳を塞《ふさ》ぐ彼女《かのじよ》の姿を認めると、村民たちの間にどよめきが走る。

「精霊《せいれい》さまだ」

「あれが、精霊《せいれい》さま……」

「お顔色が悪いぞ、やはり精霊病《せいれいびよう》に……」

ざわり、ざわりと。彼《かれ》らの発する一言一言が、じんわりとこの場の静寂《せいじやく》を塗《ぬ》り替《か》えていく。

その変化は――ナニカであっても、よくない状況《じようきよう》であるというのが本能的に理解できた。

……そして。

「やっぱり、あいつがヨハンを殺したんだ……」

誰《だれ》かが呟《つぶや》いたその最悪な一言が、引き金となった。

「……ヨハンが、死んだ？」

ぽつりと、平坦《へいたん》な声でアグラストリスが漏《も》らした呟《つぶや》きに、オトギははっと振《ふ》り向《む》く。

「……あぁくそ。待ってくれ、アグラストリス。話を――」

「嘘《うそ》。死んだなんて、嘘《うそ》よ」

絞《しぼ》り出《だ》すようにそう彼女《かのじょ》が呟《つぶや》くのと、ほぼ同時、

不意に、周囲の木々がざわめいて――ぐにゃりと。平衡《へいこう》感覚が裏切られたような、気持ちの悪い歪《ゆが》みが体に沁《し》み込《こ》んでくる。

それは先程《さきほど》、精霊術《せいれいじゅつ》による転移を受けた時の感覚にも似て。けれどそれよりも更《さら》に、質の悪い何かのように感じられた。

「そうよ、嘘《うそ》よ。うそ。私は知らない、そんなこと。私は見ていない、そんなもの。……血。赤い血、違《ちが》う、そんなの、それは、違《ちが》う――」

空気が、空間がどんどん歪《ゆが》んで、重みを増していく。ぴしり、ぴしりと、ひび割れるような音がどこからか響《ひび》いて、そして。

「ふ、ふふ。あはは。そうだ。貴方達《あなたたち》はまた、嘘《うそ》をついているんだ。私と彼《かれ》を引《ひ》き離《はな》すために。彼《かれ》を隠《かく》すだけじゃ飽《あ》き足《た》らずに、そんなことまでするんだ、なら――」

不意に、アグラストリスは――人が変わったように、笑《え》みを零《こぼ》す。

「なら全部、消えちゃえ。私すら、消えちゃえ。……あはは、はは。あははははははははははははははははははははははははははははははは！」

そんなアグラストリスの体に、ひび割れのような碧《あお》い光が無数に浮《う》かび上《あ》がって。

砕《くだ》けるように、嗤《わら》い出して。

壊《こわ》れたように。

次の瞬間《しゅんかん》――彼女《かのじょ》の体から迸《ほとばし》った閃光《せんこう》が、辺りを包み込《こ》み。

世界は、碧《あお》によって変質する。

■

どうやら、意識を失っていたらしい。

「……ぅう」

呻《うめ》きながらナニカは頭を軽く振《ふ》って、目を開けて――そして、その目を疑った。

そこは、先程《さきほど》まで立っていたはずのあのお社《やしろ》とは似ても似つかぬ場所だった。

見渡《みわた》す限りの光景が薄青《うすあお》色で塗《ぬ》りつぶされた、果ての見えない空間。

宙には一体どんな力によるものなのか、まばらに岩や木々が浮遊《ふゆう》している。

足元に地面はなく、踏《ふ》みしめた感触《かんしょく》も実感がなく、おぼつかない。

まるで――空に投げ出されたかのような。

それはとにかく、奇怪《きかい》な空間だった。

あまりに現実感に欠けたその光景を前にして、ナニカはしばし言葉を失って。とそこで、視界の端《はし》に倒《たお》れているオトギの姿を見つけて駆《か》け寄《よ》る。

「ねえ、大丈夫《だいじょうぶ》ですか！」

「……う、ん？　ああ、ナニカちゃんか。すまん、なんだか知らんが気を失って……って、なんだこりゃ⁉」

意識を取《と》り戻《もど》して周囲を見るや、素《す》っ頓狂《とんきょう》な声を上げて驚《おどろ》くオトギ。アグラストリスのあの不思議な振《ふ》る舞《ま》いを前にしても冷静さを保っていた彼《かれ》だが、どうやら何にも動じないというわけではないらしかった。それがなんだか微笑《ほほえ》ましくて、こんな時だというのにナニカはくすくすと笑《え》みをこぼしてしまう。

「え、何、今の笑うとこ？」

「すみません。貴方《あなた》も人並みに慌《あわ》てるんだなって、つい」

「……何だそりゃ」

怪訝《けげん》な顔で首を傾《かし》げた後、オトギは再び周りを見回して——腕《うで》を組んで小さく唸《うな》る。

「しっかし、こりゃあ……一体何なんだ。また転送とやらで飛ばされてきたのか？」

「……たぶん、そうじゃないです」

オトギの言葉にしかしナニカは首を横に振《ふ》ると、周囲に広がる異様な空間をじいっと見つめて淡々《たんたん》と告げる。

「これは多分、『精霊《せいれい》災害』——精霊《せいれい》さまの御力《みちから》による、暴走した現実改変の結果です」

「『精霊《せいれい》災害』？」

怪訝《けげん》な顔になるオトギに、ナニカは神妙《しんみょう》な表情で小さく頷《うなず》く。

「……精霊《せいれい》さまの力は、世界に干渉《かんしょう》する力。だから精霊病《せいれいびょう》で精霊《せいれい》さまが正気を喪《うしな》ってしまうと、その管理を外れた力が暴走して、周囲の現実を無軌道《むきどう》に改変してしまうことになる。……それが、精霊《せいれい》災害です」

『精霊《せいれい》』という個としての統率《とうそつ》を失い、単なるエネルギー体の塊《かたまり》——『災害』と化す。

それは、精霊病《せいれいびょう》の最終段階である。

「……けど、精霊病《せいれいびょう》がここまで進んでるなんて。これじゃ、もう……」

暴走し、完全に精霊《せいれい》災害と成り果ててしまった精霊《せいれい》は、もはや二度と元の精霊《せいれい》としての人格には戻《もど》ることが出来ないと言われている。

そして、そうなってしまった精霊《せいれい》はもはや、他害を働く前に消滅《しょうめつ》させるしかない……とも。

だが、しかし。

「諦《あきら》めるには、まだ早いさ」

「え？」

そう呟《つぶや》いた彼《かれ》の表情の中にあったのは、何かを確信するかのような理性の光だった。

不安げな表情で見守るナニカへと向き直り、彼《かれ》は静かに告げる。

「さっきの彼女《かのじょ》の様子を見ていて、分かったことがある」

「分かったこと？」

首を傾《かし》げるナニカに、オトギはしっかりと頷《うなず》いて。

「あれは……君たちが『精霊病《せいれいびょう》』と呼んでいるモノは、原因不明の不治《ふち》の病《やまい》なんかじゃない。れっきとした――治せる病気だ」

「治、せる？　精霊病《せいれいびょう》が？」

オトギの告げたそんな信じられない言葉に、信じられないといった顔でナニカは訊《き》き返す。

精霊病《せいれいびょう》は、不治の病である。それが、精霊病《せいれいびょう》が確認《かくにん》されて以来の定説であり通説である。

星守《ほしも》りの行う『御鎮《みしず》め』――精霊《せいれい》との対話にしても、それは彼《かれ》らを治癒《ちゆ》させるためではなく、あくまで病に狂《くる》った彼《かれ》らを言いくるめ、制御《せいぎょ》し、人に仇《あだ》なすことを防ぐ――それだけの手段に過ぎない。

だというのに、この男は。

治せると――何の躊躇《ためら》いもなく、何の迷いもなく、そう言ってのけたのだ。

オトギは考え事をするように顎《あご》に手を当てながら、ゆっくりと言葉を続ける。

「……軽度のワードサラダを主徴《しゅちょう》とする連合弛緩《しかん》に自閉性、感情障害。両価《りょうか》性ははっきりしないがブロイラーの基本症状《しょうじょう》と大体一致《いっち》している。加えて、彼女《かのじょ》の様子を見るに自己批判型の幻聴《げんちょう》も強いらしい。とすれば恐《おそ》らく――」

聞いたこともない言葉を羅列《られつ》しながら、彼《かれ》は緊張《きんちょう》の面持《おもも》ちで見つめるナニカに向かって静かに告げる。

「『統合失調症《しょう》』。それが、彼女《かのじょ》を蝕《むしば》んでいる『精霊病《せいれいびょう》』の正体だ」

「とうごう……しっちょう?」

それもまた、聞いたことのない病気の名前。頭に?マークを浮《う》かべまくっていたナニカの様子に、オトギは気付いたらしい。

「まあ、ひょっとしたらここじゃもっと他に通りのいい名前があるのかもしれないが――僕たちは、ああいう症状《しょうじょう》を来《きた》す病《やまい》のことをそう呼んでいる。要は、『こころの病』……そういう風に考えてくれ」

苦笑《くしょう》しながらそう告げた彼《かれ》に、ナニカは眉間《みけん》にしわを寄せる。

「こころの病って。心が病気に罹《かか》るなんて、そんなの聞いたことありません」

怪我《けが》を負うのも、疫病《えきびょう》に蝕《むしば》まれるのも、それらは全て肉体であって心ではない。

心は怪我《けが》を負わないし、病の伝染《でんせん》を被《こうむ》ることもない。

心に異変があるとすればそれは憑《つ》き物《もの》だとかのような、超自然《ちょうしぜん》的な要因によるものである。

それがナニカの――いや、この世界における、常識であった。

そんなナニカの言葉に、オトギは渋面《じゅうめん》をつくりながら頭をかく。

「……うーむ、そういや精神病の定義が定着したのってわりと最近のことだしなぁ。この世界くらいの文明レベルだとこういう反応が自然か……」

ナニカの知らない言葉で独り言をぶつぶつと垂れ流した後、彼《かれ》はナニカに向き直って続ける。

「なあ、ナニカちゃん。君は『健康』ってのは何だと思う」

「『健康』ですか？　……ええと……」

突拍子《とっぴょうし》もない問いかけだが、基本的に生真面目《きまじめ》なナニカは思わず真剣《しんけん》に考え込《かんがこ》んでしまう。

「……怪我《けが》や病気がない状態、でしょうか」

しどろもどろなそんな返答に、オトギは穏《おだ》やかな表情で頷《うなず》く。

「まあ、そうだな。……じゃあ、もう一つ質問だ。例えば——病気や怪我《けが》は一切《いっさい》ないけど、金にがめつくて皆《みな》から嫌《きら》われてる人がいるとする。そういう人は、『健康』かい？」

「それは……」

言葉を詰《つ》まらせて考《かんが》え込《こ》むナニカを見て、オトギは苦笑《くしょう》しつつ言葉を続けた。

「ま、違《ちが》うよな。だから僕たちは——健康というのは肉体的なことだけじゃなく、精神的、社会的にも満たされた状態であると考えることにしてるんだ」

WHOの受け売りだけどな、と小声で付け加えながらそう告げたオトギに、ナニカは釈然《しゃくぜん》としない顔で口を開く。

「……だから、こころに問題を抱《かか》えた状態は『健康』じゃないと。そう言うんですか」

「我ながら大分乱暴な理屈《りくつ》だとは思うけどな。とりあえず今はそう思って貰《もら》えればいい」

全くもって、乱暴なことこの上ない理屈《りくつ》の持っていき方である。

とはいえ、彼《かれ》の言いたいこと自体は——ナニカも少なからず、理解し始めていた。

「……まあ、いいです。ひとまずそういうことにしておきます。……で、何でしたっけ。貴方《あなた》の言う『こころの病《やまい》』——『とうごうしっちょうしょう』とやらは、一体どういう病気なんですか」

話を促《うなが》すナニカに、オトギはひとつ頷《うなず》くと、

「まとまりのない言葉。突発《とっぱつ》的な感情の起伏《きふく》。そして彼女《かのじょ》だけに聞こえる――彼女自身《かのじょじしん》を批判する声。恐《おそ》らくこういった症状《しょうじょう》は全部、彼女《かのじょ》という個人を統合して、彼女《かのじょ》を彼女《かのじょ》たらしめているこころの機能が何らかの原因でうまく働かなくなったことによるものだ」

そんな彼《かれ》の説明に、ナニカは再び眉間《みけん》にしわを作る。

「何らかの原因、って？」

「一般《いっぱん》論で言えば、原因として考えられるのは急激なストレスだったり、あるいは他の、それこそ肉体的な病気によるものってこともあるが……精霊《せいれい》である彼女《かのじょ》は、いわゆる通り一遍《いっぺん》の病気とは無縁《むえん》だ。なら、彼女《かのじょ》にとっての原因は恐《おそ》らく――」

「……村長の息子《むすこ》さんが亡《な》くなったこと、とか？」

その通り、とオトギは頷《うなず》く。

「これは憶測《おくそく》だが――彼女《かのじょ》は多分、村長の息子《むすこ》が亡《な》くなっていたことを知っていた。けど、それを認めることが出来なかったんだ」

オトギの唱えた論に、ナニカは硬《かた》い表情で頷《うなず》く。確かに、この山を統《す》べる精霊《せいれい》である彼女《かのじょ》であれば――この山の中で起きたことを察知していても何ら不思議ではない。

「……そのせいで、そのショックで、精霊病《せいれいびょう》を発症《はっしょう》したってことですか？」

「自分のありようを変えるような『信じたくない事実』に直面した時、僕《ぼく》らはそれに対して強

い不快感を覚える。こういうのを僕《ぼく》らは『認知《にんち》の不協和』と呼ぶんだが——こういう状況《じようきよう》ってのは当然、本人にとってはとんでもないストレスになるもんなのさ」

そう語るオトギの言葉に、しかしナニカは、今ひとつ腑《ふ》に落ちないものを感じていた。

「でも、そうだとして。それでこんなに——世界を改変してしまうまでに暴走してしまうなんて。そんなことって……」

「確かにな。人間だったらここまでのことにはならんだろうさ。けどあちらさんは——精霊《せいれい》だ」

ナニカの疑問に、オトギは頷《うなず》きながら言葉を返す。

「『精霊《せいれい》は、物質的なものに依《よ》らない高位の存在だ』。確か君は、そう言ったよな。だとしたら——彼女《かのじよ》たち精霊《せいれい》ってのは肉体的な要素が薄《うす》い分、僕《ぼく》たち人間と比べて精神的な動揺《どうよう》にひどく脆《もろ》いんじゃないか」

物質という軀《くびき》から解き放たれた上位者。それゆえに彼《かれ》らという存在を規定するのは、彼《かれ》らの精神——『こころ』そのものであると言っても過言ではない。

そんな彼《かれ》らにとって、心理的動揺《どうよう》やストレスがどのように作用するのか。

それは——存在を揺《ゆ》るがすほどの致命《ちめい》的な傷に、他ならないのではないか。

「……それが、精霊病《せいれいびよう》の正体」

「まあ、僕《ぼく》の仮説でしかないけどな。……何にせよ、今彼女《かのじよ》の治療《ちりよう》のために出来ることはひとつ。彼女《かのじよ》の心の中身を理解して、彼女《かのじよ》の痛みに寄《よ》り添《そ》って、彼女《かのじよ》の傷を知ること」

　これじゃ三つか、とおどけたように言い添《そ》えて、そこでオトギは困った顔で辺りを見回し、小さく呻《うめ》く。

「とはいえそれも、どうにかしてもう一度彼女《かのじょ》に会わんことにはどうにもならんな。さて、どうしたもんか――」

　と、その時のこと。

　碧《あお》で包まれた空間。二人の佇《たたず》むその側で、不意に光が弾《はじ》けた。

「……っ⁉」

　咄嗟《とっさ》に目を覆《おお》ったナニカ。光が収まると、彼女《かのじょ》は薄目《うすめ》を開けて――そこにいたものに気付く。

　二人の前に、あの眷属獣《けんぞくじゅう》が佇《たたず》んでいた。

「……ウッソだろ、このタイミングでかよ」

　参った様子で呻《うめ》いて、後退《あとずさ》りするオトギ。ナニカも咄嗟《とっさ》に逃走《とうそう》の体勢に入り、しかしそこである不自然に気付く。

「襲《おそ》って、こない？」

　そう。二人の目と鼻の先に鎮座《ちんざ》した眷属獣《けんぞくじゅう》は、けれどまるで襲《おそ》い掛《か》かってくるような素振《そぶ》りを見せることもなく、ただじいっとその場でこちらをその無機質な瞳《ひとみ》で見つめ――やがて、くるりと踵《きびす》を返《かえ》してゆっくりと歩き出す。

「……何だ？」

「ついてこい、ってことかも」

その動きに、ナニカはどうしてかそんなことを口にして——その後を追う。自分でも意外だったが、けれど不思議と確信めいたものがあった。

そんな彼女《かのじょ》の言にオトギはやや逡巡《しゅんじゅん》を見せたが、しかし観念した様子で後に続く。

碧色《あおいろ》の闇《やみ》の中を、二人は進み始める。

■

眷属獣《けんぞくじゅう》の後をついて、しばらく歩いた頃《ころ》。

不意に足元の浮遊《ふゆう》感が消え、代わりに土を踏《ふ》む慣れ親しんだ感触《かんしょく》が伝わってきた。

周囲を見回すと、そこは先程《さきほど》まで居たあの奇妙《きみょう》な空間ではなく——木漏《こも》れ日《び》が差《さ》し込《こ》む、あの山の森の中だった。

「……出られたのか？」

オトギの問いに、しかしナニカは首を横に振《ふ》る。

「違《ちが》うと思います。……空を、見て下さい」

そう言ってナニカが指差した先。木々の隙間《すきま》から見える青空を目を凝《こ》らして見ると、そこには微《かす》かにひび割れのようなものが走っていた。

「なるほど、な。だとしたら、こりゃ一体……」

　オトギが呻《うめ》いたのと同時。その時――不意に、二人のものでない声が聞こえた。

『トリス！　トリス、どこに居るんだー？』

　若い、男の声だった。驚《おどろ》いた二人が声の方へと向くと、そこに居たのは何かを探すようにきょろきょろと辺りを見回しながら歩く――少し気弱そうな、金髪《きんぱつ》の青年だった。

「あっ、あのっ……」

　こちらに気付いたふうもなく、歩く彼《かれ》。ナニカは彼《かれ》に声を掛《か》けるが、しかし彼《かれ》はそれでもまるで気に留《と》める様子もない。

　男はナニカたちを無視したままで困ったように腕《うで》を組み、とそこで、何かを見つけてその目を輝《かがや》かせた。

『そこに居たんだな、トリス。……もう、探したんだよ？』

　彼《かれ》の視線の先。そこに立っていた人物を見て、ナニカとオトギは目を見張る。

　深空《ふかぞら》のように碧《あお》い髪《かみ》をした、美しい女性。いたずらっぽいその表情こそ似ても似つかなかったが、それは紛《まぎ》れもなくアグラストリスであった。

　彼女《かのじょ》もまた、ナニカたちに気付いた風もなく男を見つめて小さく笑う。

『お社《やしろ》で待っててって言ったのに、また僕《ぼく》をからかって。トリスは意地悪だなぁ』

そうぼやく男の言葉に、彼女《かのじょ》はしかし答えない。

否、話そうとしたところで、精霊《せいれい》である彼女《かのじょ》の言葉は——人である彼《かれ》には通じないだろう。

けれど青年は、そんな一方通行の会話を気にしたふうもなくのびのびと話し続けて。

対するアグラストリスも、それに静かに耳を傾《かたむ》けながらくすくすと笑《え》みをこぼすと——そこで何か思いついた顔になって、軽《かろ》やかな足取りで木々の隙間《すきま》に消えていく。

『あっ。もう、待ってよ、待ってったら、トリス——』

それを追いかけていく青年の背を見つめているうちに、ナニカははっと気付いた。

「……これって、もしかして——精霊《せいれい》さまの、記憶《きおく》?」

精霊《せいれい》災害によって引き起こされる現実改変。

それは無秩序《むちつじょ》で、無軌道《むきどう》であるがゆえに——彼《かれ》ら自身《じしん》が深くに抱《だ》いている記憶《きおく》や心を色濃《いろこ》く映し出すものであるという。

であれば、今ここに顕《あらわ》れたこの光景もまた、彼女《かのじょ》の心に眠《ねむ》ったそれではないだろうか。

「ひょっとしたら、何かの手掛《てが》かりになるかも。……追いかけなきゃ!」

「だな」

ナニカの言葉にオトギも頷《うなず》き、二人は彼《かれ》らの後を追って走り出す。すると程《ほど》なくして、再び景色が移り変わった。

そこは、アグラストリスの社《やしろ》。ナニカたちが見た時とは違《ちが》って燭台《しょくだい》は整然と並んでおり、ぼうぼうに伸《の》びっぱなしだった雑草も綺麗《きれい》に掃除《そうじ》された状態である。

アグラストリスは社の軒下《のきした》に腰掛《こしか》けて、退屈《たいくつ》そうな顔で頬杖《ほおづえ》をついていた。と、そんな時――彼女《かのじょ》の表情が、ぱっと変わる。

『トリスー！　いるかい？』

階段を登って姿を見せたのは先程《さきほど》の青年。恐《おそ》らくは彼《かれ》が、村長の息子《むすこ》――ヨハンなのだろう。汗《あせ》だくになりながら息を整えて、ヨハンは社まで歩いてくるとアグラストリスに向かって爽《さわ》やかな笑顔《えがお》を向ける。

『トリス、今日も君に色々と話したいことがあるんだ。聞いてくれるかい？』

アグラストリスはその言葉に、「やれやれ」といった雰囲気《ふんいき》で肩《かた》をすくめて頷《うなず》いてみせる。

けれどその表情は柔《やわ》らかで、幸せそうで。

……それは、先程《さきほど》見た彼女《かのじょ》の様相とは似ても似つかぬ、満たされたものだった。

「……幸せそう、ですね」

「そうだな。……この時は、まだ」

オトギの言葉に、ナニカはこの先に二人を待ち受けているであろう未来を思い出し、表情を暗くする。

そうだ、この幸せは——途切《とぎ》れ、途絶《とだ》えることが分かっている幸せなのだ。

なんとなくいたたまれなくなって、ナニカはふと、眷属獣《けんぞくじゅう》に視線をやる。

彼《かれ》もまた、その無機質な水晶《すいしょう》の瞳《ひとみ》でじっと二人の姿を見つめていたかと思うと——不意にその身を起こし、ゆっくりとどこかへ歩き出してゆく。

「あっ、待って！」

眷属獣《けんぞくじゅう》の後ろ姿を追って、再び歩き出すナニカとオトギ。するとまた、風景が変化し——

「……ここは」

二人が立っていたのは、あの崖際《がけぎわ》の山道の下を流れる沢《さわ》。

木々に囲まれた、ごつごつとした岩場の中——そこを流れる小川のほとりに、二人はいた。

……そして、彼《かれ》も。

平たい大きな岩の上に横たわって、ヨハンは荒《あら》い息をしていた。

全身ずぶ濡《ぬ》れで、体中に細かな傷やあざが見《み》え隠《かく》れしている。その痛ましい有様《ありさま》から、ナニカはこの光景の意味を、理解してしまう。

これはきっと——彼《かれ》が沢《さわ》に落ちて死んだという、その最期《さいご》の光景だ。

だがしかし、ナニカはそこで奇妙《きみょう》な違和感《いわかん》に気付く。

「……精霊《せいれい》さまが、いない？」

先程《さきほど》までの記憶《きおく》の中には、アグラストリスの姿があった。

けれど今はどこを見回しても、彼女《かのじょ》の姿はない。いや、そもそも。もしも彼女《かのじょ》がこの時、この光景を目の当《ま》たりにしていたのなら――死に瀕《ひん》している彼《かれ》を目前にして、何もしないということがあり得るだろうか？

疑念を渦巻《うずま》かせるナニカに、その時オトギが小さく声を上げた。

「……あれは」

彼《かれ》の声に反応して視線を巡《めぐ》らせると、死にゆくヨハンのその隣《となり》に、あの眷属獣《けんぞくじゅう》が佇《たたず》んでいた。

眷属獣《けんぞくじゅう》の姿を認めると、ヨハンは怯《おび》えた様子もなく震《ふる》える手を伸《の》ばして――疲《つか》れたような笑《え》みを浮《う》かべて口を開く。

『……ああ、丁度よかった。なあ君、悪いけどひとつだけ……頼《たの》まれ事を、してくれないかな』

そう言って彼《かれ》が差し出したのは、一輪の花だった。

……鮮《あざ》やかな碧色《あおいろ》をしたそれは、ナニカにも見覚えがあった。あの断崖絶壁《だんがいぜっぺき》に咲《さ》いていた、カゲユキハナだ。

『お願いだ。僕《ぼく》の代わりに、これを彼女《かのじょ》に届けてくれないか。約束したんだ、彼女《かのじょ》に――綺麗《きれい》な花を、持っていってあげるって』

彼《かれ》の言葉に、眷属獣《けんぞくじゅう》は物言わぬまま、その無機質な瞳《ひとみ》でじいっと彼《かれ》を見つめて――やがて、その顎《あご》で差し出された花をくわえる。

『……ありがとう』

ヨハンはそれに満足気に頷《うなず》くと、恐《おそ》らく痛みゆえだろう、顔を苦悶《くもん》に歪《ゆが》めながら、深いため息をひとつ吐《は》いた。

『あーあ。残念だなぁ。きっと彼女《かのじょ》に、よく似合うだろうに。……見たかったのに、なぁ』

そう呟《つぶや》くと、彼《かれ》はひときわ大きな咳《せき》をして。その口から喀血《かっけつ》を零《こぼ》して、そのまま沈黙《ちんもく》する。

沈黙《ちんもく》して、そのまま、ぴくりとも動かなくなる。


一部始終を目《ま》の当たりにした後。ナニカは隣《となり》に佇《たたず》んでいた眷属獣《けんぞくじゅう》を一瞥《いちべつ》する。

その静かな水晶《すいしょう》の瞳《ひとみ》もまた、記憶《きおく》の中の彼《かれ》と同じように、青年の亡骸《なきがら》をじっと見つめていた。

その様子にナニカははっとして、声を上げる。

「もしかして、これは、貴方《あなた》の——？」

と、その刹那《せつな》のことだった。

ばきり、という硬《かた》い音と共に風景がめくれ上がって、一瞬《いっしゅん》のうちに別のそれへと塗《ぬ》り替《か》わり。

次の瞬間《しゅんかん》、ナニカたちはあのお社《やしろ》の前に立っていた。

ぞくりと。冷たい風が吹《ふ》き抜《ぬ》けて、ナニカはゆっくりと顔を上げる。するとそこには――最後に見た時と同じようにお社の軒下《のきした》に座《すわ》る、アグラストリスの姿があった。

回想の中の彼女《かのじょ》と異なりその瞳《ひとみ》は昏《くら》く淀《よど》み、そして彼女《かのじょ》の手足は歪《いびつ》なひび割れに覆《おお》われていて、末端《まったん》のほうなどはうっすらと消えかかっている。

……精霊病《せいれいびょう》の影響《えいきょう》で、存在が不確定になりつつあるのだ。

「精霊《せいれい》さま。あの――」

「こんなのは、嘘《うそ》よ」

ぽつりと。彼女《かのじょ》はそう呟《つぶや》いて、静かな瞳《ひとみ》で眷属獣《けんぞくじゅう》を睨《にら》む。

「ねえ、どうしてお前までこんな嘘《うそ》をつくの。彼《かれ》が死んだなんて。彼《かれ》がもう、ここに来《こ》れないなんて。彼《かれ》が二度と、私に笑いかけてくれないって。彼《かれ》がずっと、私にくだらない話をしてくれないって。ねえどうして。ねえ――」

雨漏《あまも》りのように言葉を垂れ落とす彼女《かのじょ》に、眷属獣《けんぞくじゅう》が歩み寄り――その口にくわえた、ボロボロに枯《か》れたカゲユキハナを彼女《かのじょ》に向けようとする。

けれどそんな彼《かれ》をアグラストリスはきっと睨《にら》みつけて、

「……何度も言っているでしょう。そんなもの、私は要《い》らないって。……だって彼《かれ》は、彼《かれ》が持ってくるって、約束してくれたんだもの。……そうよ、約束。ヤクソクしたの」

と、そこまで呟《つぶや》いたところで彼女《かのじょ》は急に動きを止め――やがて急に、くつくつと小さな笑い声を零《こぼ》し始めた。

「……ああ、そうか。お前もそうなんだ。お前も、私を騙《だま》そうとしてるんだ。私と彼《かれ》を引《ひ》き裂《さ》こうとしてるんだ。引《ひ》き裂《さ》いて、ぐちゃぐちゃにして、砕《くだ》いて、潰《つぶ》して、粒粒《つぶつぶ》にして。ふ、ふふ。あはははははははは」

そんな彼女《かのじょ》に呼応するように、瞬間《しゅんかん》、辺りの地面に亀裂《きれつ》が走る。

この世界は彼女《かのじょ》の心象風景そのもの。ゆえに彼女《かのじょ》の精神状態に呼応して、変化しているのだ。

……恐《おそ》らく、悪い方へと。

「もう、嫌《いや》」

ひび割れた地面の隙間《すきま》から、伸《の》びてきたものがあった。

それは——青々とした、巨木《きょぼく》の根。

「全部、壊《こわ》れちゃえ。全部、全部、ぜんぶ——」

アグラストリスの言葉と共に幾筋《いくすじ》もの根が崖《がけ》を砕《くだ》き、岩場を持ち上げて。交錯《こうさく》して、縫《ぬ》い合わさって——崖際《がけぎわ》の風景はもはや原型を留《とど》めず、木の根によって幾重《いくえ》にもつなぎ合わされた、奇妙《きみょう》な浮島《うきしま》群へと変貌《へんぼう》していた。

「っ、うお……⁉」

縦横無尽《じゅうおうむじん》に揺《ゆ》れ動《うご》く足場に、オトギは平衡《へいこう》感覚を崩《くず》して倒《たお》れ込《こ》む。

「オトギさん！」

ナニカは手を伸《の》ばすが、届かない。ナニカの目の前で彼《かれ》の体は、そのまま真っ逆さまに遥《はる》か下へと転落——しなかった。

「……貴方《あなた》……」

オトギを間一髪《かんいっぱつ》で支えたのは、あの眷属獣《けんぞくじゅう》だった。

彼《かれ》はオトギを引っ張り上げるとそのまま静かに歩き出し、ナニカたちのいる足場の縁《へり》の方へと移動して鎮座《ちんざ》する。

「……あり、がとう……」

ナニカの礼に、眷属獣《けんぞくじゅう》は一瞬《いっしゅん》だけ振《ふ》り向《む》いてすぐに視線を下に戻《もど》す。彼《かれ》の主たる、アグラストリスのいるであろう方向へと。

物言わぬその硬質《こうしつ》な背。しかしナニカは彼《かれ》が何かを訴《うった》えかけているような、そんな気がした。己《おのれ》の主を、助けてほしいと。そう言っているような——そんな、気がした。

ナニカの後ろで、体勢を立て直したオトギが呻《うめ》く。

「……ったく。こりゃあ流石《さすが》にデタラメすぎだろ……」

足場の下を一瞥《いちべつ》して、乾《かわ》いた笑いを漏《も》らすオトギ。ナニカもつくづく同感だった。

しかし、呆《ほう》けている暇《ひま》は——二人には与《あた》えられていない。

「あの様子だと、陽性症状《しょうじょう》がかなり増悪してるみたいだな。それに、この空間——この滅茶《めちゃ》苦茶《くちゃ》な具合が彼女《かのじょ》の精神状態を表してるっていうなら、とっとと手を打たないとマズいが……」

難しい顔で唸《うな》るオトギに、ナニカは不安そうに問う。

「……治す方法は、あるんですか」

その問いに、オトギはしかし渋面《じゅうめん》のままで顎《あご》に手を当てる。

「もっと症状《しょうじょう》が軽ければ、話し合いだけで落ち着かせることも出来たんだが――今の彼女《かのじょ》の様子じゃ意思の疎《そ》通《つう》も難しい。薬物治療《ちりょう》で介入《かいにゅう》出来れば手はあるかもしれんが……こんなところで、ましてや精霊《せいれい》相手に効く薬なんて――」

「あるかも、しれません」

ぽつりとナニカが呟《つぶや》くと、オトギは驚《おどろ》いた顔で彼女《かのじょ》を注視した。

「……マジで?」

「かもしれない、ですけど――ちょっと待ってて下さい」

言いながら、ナニカは背中に背負った匣《はこ》を下《おろ》して中を物色、やがて透明《とうめい》な小瓶《こびん》に詰《つ》められた液体をいくつか取り出して、オトギに手渡《てわた》した。

「祖母から教わった薬です。周囲の空間に作用して精霊《せいれい》さまの干渉《かんしょう》を一時的に遮断《しゃだん》することで精霊《せいれい》災害の拡大を抑制《よくせい》する……んだそうですけど」

見ると、彼《かれ》はナニカの説明を聞いているのかいないのか、小瓶《こびん》に貼《は》り付《つ》けられたラベルに釘《くぎ》付《づ》けになっていた。

「……あの、オトギさん？」

「ああ、悪い。……なあ、ナニカちゃん。この薬の、名前――」

神妙《しんみょう》な顔で問う彼《かれ》に、ナニカは苦笑《くしょう》混じりに返す。

「ああ、変な名前ですよね、『ハ、ロ、ペ、リ、ド、ー、ル（仮）』って。お祖母様がどうしてもこの名前にしろって言うので、それに倣《なら》ったんですけど」

ナニカがそう答えるとオトギは長い、長いため息をついた後、「なるほど」と呆《あき》れたように小さく笑う。

彼女《かのじょ》は知るよしもない。

どうした因果か、その名前が――遠い異邦《いほう》の地において『定型抗精神病薬《こうせいいしんびょうやく》』と呼ばれている薬品と同じ名であることを。

「オーケー。その名前だけで、どうやら十分信頼《しんらい》できそうだ。今この空間は彼女《かのじょ》の心そのもの。なら空間に作用するその薬を使えば恐《おそ》らく僕《ぼく》が期待してる効果が出る、はず。……ま、この状況《じょうきょう》じゃＥＢＭがどうのと言ってる場合でもないし――君の薬に賭《か》けるぜ、ナニカちゃん」

オトギの言葉に込《こ》められていたのは、確かな信頼《しんらい》。

まだ駆《か》け出《だ》しの自分を、彼《かれ》は信頼《しんらい》している。その事実が少しだけ怖《こわ》くなって――けれどナニカは、大きく深呼吸した後にしっかりと頷《うなず》く。

「任せて下さい。星守《ほしも》りとして、ちゃんと全うしてみせます」

「いい返事だ。……じゃ、早速《さっそく》頼《たの》む。僕《ぼく》じゃあその薬の使い方は分からなそうだから」

オトギの言葉を受けて、ナニカは小瓶《こびん》を握《にぎ》りしめて浮島《うきしま》の縁《ふち》に立つ。

周囲を埋《う》め尽《つ》くすように広がる木の根と浮島《うきしま》の連なりを一望すると、彼女《かのじょ》はそこでハロペリドール（仮）を勢い良く辺りに散布して、

「……『展開《クオレ》』。『全方向へ《エーケス》』『運べ《ヴイント》』」

彼女《かのじょ》がそう告げた、その瞬間《しゅんかん》。小瓶《こびん》に入っていた透明《とうめい》な液体は急速に気化して膨《ふく》れ上《あ》がり、無数の赤光《しゃっこう》の奔流《ほんりゅう》となって――空中を駆《か》け巡《めぐ》りながら地に、天にと突《つ》き刺《さ》さってゆく。

「『運べ』『運べ』『運べ』」

謳《うた》うように、彼女《かのじょ》は詞を紡《つむ》ぎ続け。それに応じるように、光は竜《りゅう》のようにうねりながら浮遊《ふゆう》する巨岩《きょがん》へと向かってゆく。

砕《くだ》け散《ち》り、宙を舞《ま》っていた巨岩《きょがん》たちは楔《くさび》のように突《つ》き刺《さ》さった紅《あか》い光に繋《つな》がれて、牽引《けんいん》されるようにして元の崖壁《がいへき》を形作り。

空を覆《おお》っていた無数のひび割れもまた、鮮《あざ》やかな光を放って明滅《めいめつ》し――軋《きし》んだ音と共に周囲と融合《ゆうごう》、固着して、逆再生のように元の青空を形作ってゆく。

気付けば。たったの一振《ふ》りで異界と化していた空間はその形象を変化させ――ナニカの歌が終わる頃《ころ》には二人は再び、アグラストリスの社《やしろ》のある場所へと戻《もど》っていた。

地面を踏《ふ》みしめてみると、そこには確かな石畳《いしだたみ》の感触《かんしょく》がある。空を見てもそこに亀裂《きれつ》はなく、ただ一面の青空が広がるのみ。

どうやら、精霊《せいれい》災害の影響《えいきょう》を押《お》さえ込《こ》むことが出来たらしい。

「……いや、うん。僕《ぼく》の考えてた薬のイメージと違《ちが》うんだが、なんだ今の光……？」

呆然《ぼうぜん》とした様子のオトギに、ナニカは少しだけ自慢《じまん》げに胸を張る。

「自然界の物質に存在する『霊子《マナ》』を集めて調合したものを散布して、『精霊語《ワード》』を使ってそれを調律することで、精霊《せいれい》さまたちの使う精霊術《せいれいじゅつ》と同じような、世界への干渉《かんしょう》効果を引き起こす。祖母から受《う》け継《つ》いだ、ハーヴェル流調剤術《ちょうざいじゅつ》です」

「なんだかさっぱり分からんが凄《すご》いな……」

「えっへん」

オトギの素直《すなお》な賞賛に、思わず鼻が高くなる。と言っても凄《すご》いのは自分ではなく祖母のレシピだが、まあそれはそれだ。

気を取り直してお社に視線を戻《もど》すと――アグラストリスによる急激な現実改変の余波によるものか、そこに建っていたはずのお社は見る影《かげ》もなく崩《くず》れ落《お》ちていた。

そして。そんな瓦礫《がれき》の中に囲まれるようにして、彼女《かのじょ》もまた、膝《ひざ》を抱《かか》えてそこにいた。

「分かってた。……全部、分かってた」

先ほどまでと一転して、ひどく静かな声でアグラストリスはそう、呟《つぶや》く。

「この山で起きたことだもの。私が、気づかないはずがなかった。……けど私は、その事実から、目を背《そむ》けた」

「……精霊《せいれい》さま」

膝《ひざ》を抱《かか》え、顔を伏《ふ》せた彼女《かのじょ》の表情を窺《うかが》い知ることはできないが――その声は、震《ふる》えていた。

「ああなる少し前、彼《かれ》は言ったの。私に似合いそうな綺麗《きれい》な花を見つけたから、君に持っていってあげるって。……あの時、止めればよかったんだ。そうすれば彼《かれ》は死なずに済んだはずなのに」

沈《しず》み込《こ》むような声でそう告げて、彼女《かのじょ》は半ば消えかかった自身の体を抱《だ》きしめるように、ぎゅっと腕《うで》に力を込《こ》めて――呪《のろ》うように、呟《つぶや》く。

「……村の人が言ってた通りだわ。私のせいで、彼《かれ》は死んだ。私が、彼《かれ》を殺したんだ」

そんな彼女《かのじょ》の前に、眷属獣《けんぞくじゅう》が静かに寄《よ》り添《そ》うと――彼女《かのじょ》に、枯《か》れたカゲユキハナを差し出そうとする。

「受け取ってやってくれ。そいつの為《ため》にもさ」

物言わぬ彼《かれ》の代弁をするかのように、オトギが静かに言葉を添《そ》えた。

「……受け取る資格は、私にはない。だって」

「全部、自分のせいだからか？」

先回りしてオトギはそう言うと——穏《おだ》やかな笑《え》みを浮《う》かべて彼女《かのじょ》の目の前にしゃがみ込《こ》み、

「ならそうだな、一体何が、どう君のせいなのかを一つづつ考えていこうじゃないか」

明るい声でそんなことを言い出すと、彼女《かのじょ》の前で指を三本立てて見せる。

「まず、そうだな。彼《かれ》が花を取りにいったのは、君がそうしろって言ったからかい？」

無遠慮《ぶえんりょ》とも言えるその問いかけを、ナニカは思わず制止しようとして。けれど、

「……違《ちが》う。私の……精霊《せいれい》の言葉は、人である彼《かれ》には届かないもの」

オトギの問いかけに対して困惑《こんわく》を見せつつも小さく首を振《ふ》ったアグラストリスを見て、ナニカは口をつぐむ。

今、二人の邪魔《じゃま》をすべきではないと——どうしてかそう思ってしまったのだ。

「だよな。つまりこれは『君のせいじゃない』」

アグラストリスの返答に、オトギは頷《うなず》きつつ指を一本折りたたむ。

「じゃあ、彼《かれ》が——不幸にもあの場所から、落ちたこと。これは、君のせいだと思うかい」

その問いかけに、彼女《かのじょ》はびくりと肩《かた》を震《ふる》わせて。

「……違《ちが》う。私は、何もしてない」

絞《しぼ》り出すようにそう告げた彼女《かのじょ》に、オトギは温かな眼差《まなざ》しで頷《うなず》く。

「そうだよな。じゃあこれも、『君のせいじゃない』。強《し》いて言うなら、足場が悪かったからだ」

二本目の指を折ってそう告げて、彼《かれ》はそこで、彼女《かのじょ》の瞳《ひとみ》を真《ま》っ直《す》ぐに見つめて告げる。

「もう一度、訊《き》くぜ。君は、君のせいで彼《かれ》が死んだって……そう思うかい？」

「……私は……」

アグラストリスの表情に浮《う》かんだ戸惑《とまど》いを見て取って、オトギは安心させるように小さな笑《え》みを浮《う》かべて続ける。

『認知《にんち》』ってのはその時の感情次第《しだい》で簡単に変わっちまうもんでね。落《お》ち込《こ》んでる時には何でもかんでも悪いように、自分にマイナスになるように考えちまうもんなんだ。……そういう悪い考え方のクセを自分で認識《にんしき》して、軌道《きどう》修正していくのが認知《にんち》行動療法《りょうほう》ってもんなんだが──そりゃあまあ、どうでもいいな」

そう言っておどけたように肩《かた》をすくめる彼《かれ》に、アグラストリスは泣き出しそうな顔で「でも」と言葉を返す。

「……でも、それでも私が悪いの。そうよ、もしも私と彼《かれ》が、出会わなかったら──」

「なら君は、彼《かれ》と出会わなければよかったと。出会わないほうが幸せだったと、そう思うかい？」

オトギの静かな一言に、アグラストリスはその目を大きく見開いて。

それからその目に大粒《おおつぶ》の涙《なみだ》を浮《う》かべて──大きく首を横に振《ふ》る。

「……いや。そんなのは、いや。絶対に、いや」

「うん。そう思えるなら、君は大丈夫《だいじょうぶ》だ。……ごめんな、辛《つら》いことを言って」

そう返すと、オトギは最後に立てていた人差し指を折って、泣き出したアグラストリスの肩《かた》を軽く叩《たた》く。

そんな二人の元にそっと、眷属獣《けんぞくじゅう》が寄《よ》り添《そ》うように歩み寄り。

泣きじゃくるアグラストリスにその鼻先を近づけて、あの花を――ボロボロに枯《か》れたあのカゲユキハナを、差し出す。

アグラストリスはそれを辛《つら》そうに見つめて――けれど意を決したように、その手に受け取る。

「……ごめんね。貴方《あなた》にもずっと、心配かけたね」

そう言って眷属獣《けんぞくじゅう》の鼻先を撫《な》でる彼女《かのじょ》の側で、眷属獣《けんぞくじゅう》もまたされるがままに佇《たたず》み続ける。

構わない。物言わぬ彼《かれ》の瞳《ひとみ》は、そう告げているようだった。

「……う、うう。うあぁぁぁぁぁぁぁん」

枯《か》れ花を抱《だ》いて、アグラストリスは静かに涙《なみだ》を零《こぼ》し続ける。

触《ふ》れてしまえば崩《くず》れてしまいそうな、乾《かわ》いた枯《か》れ花。けれどそれは、彼女《かのじょ》の涙《なみだ》を受けると同時に――時間が巻《ま》き戻《もど》ったように瑞々《みずみず》しい碧色《あおいろ》を取《と》り戻《もど》す。

『蒼木《そうぼく》』の銘《めい》を担《にな》う精霊《せいれい》。彼女《かのじょ》の司《つかさど》る属性は、『植物』。

山の生を管理し、命に恵《めぐ》みを与《あた》えるのが、彼女《かのじょ》の持つ本来の権能なのだ。

アグラストリスは、涙《なみだ》を流し続ける。

わだかまっていたものを全て洗い流すように、透明《とうめい》な涙《なみだ》を流し続ける。

見ると、消えかかっていた彼女《かのじょ》の体は再び実体を取《と》り戻《もど》していて――彼女《かのじょ》の体を囲むように、ひときわ綺麗《きれい》な碧《あお》い燐光《りんこう》が渦巻《うずま》いている。

……精霊病《せいれいびょう》によって薄《うす》らいでいた彼女《かのじょ》の存在が、再び戻《もど》ったのだ。

そんな彼女《かのじょ》を前にして、ナニカはふと辺りを見回して――思わず声を上げる。

「……すごい」

社《やしろ》を囲む、枯《か》れ木《き》の森。アグラストリスの心に呼応するように色あせていた彼《かれ》らもまた、彼《か》女《じょ》の抱《だ》く花と同じように――その枝に、葉に、再び色を付け始めていた。

まるで社を中心にして絵の具を垂らしたかのように、辺りに色彩《しきさい》が広がって――やがてそれは、山全体を包《つつ》み込《こ》んでいく。

長く続いた冬が明け、一足遅《おそ》い春がやってきたようなその鮮《あざ》やかな光景を。

ナニカは、何も言わずにいつまでも見つめ続けた。

かくして、山を揺《ゆ》るがした精霊《せいれい》災害はひとまずの終結を見ることとなり――二人は辺りで伸《の》びていた村民たちを連れて山を下りた。

■

それからナニカは悩《なや》んだ末、事の顚末《てんまつ》を彼《かれ》らに伝えることに。

アグラストリスが長い間孤独《こどく》を感じて過ごしていたこと。そんな彼女《かのじょ》と村長の息子《むすこ》、ヨハンとの関わり合い。それらの事実を包《つつ》み隠《かく》さず打ち明けたところ、村長は少なからず責任と後悔《こうかい》を感じていた様子であった。

長い間精霊《せいれい》のもたらす恵《めぐ》みを享受《きょうじゅ》して、いつしかそれを当然だと感じるようになり――彼《かれ》らは、精霊《せいれい》もまたひとつの人格を持った存在であることを忘却《ぼうきゃく》していた。

彼《かれ》らも人と同じように悩《なや》んだり、不安や寂《さび》しさを感じたりする存在であるということを――知りもしなかったのだ。

「……精霊《せいれい》さまを病《やまい》へと追《お》い込《こ》んだのは、他ならぬ私たちだったんですな」

悲しげにそう告げた村長に、村人たちの声が上がる。

これからまた、やり直そうと。

ヨハンが示したように、今度は自分たちが、精霊《せいれい》さまを支えようと。

「まずはお社《やしろ》を作り直《なお》さんとなぁ」

「でも大勢で押《お》しかけたらまた精霊《せいれい》さまのお具合に障《さわ》るんじゃないか」

「むう」

そんなことを話し合っていた彼《かれ》らを思い出して、ナニカは思う。

きっともう二度と──彼女《かのじょ》が精霊病《せいれいびょう》に罹《かか》ることはないだろうと。


その晩事態の解決を祝って軽いどんちゃん騒《さわ》ぎが催《もよお》されて、翌日の朝。

昨日の疲《つか》れで気怠《けだる》さの残る体を引きずって、ナニカが起き出してくると──

「あの『外《アウター》なるもの』の方？　ああ、でしたら早朝に出発すると……」

……なんたる。

その話を聞くや否《いな》やナニカは急いで身支度《みじたく》を整え、挨拶《あいさつ》もそこそこに宿を飛び出す。

村を出て、街道《かいどう》へと出るにはアグラストリスの住まうあの山を通《とお》り抜《ぬ》ける必要がある。

朝靄烟《あさもやけむ》る山中の、行商人のためにと拓《ひら》かれた緩《ゆる》やかな坂道を息を切らして駆《か》け抜《ぬ》けると──

「……何してるんですか、貴方《あなた》」

山道に入って少しばかり進んだところで、オトギがげっそりとした顔で大きな木の下に腰掛《こしか》けていた。

「いや、なに。見ての通り休憩《きゅうけい》だよ休憩《きゅうけい》」

ナニカの呼びかけに、覇気《はき》のない声で応《こた》える彼《かれ》。ナニカは腰《こし》に手を当てて、そんな彼《かれ》を呆《あき》れたように半眼で見つめる。

「休憩《きゅうけい》って。まだ村から大して離《はな》れてないじゃないですか。舗装《ほそう》されてない道を歩くのがこんなに辛《つら》いとは思わなかった」

「僕《ぼく》は都会っ子だから体力ないんだよ……。舗装《ほそう》されてない道を歩くのがこんなに辛《つら》いとは思わなかった」

そんな彼《かれ》の発言に、ナニカは露骨《ろこつ》に怪訝《けげん》な顔になる。舗装《ほそう》された道なんてものが見られるのは大都市か、帝都《ていと》近郊《きんこう》の街道《かいどう》くらいのものであろう。ナニカだって見たことがない。

「……貴方《あなた》、一体どこから来たんですか」

「いやぁ、ちょぃと異世界から」

「はぁ」

はぐらかすようにそう答えた彼《かれ》を若干《じゃっかん》イラッとした顔で睨《にら》んだ後、ナニカは肩《かた》をすくめる。

目の前でへばっているこの哀《あわ》れな中年男性が、精霊《せいれい》さまの一件で活躍《かつやく》した男と同一人物であるとは――つくづく世の中分からないものである。

長いため息を吐《は》き出《だ》すナニカの内心を知ってか知らずか、オトギが口を開く。

「……それはそうとナニカちゃん。君も随分《ずいぶん》早くに出てきたんだな。村を救ったんだ、もう少し滞在《たいざい》して満喫《まんきつ》してからでもよかったろうに。……急ぐ理由でもあったのかい」

「……あう。それは、ですね」

全くもう、妙《みょう》なところで気のつく男である。彼《かれ》の問いかけを前にして、ナニカがその、その理由、を口にするべきか考えあぐねていると――

「あら、ラッキー。両方いた」


ふんわりとした声がどこからか聞こえて、ナニカが辺りを見回すと――二人の前で碧《あお》い燐光《りんこう》が弾《はじ》けて、そこに突如《とつじょ》一人の人影《ひとかげ》が顕《あらわ》れた。

「……精霊《せいれい》さま!?」

ひらひらとこちらへ手を振《ふ》って微笑《ほほえ》む、碧《あお》い髪《かみ》の女性。

表情こそ昨日と打って変わって和《なご》やかなそれであるが、紛《まぎ》れもなくアグラストリスその人……というか精霊《せいれい》であった。

「やっほ。昨日はありがとうね、お二人さん」

そう言って小さく笑う彼女《かのじょ》に、ナニカはどう対応したものか悩《なや》みつつ言葉を返す。

「あの、どうしたんですか。ひょっとして、何か問題でも……」

恐《おそ》る恐《おそ》るのそんな問いかけに、しかし彼女《かのじょ》は首を横に振《ふ》り、

「ううん。貴方達《あなたたち》の気配がしたから、折角だからお礼がてら顔を見せとこうと思ってさ。こうしてわざわざ下りてきてあげたの」

「はぁ……」

……なんだかノリが軽いというかなんというか。どうやら元々はこういう性格らしかった。彼女《かのじょ》の変わりように戸惑《とまど》うナニカに代わって、オトギが口を開く。

「どうだい、調子のほうは」

「うん。お陰様《かげさま》で、大丈夫《だいじょうぶ》——って言い切るのは、まだちょっと無理だけど。それでも貴方《あなた》達《たち》のお陰《かげ》で少しは気持ちに整理がつけられそうって、そう思えるようにはなったかな。それに」

そこで言葉を区切ると、彼女《かのじょ》は微《かす》かに寂《さび》しげな色を滲《にじ》ませながら微笑《ほほえ》んで——己《おのれ》の髪《かみ》を軽く撫《な》でる。

見ればそこには、一輪のカゲユキソウが飾《かざ》られていた。

「私がいつまでも泣いてたら、彼《かれ》に悪いもんね」

彼女《かのじょ》の髪《かみ》と同じ色をしたその碧《あお》い花は、最初からそうであったかのように彼女《かのじょ》の一部として自然に溶《と》け込《こ》んでいて。ナニカは思わず見蕩《みと》れながら、言葉を漏《も》らす。

「……綺麗《きれい》です、とっても」

「ありがとう、星守《ほしも》りさん」

はにかみながらそう微笑《ほほえ》む、彼女《かのじょ》。その笑顔《えがお》は、昨日のそれのような凍《こお》りつく冬色とは違《ちが》う

――春の日差しのような暖かさに満ちていた。

そんな彼女《かのじょ》の様子に、オトギは安心したように小さく笑って、

「……うん。そういう顔が出来るようになれば、もう大丈夫《だいじょうぶ》だな」

頷《うなず》きながらそう呟《つぶや》くと、彼《かれ》は腰掛《こしか》けていた木の根から立ち上がる。

「じゃあ、そろそろ僕《ぼく》は行くよ」

「あら。随分《ずいぶん》と忙《せわ》しないのね、人間は」

「一応これでも、急ぎの旅なんでね」

「ふーん」

軽く肩《かた》をすくめてそう返すと、アグラストリスはいたずらっぽい笑《え》みを浮《う》かべる。

「それじゃあ私も、私の役目を果たさなきゃ。この一ヶ月サボってばっかりだったから、山のあっちこっちが変なことになってるみたいだし」

「おう、その意気だ。……ああ、そうそう。村の連中が君のお社《やしろ》を直すって息巻いてたから、当分退屈《たいくつ》はしないと思うぜ」

「うわー。それもそれで鬱陶《うっとう》しそうだなぁ」

くすくす、と小さく笑って。

彼女《かのじょ》はそこで、オトギとナニカに改まった様子で向き直り。

「ねえ、人間。ありがとうね、私を──彼《かれ》と向き合わせてくれて」

そう告げた彼女《かのじょ》に、オトギは静かに首を横に振《ふ》る。

「君が立ち直ったのは、君自身の力さ。僕《ぼく》たちは、君が立ち直るための手伝いをしただけだ」

それだけ告げて、ゆっくりと踵《きびす》を返《かえ》して歩き出すオトギ。

そんな彼《かれ》の後を目で追いつつ、ナニカはそこで思い出したように背中の匣《はこ》を下ろすと、

「……あの、精霊《せいれい》さま。これを」

幾《いく》つかの小瓶《こびん》を取り出してアグラストリスへと手渡《てわた》した。

「これは？」

「カゲユキハナで作った。気分が落ち着くお香《こう》です。……その、もしまた不安を感じることがあったら、お使い下さい」

そう告げたナニカに、彼女《かのじょ》はしばし意外そうに目を瞬《まばた》かせた後、

「……ありがと。使わせてもらうわ」

そう言いながら、おかしそうにくすくすと笑う。

「あの人間も大概《たいがい》だけど、貴方《あなた》も変な星守《ほしも》りね」

「変……」

「ああ、ごめんごめん。悪い意味じゃあないから」

いい意味にも聞こえなかったが、精霊《せいれい》さまを相手に突《つ》っ込《こ》むのもはばかられたのでナニカは

それ以上追及《ついきゅう》することなく彼女《かのじょ》に一礼し、

「それじゃあ、すみません。私も先を急ぐので」

そう告げると、アグラストリスは「じゃあね」と手を振《ふ》ってふんわりとした笑顔《えがお》を返した。

「貴方《あなた》の恋路《こいじ》、応援《おうえん》してるわよ」

「なんか勘違《かんちが》いしてませんか……」

親指を立ててそんなことをのたまう精霊《せいれい》をジト目で見返しつつ、ナニカはもう一度ぺこりと頭を下げて、小走りで駆《か》け出《だ》す。


……が、徒歩でも余裕《よゆう》で追いつけそうな距離《きょり》のところでオトギはまだちんたらと歩いていた。

そんな彼《かれ》を追《お》い越《こ》さないよう無言で、じんわりとした速度で歩を進めていると、

「なあ」

そう言って突然怪訝《とつぜんけげん》そうな顔で振《ふ》り返《かえ》った彼《かれ》に、ナニカはぴゃあ、と変な声を漏《も》らす。

「ななななな何ですか驚《おどろ》かさないで下さい」

「いや、驚《おどろ》かすつもりは毛ほどもなかったんだが……」

若干《じゃっかん》引き気味にそう言いつつ、彼《かれ》はそこでナニカに向き直った。

「ちょいと訊《き》きたいんだが、君はこれからどこへ向かうつもりなんだ?」

彼《かれ》の質問に、ナニカは訝《いぶか》しく思いながらも、少し考えた後に答えを返す。

「……私の旅の目的は、星守《ほしも》りの御役目《おやくめ》を果たすこと――各地の精霊《せいれい》さまの『御鎮《みしず》め』を行うことです。ですからひとまず、大きな街に行って一度情報を集めようかな……と」

その答えに、オトギはふむと頷《うなず》いて――ややあって、何か決めた様子で口を開いた。

「なあ、ナニカちゃん。ひとつ提案があるんだが、ちょっと聞いてみる気はないか」

「……なんですか、一体」

明らかに裏を感じる笑顔《えがお》で告げた彼《かれ》に、思わず後ずさりつつ訊《き》き返すと――彼《かれ》はぴんと指を立てて、

「ナニカちゃん。僕《ぼく》を雇《やと》う気はないか」

「…………………は？」

その言葉の意図するところが分からず、ただぽかんとした顔で硬直《こうちょく》するナニカ。

そんな彼女《かのじょ》に、オトギは頭を掻《か》きながら言葉を続けていく。

「実は僕《ぼく》、ある精霊《せいれい》を探していてね。だもんで、君と一緒《いっしょ》に行動した方が色々とやりやすいと思うんだ」

「はあ……それで、どうして私が貴方《あなた》を雇《やと》うっていう話に」

「ぶっちゃけ、路銀が殆《ほとん》どないんだ」

あっけらかんと告げた彼《かれ》に、ナニカは思わずずっこけそうになる。

この人、ものすごい堂々とたかろうとしてます。しかも自分より遥《はる》か年下の少女相手に。

「あの村でもいくらか報酬《ほうしゅう》はくれたけど、とはいえこれもいつまで保つか分からないからな。僕《ぼく》としちゃあなるべく安定して宿と飯にありつきたい」

「堂々としょーもないこと言いますね……」

脱力気味《だつりょくぎみ》で呻《うめ》くナニカに、彼《かれ》はしかし自信満々に続ける。

「と言っても別に、そんな大層な対価を要求するわけじゃない。ただ宿代と飯代さえ奢《おご》ってくれればそれでいいんだ。代わりに僕《ぼく》はしばらくの間、君の御役目《おやくめ》を手伝う。……どうだろう、悪くない条件じゃないか」

「む……」

オトギの持ち出した提案に、ナニカは言葉を詰《つ》まらせる。

実を言えば――それは彼女《かのじょ》にとっても、決して悪いものではなかったのだ。

ナニカは、考える。懐《ふところ》具合に関しては、道行く街で薬士《くすし》としてちまちま稼《かせ》いでいるため幸い二人分くらいなら余裕《よゆう》を持って賄《まかな》えるだけのものはある。

どうするか。考えに、考えて――やがて彼女《かのじょ》は、オトギに向き直って告げる。

「……分かりました。でも、ひとつだけ、条件があります」

「うん？」

「私の御役目を手伝うということと、もうひとつ。……貴方《あなた》の知っている、精霊病《せいれいびょう》に関する知識や対処法を——私にも、教えて下さい」

昨日の一件で、ナニカとしては己《おのれ》の未熟さを痛感していた。

そして、それ以上に——オトギの持つ精霊病《せいれいびょう》への知識、そして精霊《せいれい》の症状《しょうじょう》を見出《みいだ》し解釈《かいしゃく》する
その分析《ぶんせき》技術に、強く心を惹《ひ》かれていた。

だからこそ、こうして彼《かれ》の後を追いかけるような真似《まね》までしたのだ。

「ふむ、つまり君は精神医学を学びたい……ってことか？」

「せいしん……？　多分、そうだと、思います」

その言葉はよく分からなかったが、とりあえずそう肯定《こうてい》して。

ナニカはオトギに向き直ると——その心の中を、正直に吐《は》き出《だ》す。

「精霊病《せいれいびょう》は、不治《ふち》の病《やまい》だって。決して治らない病だって、誰《だれ》もが言っています。だけど貴方《あなた》は
そんな常識を、ひっくり返してしまった。……『治せないもの』を、『治せるもの』にしてし
まった」

気恥《きは》ずかしさを押《お》さえ込《こ》んで、ナニカはオトギの目をしっかりと見つめて、告げる。

「だから——私もそれを、知りたいんです。『治せないもの』を『治せるもの』にした貴方《あなた》の
知識を。貴方《あなた》の技術を。貴方《あなた》の全部を、私は……ちゃんと、知りたいんです」

そんな彼女《かのじょ》の返答に、オトギは呆気《あっけ》に取《と》られたように目を丸くして。

それきり沈黙《ちんもく》している彼《かれ》に、ナニカはだんだんと不安になってくる。

「……あの。何か変なこと、言いましたか？」

「ああいや、そうじゃなくてな。君みたいな考え方をする子もいるもんだとビックリしたというかなんというか……いや、なんでもない」

しどろもどろにそう答えた後、彼《かれ》は少し照れくさそうに頰《ほお》をかいて、

「……学生相手の講義って苦手なんでな、上手《うま》く教えられるかどうかは分からんが――それでも良ければ、僕《ぼく》としちゃあ万々歳《ばんばんざい》だ。いいだろう、僕《ぼく》は君に、僕《ぼく》の知識と技術の全てを伝授してやる」

笑《え》みを浮《う》かべてそう答えると、オトギは「そうだ」と何やら思いついた様子でポケットをごそごそと漁《あさ》ると――何かを取り出してナニカへと差し出した。

「折角だしこれを、君に渡《わた》しておくよ」

不思議な、御札《おふだ》のようなものだった。けれど材質は紙ではなく、妙《みょう》に光沢《こうたく》のある固い素材で。

そしてそこにはおおよそ見たことがない文字と、目の前の男の微妙《びみょう》にだらけきった肖像《しょうぞう》が見たこともないほどの鮮明《せんめい》さで描《えが》かれている。

「……なんですか、これ」

「契約《けいやく》の印、ってとこさ。これから僕《ぼく》はしばらく君の下で働くわけだし、一応な」

「別にいらないいんですけど……」

「いざとなったら骨董《こっとう》屋にでも売ってくれ。見たことのない素材だ！　っつってこの前見せた

店じゃ大喜びしてたから、多少の路銀の足しにはなるだろ」

「はぁ……」

なんだか釈然《しゃくぜん》としないものを感じつつナニカがそれを懐《ふところ》にしまうと、彼《かれ》は満足げに頷《うなず》いて、その手を差し出してみせた。

「それじゃあ、契約完了《けいやくかんりょう》だ。これから宜《よろ》しくな。ナニカちゃん」

ナニカは少しだけ逡巡《しゅんじゅん》した後、差し出されたその手を軽く握《にぎ》り返して。

「……宜《よろ》しくお願いします、オトギさん。それと」

「うん？」

首を傾《かし》げる彼《かれ》に、ナニカはむっとした顔で唇《くちびる》を尖《とが》らせて、

「『ちゃん』は、子供っぽいのでやめて下さい。私はまだ半人前ですけど……それでも、貴方《あなた》の言うところのプロなんですから」

以前彼《かれ》に言われた言葉を返して、そこでなんだか急に恥《は》ずかしくなって顔を伏《ふ》せるナニカ。

そんな彼女《かのじょ》の言葉に、オトギは少しだけ驚《おどろ》いた顔になり。やがて、

「……そうだな。それじゃあナニカ。改めて、これからしばらく世話になるぜ」

「……はい、オトギさん。これから、お世話になります」

ぎこちない握手《あくしゅ》を交《か》わした後に、二人は同じ道の一歩を踏《ふ》み出《だ》す。

半人前の駆《か》け出《だ》し『星守《ほしも》り』と、医者を名乗る『外なるもの《アウター》』。
この奇妙《きみょう》な二人の旅路は――かくしてここに、始まることとなる。

■オトギの備忘録《びぼうろく》■

『精霊《せいれい》』

自然を管理し、調律しているという上位存在。

遍《あまね》く自然から分化した、人格を持った自然。

聞いた印象では八百万《やおよろず》の神々などと近いように思えるが、どうも『神』という概念《がいねん》はこのあたりには存在していないらしい。興味深い。

■2――半熟星守《ほしも》りと救いの定義■

はじめ、世界が今みたいでなかった頃《ころ》。
世界という名の混沌《こんとん》は今よりももっと気まぐれで、無軌道《むきどう》で。それはそこで生を育《はぐく》む小さきものたちにとってあまりに暴虐《ぼうぎゃく》で、荒波《あらなみ》のように全てを奪《うば》い去《さ》るものであった。

ゆえに必然として、やがてそれを管理し、統《す》べるものたちが産み落とされた。
焔《ほのお》を治め、水を宥《なだ》め、風を巻き、闇《やみ》を撫《な》でるものたち。
己《おの》が根源を調律し、荒海《あらうみ》がごとき世界を生命の庭へと変換《へんかん》する役を担《にな》いし管理者たち。
人智《じんち》を超《こ》えた自然の顕現《けんげん》。近くにありて、けれど決定的に隔《へだ》たりしもの。
小さきものたちは彼《かれ》らを崇《あが》め、祀《まつ》り――やがていつしか、名を付けた。
まじりけなき霊性《れいせい》。すなわち『精霊《せいれい》』と。
畏怖《いふ》と敬意とを以《もっ》て、人は彼《かれ》らをそう呼んだ。

■

「……っはぁ、はっ、はっ……」

霧《きり》深い森を、女が一人走っていた。

この世のものとは思えないほどに、美しい女だ。けれどその美貌《びぼう》を今は焦燥《しょうそう》で歪《ゆが》めながら――おおよそ人の通るのに向かない獣道《けものみち》を、彼女《かのじょ》は狼《おおかみ》のように俊敏《しゅんびん》に走《はし》り抜《ぬ》けてゆく。

彼女《かのじょ》の背には、奇妙《きみょう》な『角』があった。

透明《とうめい》な、何らかの鉱石を思わせる一対《つい》の結晶突起《けっしょうとっき》。それは彼女《かのじょ》が精霊《せいれい》――人ならざる上位存在であることを示していた。

自然を調律し、世界すら改変しうる力を持つはずの彼女《かのじょ》はしかし、まるで何かに怯《おび》えたように、一心不乱に走り続ける。

走って、走って、走って。森の奥深《おくふか》くまで辿《たど》り着《つ》いて、彼女《かのじょ》はそこで後ろを振《ふ》り向《む》く。

しんと静まった世界に、動くものは何一つない。

彼女《かのじょ》はその顔に僅《わず》かに安堵《あんど》の色を浮《う》かべて――その時だった。

かちゃりと。金属の擦《す》れ合《あ》う音が、彼女《かのじょ》の周囲から響《ひび》く。

続いて姿を現したのは、重鎧《じゅうよろい》を纏《まと》った騎士《きし》たちだった。

円環《えんかん》を象《かたど》った紋章《もんしょう》が描《えが》かれた、漆黒《しっこく》の鎧《よろい》。手に手に剣《けん》を構える彼《かれ》らを前に、精霊《せいれい》は舌打ちをする。

「……しつこいぞ、人間風情《ふぜい》が！」

彼女《かのじょ》が吠《ほ》えるのと同時に、周囲で光が膨《ふく》れ上《あ》がり。複数体の眷属獣《けんぞくじゅう》が姿を現し、騎士《きし》たちへと飛《と》び掛《か》かってゆく。

騎士《きし》たちは応戦するも、人間の力で眷属獣《けんぞくじゅう》に立ち向かえるはずもない。防戦一方の彼《かれ》らを睨《にら》みつけて――精霊《せいれい》はゆっくりと、その手を宙に掲《かか》げる。

刹那《せつな》、眷属獣《けんぞくじゅう》たちと交戦していた騎士《きし》たちがにわかにその剣《けん》を取り落とし、首元を押《お》さえてもがき始める。見ると彼《かれ》らの頭には、白いもやのようなものがまとわりついていた。

『常霧《とこぎり》』の銘《めい》を持つ彼女《かのじょ》の権能は、霧《きり》の操作。密度を増した彼女《かのじょ》の霧《きり》は騎士《きし》たちの気道を、肺を水で埋《う》め尽《つ》くし、彼《かれ》らの呼吸を奪《うば》っていた。

「……く、くく。気持ち悪い」

呼吸ができず、兜《かぶと》を脱《ぬ》ごうとしてもがき蠢《うごめ》く彼《かれ》らを見つめて――精霊《せいれい》の顔に浮《う》かんでいたのは、恍惚《こうこつ》とした笑《え》み。

ぐったりとして一人、また一人と動かなくなる彼《かれ》らを見下ろして、彼女《かのじょ》はやがて、声を上げて高らかに笑う。

「あ、はは。はははははははは！　気持ち悪い、気持ち悪い、気持ち悪い気持ち悪いきもちわるいキモチワルイキモチワルイキモチワルイキモチワルイ！」

ああ、気持ち悪い。人間というのは、実に醜悪《しゅうあく》で、穢《けが》らわしい。

そして――だからこそ。彼《かれ》らの命を奪《うば》うというのはこんなにも、心が躍《おど》る。

「さあ、もっと惨《みじ》めに苦しんでよ。ほら、もっと、もっと、もっともっともっと――」

切《き》っ掛《か》けは何だったか、もはや彼女《かのじょ》には思い出せない。

けれどいつからか、こうして霧《きり》の中に人間を誘《さそ》い込《こ》んで殺すのが彼女《かのじょ》の娯楽《ごらく》となっていた。

「……違《ちが》うわ。これは私の、義務なのよ。こんなに汚《きたな》らしいものが私の森を踏《ふ》み荒《あ》らすなんて、あってはならないことだもの」

誰《だれ》にともなくそう呟《つぶや》いて、彼女《かのじょ》は曖昧《あいまい》な笑《え》みを浮《う》かべて両手を広げる。

「そうよ。何もかもを、染め上げなきゃ。汚《きたな》いものを全部綺麗《きれい》にして、全部を白く、白く――真っ白にしなきゃ」

辺りを包んでいた霧《きり》は濃度《のうど》をなお増し、森は白に包まれてゆく。

木々も、岩も、土も草も、何もかもがその存在の境界を曖昧《あいまい》にして霧《きり》の中へと溶《と》けてゆく。

その光景を、彼女《かのじょ》はただただ笑顔《えがお》のままに見つめて――けれど、その時。

「！」

何かに気付いたように彼女《かのじょ》が腕《うで》を振《ふ》るうと、周囲に侍《はべ》っていた眷属獣《けんぞくじゅう》の一体が彼女《かのじょ》の前に飛び上がる。

瞬間《しゅんかん》、その胴体《どうたい》が半ばから、割れ飛んだ。

「つ……何！」

咄嗟《とつさ》に後ろに飛んで、彼女《かのじょ》はその一撃《いちげき》の正体を見極《みきわ》めようとする。

すると、真っ二つに両断された眷属獣《けんぞくじゅう》の側に立っていたのは――一人の人間だった。

まだ若い、男だ。その髪《かみ》は霧《きり》に溶《と》けるように白く、その瞳《ひとみ》は紫電《しでん》のような光をたたえた紫色《むらさきいろ》。

……そして、身に纏《まと》った軽甲冑《けいかっちゅう》には今しがた殺した騎士《きし》たちと同じ、円環《えんかん》の紋章《もんしょう》が見えた。

男はその手に持った、捻《ねじ》くれたような意匠《いしょう》の奇妙《きみょう》な黒剣《こつけん》を精霊《せいれい》に向けて、静かに口を開く。

「『常霧《とこぎり》』のエイルシュトルハ、だな」

「……だったらなんだと言うの、人間」

「貴様に、『精霊病《せいれいびょう》』の嫌疑《けんぎ》が掛《か》かっている」

男の告げたそんな言葉に、女――エイルシュトルハはくつくつと笑い声を零《こぼ》す。

精霊病《せいれいびょう》。狂《くる》い、我を忘れた精霊《せいれい》のことを、人間たちはそう称《しょう》して恐《おそ》れていると聞く。

「精霊病《せいれいびょう》。……ふふ、精霊病《せいれいびょう》？　私が狂《くる》ってると……そう言いたいのね、人間」

狂気《きょうき》じみた笑顔《えがお》で彼女《かのじょ》はそう呟《つぶや》くと、近くに転がっていた騎士《きし》の死体を片手で持ち上げて、
恍惚《こうこつ》とした表情でその兜《かぶと》を引き剝《は》がす。

そこにあったのは口から涎《よだれ》を溢《あふ》れさせて息絶えた騎士《きし》の、赤黒く変色した苦悶《くもん》の死に顔。

「汚《きたな》らしいでしょう、これ。……私はね、貴方《あなた》たち人間の――こういう顔を見るのが、大好き

なの。大好き？　ううん、違《ちが》うわ。大嫌《だいきら》い。そう、貴方《あなた》たちが嫌《きら》い。私の森を汚《よご》す、貴方《あなた》たちが嫌《きら》い……そうよ、嫌《きら》い。嫌《きら》い、キライ、キライ、キライ……」

ぶつぶつと、突如豹変《とつじょひょうへん》したようにとりとめもなく呟《つぶや》く彼女《かのじょ》。

すると彼女《かのじょ》の手や足にひび割れのような光の筋が浮《う》かび始め――それは爆発《ばくはつ》的に膨《ふく》れ上《あ》がって彼女《かのじょ》の姿を飲《の》み込《こ》むと、霧《きり》の巨人《きょじん》……そうとしか呼べないものに変貌《へんぼう》していた。

そして、その時。

「『論理的統合の破綻《はたん》および霊子《マナ》放出の増大化、存在偏移《へんい》の不可逆化を確認《かくにん》――対象精霊《せいれい》をステージⅣ【精霊《せいれい》災害】クラスと認定《にんてい》』」

どこからともなく響《ひび》いたのは精霊《せいれい》とも、白髪《はくはつ》の騎士《きし》とも異なる無機質な声だった。

「『人的被害《ひがい》グレードⅢ、霊子汚染《マナおせん》グレードⅢ、周辺霊脈《れいみゃく》への転移汚染《おせん》グレードⅠ。早期の討《とう》滅《めつ》を推奨《すいしょう》する』」

重々しいその声に頷《うなず》くと、白髪《はくはつ》の騎士《きし》はその紫眼《しがん》を鋭《するど》く細めて、

「『常霧《とこぎり》』のエイルシュトルハ。精霊病《せいれいびょう》に冒《おか》され、大勢の人間を手に掛《か》けた罪状により――これを『精霊《せいれい》災害』と認定《にんてい》」

眼球の形に変質した『角』で彼《かれ》を見下ろし、拳《こぶし》を振《ふ》り下ろさんとする『巨人《きょじん》』に。

異形《いぎょう》の剣《けん》を構えた騎士《きし》は、静かに宣言する。

「『循還《じゅんかん》』の名の下に――災害を、断罪する」

■

「……はぁ」

アグラストリスの治める山を抜《ぬ》けて低地に至り、林の中の街道《かいどう》へと出ておよそ二日。

ナニカは早くも、己《おのれ》の決断に若干《じゃっかん》の後悔《こうかい》を感じ始めていた。

「うぉーい、ナニカー。そろそろ一回休もうぜ」

やや後方から投《な》げ掛《か》けられたそんな声の主。彼《かれ》こそがその原因であった。

「……オトギさん。ついさっき休憩《きゅうけい》入れたばかりだと思うんですけど」

「さっきってお前、日の動き方からしてもう六時間は経《た》ってるぜ？」

からっと晴れた真っ青な空を恨《うら》めしげに見つめながら呻《うめ》くオトギに、ナニカは呆《あき》れた顔で腕《うで》を組む。

「次の街……ルベールカまではまだまだ、まーーだ全然距離《きょり》があるんです。日が高いうちに、少しでも距離《きょり》を稼《かせ》いでおかないと」

ルベールカというのは、この辺り一体の商業活動の中心となっている大都市である。

人が集まる場所であれば、精霊《せいれい》についての情報も集まりやすいだろう。そう言ってこの街へと立ち寄ることを提案したのは、他ならぬオトギだったのだが。

「いやー、そりゃあそうだけどさ、僕《ぼく》くらいにおっさん力が高まってくると長時間の運動って辛《つら》くてさぁ」

「オトギさんくらいの歳《とし》ならまだ働き盛《ざか》りじゃないですか。泣き言言わないで下さい」

んもう、ああ言えばこう言う。立ち止まって彼《かれ》へと向き直ると、ナニカは腰《こし》に手を当て指を立てて続けた。

「あのですね。私たちの――星守《ほしも》りの御役目《おやくめ》は、とても大切なものなんです。今もどこかで苦しんでいる精霊《せいれい》さまがいらっしゃるかもしれないのに、こんなところで休んでいる暇《ひま》なんてありません」

「いやいやナニカ、そうは言っても人生休息ってのは大事なんだぜ。そうやって君みたいに真面目にあくせく働いちゃうタイプほど、急にぱたっと疲《つか》れて立ち止まっちまうんだから」

オトギのやる気なさげな返答に、ナニカはたじろいだ様子になり、

「……そ、そういうものなんですか？」

「おうとも。だからそろそろこの辺で一旦《いったん》休んでさ、あそこのいい感じの木陰《こかげ》で昼寝《ひるね》でも――」

彼《かれ》が指差した先はを見ると、そこには青々とした大木が木陰《こかげ》を作っていて。なるほどあそこで午睡《ごすい》でもとれば、そよぐ涼風《りょうふう》も相まってさぞ気持ちのいいことだろう。……だが。

「却下《きゃっか》です」

もう何日も行動を共にしているため、ナニカもいい加減その手には乗らなかった。こうやって言いくるめられたせいで、山越《やまご》えだけでも一日掛《か》ける羽目になったのだ。流石《さすが》にもう騙《だま》されない、絶対に。

「……っていうかそもそも、急ぐ旅だって最初に言い出したのはオトギさんの方じゃないですか。いいんですか、そんな風にぼんやりしてて」

「んー。まあ、そうと言えばそうなんだがな。急ぐと言ってもあてのある旅じゃないというか、なんというか……」

彼《かれ》にしてははっきりしない物言いである。奇妙《きみょう》に思って、ナニカはずっと疑問に思っていたことを口にしてみることにした。

「そもそも、オトギさんの旅の目的を私はまだちゃんと聞いてない気がします。一応貴方《あなた》の雇《やと》い主《ぬし》として、ちゃんと聞いておきたいんですけど」

万が一にも、彼《かれ》の旅の目的とやらが何かしらの犯罪事にでも関わるものであれば一大事である。若干《じゃっかん》の警戒《けいかい》を込《こ》めてナニカがそう問うと、彼《かれ》はうーんと唸《うな》って、

「……信じるか？　僕《ぼく》の言うこと」

返ってきたそんな歯切れの悪い返事に、ナニカは緊張《きんちょう》の面持《おもも》ちで頷《うなず》く。すると――

「僕《ぼく》はね。異世界に移動する力を持った精霊《せいれい》を探してるんだ」

神妙《しんみょう》な顔でオトギが告げたのは、そんな答え。

衝撃《しょうげき》的なその発言に、ナニカはしばし言葉を失って——やがて、

「……さて、無駄《むだ》な時間食っちゃいましたし先を急ぎましょうか」

「おいおいおいおいナニカちゃーん⁉」

「ちゃんはやめて下さいって言ったじゃないですか」

すたすたと歩を進め始めていたナニカは呆《あき》れた顔で立ち止まると、露骨《ろこつ》に不信感に満ちた眼《まな》差《ざ》しでオトギをじいっと見つめる。

「オトギさんは兎《と》も角《かく》、私はわりと真面目な話をしていたつもりだったんですけど」

「いやいや僕《ぼく》も大真面目だぜ。見てくれよ、この目が嘘《うそ》をついてるように見えるか」

言い縋《すが》る彼《かれ》の顔を、ナニカは半眼で数秒見つめて。

「……オトギさんって目つき悪いですよね。あと無精髭《ぶしょうひげ》が流石《さすが》に見苦しいレベルなのでどこか街についたらちゃんと剃《そ》って下さい」

「ダメ出し⁉」

ショックを受けている彼《かれ》を前に、ナニカは小さくため息をつく。

無精髭《ぶしょうひげ》をちゃんと剃《そ》って、野放図《のほうず》になってる髪《かみ》もしっかり整えればなかなか悪くない顔立ちだろうに……とか思っていたわけでは断じてなく、彼《かれ》の言動について悩《なや》んでのことである。

「……そう言えばこの前も言ってましたよね。異世界がどうのとか。マイブームなんですか」

「いや、そうじゃなくて本当なんだって。『異界送りのエレベータ』っていうわけの分からん怪談《かいだん》がうちの病院で流行《はや》ってたから興味本位で調べてたら、いつの間にかこの世界に来てて」

言っていることの半分も理解できなかったため、ナニカはこれを華麗《かれい》にスルー。

「まあ、何でもいいですけど。無関係を装《よそお》いたくなるような道義にもとる行為《こうい》だけはくれぐれもしないで下さいね。人を見捨てるのって結構心の体力使うので」

「君は僕《ぼく》をどういう風に認識《にんしき》してるんだ……？」

「『腕《うで》は確かだけどちょっと信用できない謎《なぞ》の中年』くらいです」

「辛口《からくち》だなぁ」

などと、どうでもいいことをぐだぐだ喋《しゃべ》っているうちに、ナニカは結構長い間、ここで立ち話をしていたことに気付いてしまう。

「……オトギさん。小癪《こしゃく》な真似《まね》を……」

「いやぁ、だいぶ疲《つか》れがとれた。それじゃあ先を急ごうか」

腹の立つ笑顔《えがお》を浮《う》かべてみせるオトギに、ナニカは敗北感を感じて歯ぎしりする。こんな感じで手玉に取られるのはもう八度目だった。

もんやりとした気持ちを抱《かか》えて、彼《かれ》の後に続いて歩き出すナニカ。と、そんな折――頰《ほお》に冷たいものが当たったのに気付いて、ナニカは手をかざしてみる。

粒《つぶ》のような水滴《すいてき》がぽつぽつと、手《て》の甲《こう》に落ちて。それらはみるみるうちに量を増していく。

「……うそ、雨⁉　あんなに晴れてたのに……」

悲鳴を上げて、ナニカは急場しのぎとしてフードを被《かぶ》ると、

「ひとまず、どこか雨宿りできそうな場所を探しましょう！」

オトギにそう促《うなが》しながら、ぬかるみ始めた道を小走りで進み始める。

とはいえ、場所が場所である。鬱蒼《うっそう》と木々の生え茂《しげ》るこの林道の中、そう都合よく屋根のある建物なんてあるはずも……

「おい、ナニカ！　あそこに小屋があるぞ！」

「ええ⁉」

オトギの言葉にそちらを見遣《みや》ると、彼《かれ》の指差した先、木々を掻《か》き分けるようにして細い道が出来ており——その先に、一軒《けん》の小屋が見えた。

「本当だ……」

こんな場所に、何故《なぜ》こうも都合よく。そんな疑問が微《かす》かによぎりつつ、とはいえこの状況《じょうきょう》でそんなことを言ってはいられない。

雨脚《あまあし》は強さを増していて、もはや木陰《こかげ》で凌《しの》げそうなレベルではない。

「……一旦《いったん》、あそこに入れてもらいましょう！」

泥《どろ》に足を取られそうになりながら進んで、どうにか小屋へと辿《たど》り着《つ》く二人。

ドアをノックしてみるが――しかし、応答はない。

彼女《かのじょ》の言葉に、家の窓から中を伺《うかが》っていたオトギが首を横に振《ふ》る。

「……誰《だれ》も、いない？」

「留守みたいだ。……どうする？」

彼《かれ》の言葉に、ナニカは少しだけ黙考《もっこう》して。

「……後で、家の人が戻《もど》ってきたら謝《あやま》りましょう」

ごめんなさい、と心の中で呟《つぶや》きながら、恐《おそ》る恐《おそ》る扉《とびら》に手をかける。

鍵《かぎ》などが掛《か》けられている様子はなく、扉《とびら》はあっさりと開き。中を覗《のぞ》き込《こ》んでみると――そこは簡素なベッドと暖炉《だんろ》が置かれただけの、粗末《そまつ》な空間だった。

「随分《ずいぶん》と埃《ほこり》っぽいな。……空き家か？」

オトギの言葉の通り、床《ゆか》に積もった埃《ほこり》の層は分厚く、少なくともそう頻繁《ひんぱん》に人が出入りしているようには見えなかった。

そのことに、少しだけ罪悪感が薄《うす》らぐのを感じていると。

その時不意に、ナニカはどこかから視線を感じた気がして振《ふ》り向《む》いた。

「……？」

小屋の中は大した広さもなく、見回しても人が隠《かく》れる場所などない。

オトギほどではないものの、自分も少し旅の疲《つか》れが出始めているのかもしれない。そう思って今しがた感じた奇妙《きみょう》な感覚を振《ふ》り払《はら》うと、ナニカは背負い匣《ばこ》を下ろして床《ゆか》に座《すわ》り、ひとまず安堵《あんど》からほうと息を吐《は》く。

「いやしかし、すげぇ土砂降《どしゃぶ》りだな。服がびっちゃびちゃだ……ぶぇっくしゃ」

オトギの言葉に振《ふ》り向《む》いて様子を見てみると、雨具の類を持っていないらしい彼《かれ》の服は川にでも飛《と》び込《こ》んだかのようにずぶ濡《ぬ》れである。

……と。そこまで観察したところで、ナニカははたと己《おのれ》の状況《じょうきょう》に目を向けて、その顔を真っ赤に染め上げる。

ナニカの服装も、オトギほどの軽装ではないにしろ旅向きではない——祭祀《さいし》用の装束《しょうぞく》の上に申し訳程度の長衣《ちょうい》を被《かぶ》っただけの簡素なものである。羽織った白の長衣《ちょうい》は防寒や雨除《あまよ》けの目的としては物足りない薄手《うすで》の布製であるし、下に着込《きこ》んだ祭祀《さいし》装束《しょうぞく》はというとこれまた薄《うす》いこと。

……まあ、つまりどういうことかと言うと。

オトギ同様濡《ぬ》れ鼠《ねずみ》となっていたナニカの服は彼女《かのじょ》の体にぴったりと張り付き、じんわりと透《す》けて、彼女《かのじょ》の白い肌《はだ》を見《み》え隠《かく》れさせていた。

「あ、わわわ」

「ん、どうし——」

「こっち見ないで下さい！」

目を白黒させながら叫《さけ》んだ彼女《かのじょ》に、オトギは「あー……」と察した様子で頷《うなず》いて。

「……年頃《としごろ》の娘《むすめ》を持ったらこんな感じなのかねぇ」

などと、妙《みょう》にしみじみとした調子でぼやいていた。

オトギがこちらを見ていないのを確認《かくにん》すると、ナニカはずぶ濡《ぬ》れの服を見てため息をつく。

幸い暖炉《だんろ》はあるので、火を起こせばすぐ乾《かわ》かせるだろう。だろう、が……一つ問題があった。

乾《かわ》かすということは、つまり脱《ぬ》がなければいけないのだ。今、ここで。


「……うう」

後ろには、窓から外を眺《なが》めているオトギの姿がある。男性の存在が、そこにある。

いくら緊急《きんきゅう》事態だからと言って、そんなところで服を脱《ぬ》ぎだすというのは年頃《としごろ》の娘《むすめ》として如何《いかが》なものだろうか。いや、倫理《りんり》道義社会通念の問題以前に自身の羞恥心《しゅうちしん》が限界突破《とっぱ》するのは請《う》け合《あ》いであろう。

「……くしゅん」

くしゃみを一つ零《こぼ》して、ナニカは背筋を伝う寒気に身を震《ふる》わせる。

恥《は》ずかしい。恥《は》ずかしいが、ずぶ濡《ぬ》れの服を来たままここで震《ふる》えていれば絶対風邪《かぜ》をひいてしまうだろう。

ナニカは考える。考え、悩《なや》み、熟考して——やがて決心した様子でオトギの方へと振《ふ》り返《かえ》り、

「あの！　ちょっと着替《きが》えるので、もうしばらくこっちを見ないで……って」

そこで彼女《かのじょ》は目をぱちくりと瞬《まばた》かせる。

「オトギ、さん？」

先ほどまで腕《うで》を組んで立っていたはずのオトギが——床《ゆか》の上に、倒《たお》れていたのだ。

しばらくその状況《じょうきょう》を脳が理解できず、ナニカは立ちすくんで。

やがてさぁっと血の気が引いた顔で、彼女《かのじょ》は着替《きが》えや羞恥心《しゅうちしん》のことなど頭から吹っ飛《ふ》ばしてオトギへと駆《か》け寄《よ》る。

「オトギさん、しっかりして下さい、オトギさん！」

「……ん、ああ。すまん、ちょっと気ぃ失ってた……」

返事が返ってきたことに安堵《あんど》しつつ、ナニカはしかしすぐに不安の面持《おもも》ちで彼《かれ》を見つめる。

ぼんやりと笑う彼《かれ》の表情は、心なしか元気がないように思えた。

「どうしたんですか!?　ひょっとして、どこか怪我《けが》でも……」

「……いや、アレだな。多分風邪《かぜ》だ、これ」

疲《つか》れた様子でそう告げると、彼《かれ》はばったりと床《ゆか》の上で大の字になり、

「……すまん、ちょっと寝《ね》る。当分起きないから、着替《きが》えとかはご自由にやってくれ……」

それだけ一方的に言うと、すぐに彼《かれ》は寝息《ねいき》を立て始める。

そんな彼《かれ》を、ナニカは呆然《ぼうぜん》と見つめて。

「……もう、手間が掛《か》かる人なんですから！」

焦《あせ》りと不安を誤魔化《ごまか》すようにそう呟《つぶや》きながら、慌《あわ》てた様子で暖炉《だんろ》の方へと駆《か》け寄《よ》っていった。

■

頭に石でも乗せられているかのような倦怠感《けんたいかん》に苛《さいな》まれてオトギが目を開けると、最初に見えたのは木組みの簡素な天井《てんじょう》だった。

「……おぉ……？」

寝《ね》かされているのは、固いが一応ベッドの上。しかしどうしたことか、服は最終防衛ラインの一枚以外脱《ぬ》いだ状態である。それでも暖かいのは、しっかりと毛布が掛《か》けられていたことと部屋の隅《すみ》の暖炉《だんろ》が煌々《こうこう》と火を燃やしていたがゆえだろう。

暖炉《だんろ》の近くには、オトギが着ていた服に加えてナニカの祭祀衣装《さいしいしょう》が吊《つ》るされている。

そして枕元《まくらもと》を見ると――そこにはナニカに契約《けいやく》のカタとして渡《わた》したあの職員用ＩＤカードが、無造作に放り投げられていた。

なんとなく手に取ると、そこに印刷されていたのは気の抜《ぬ》けた顔で写っている己《おのれ》の写真と、『芦原《あしはら》大学病院精神科　医師　鏑木御伽《かぶらぎおとぎ》』なる文字。

ぼんやりとした頭でそれをじっと眺《なが》めて。オトギは、そこに踊《おど》る文字をいつの間にか随分《ずいぶん》と遠く感じていた自分に気付く。

「精神科医師。鏑木《かぶらぎ》、御伽《おとぎ》」

確認《かくにん》するようにそれを音読して、ため息をつく。こんな身分は、こちらでは何の意味も成さないものだ。

だというのに——自分は結局、医者をしている。それがなんだか、とてつもなく奇妙《きみょう》なことのように思えて仕方がなかった。

「医者、ね」

精神科医。『こころの病』を癒《い》やす医者。

正直に言って、オトギは己《おのれ》の歩むその道に少なからず疑問を抱《だ》き続けていた。

精神科というのは、医学の世界においては時に軽《かろ》んじられ、あるいは疎《うと》んじられるものですらある。

医師たちの中には精神科の病名を診断《しんだん》とすることを敗北と捉《とら》えるものすら居るし——実際、ある一面で見ればその考え方は間違《まちが》いでもない……というのも。

『こころの病』は多面的で、必ずしも原因が科学的に証明されているものばかりではない。いまだ病因が仮説の域を出ないものも多く、その原因をはっきりと一意に決めつけることができないことも多々あるのだ。

治療《ちりょう》しても、一向に良くならない者。あるいは何度も再発を繰《く》り返《かえ》し、入退院を繰《く》り返《かえ》す者。

そんな患者《かんじゃ》たちと向き合い続けて――無力感を感じないかと言えば、嘘《うそ》になる。

敗北感を感じないかと言えば、偽《いつわ》りになる。

自分たちのやっている医療《いりょう》に、どの程度の意味があるのか。

精神科は。己《おのれ》の治療《ちりょう》は誰《だれ》かを――救えているのか。

そんな思いを抱《だ》き続けて。そんな疑問をくすぶらせ続けて。だけど……だからこそ、あの時。

アグラストリスの晴れやかな笑顔《えがお》を見て――オトギの中には、確かな達成感があった。

医師になって初めて患者《かんじゃ》を治療《ちりょう》したその時のような、永らく忘れかけていた初々《ういうい》しい感動。

それを思い出して、オトギは小さく苦笑《くしょう》する。

「……ったく。いい年こいて純情が過ぎるぜ、我ながら」

呟《つぶや》いて、無造作にカードを放ると――そこでオトギは改めて、思考を切《き》り替《か》える。

そんなことでセンチメンタルな感傷に浸《ひた》る暇《ひま》があったら、まずは目先の問題だ。寝起《ねお》きではっきりしない記憶《きおく》を並べ直して、現状を思い出してみる。

……ええと、そうだ。確か突然《とつぜん》大雨に降られて、雨宿りのためにこの小屋に入って――

「おぉ……？」

と、そこで思考を中断。妙《みょう》に腹のあたりが重い気がして見てみると、オトギの腹を枕《まくら》にして突《つ》っ伏《ぷ》した状態でナニカがぐっすりと眠《ねむ》っていた。

近くに机代わりに置かれた匣《はこ》の上には、何やら薬らしき粉末の入った鉢《はち》が置かれている。

「これは……」

「んぅ……。……はっ！」

おっと、起きた。

起きて、オトギをじいっと見て。それからナニカは己《おのれ》の格好——下着の上に替《か》えの外套《がいとう》をひっかけただけのなかなかにアレな格好を確認《かくにん》して、その顔をゆでダコのように真っ赤にする。

「ええと、オトギさん」

「……おう」

「大雨で服がびしょ濡《ぬ》れになったのでこういう格好だっただけなので。ついでにオトギさんの方も流石《さすが》に濡《ぬ》れたまんまでいたら治るものも治らないと思っただけなので」

「おうおう」

「つまりですね」

目の中がぐるぐると渦巻《うずま》いていそうな混乱っぷりで、彼女《かのじょ》はしかし粛々《しゆくしゆく》と告げる。

「ちょっと着替《きが》えるので、しばらく耳と目を塞《ふさ》いでて下さい」

「……おう」

そんな彼女《かのじょ》に苦笑《くしよう》しながら、オトギは言われたとおりに暗黒と無音の世界にしばし浸《ひた》った。

「いや、悪いな。僕《ぼく》としたことが風邪《かぜ》なんかひくとは……まさに医者の不養生って奴《やつ》だ」

そう笑いながら礼を告げたオトギに、着替《きが》えを終えたナニカはつんとした態度で肩《かた》をすくめてみせた。

■

「全くです。というか何度も言いますけどオトギさんはちょっと体力なさすぎです」

「そうは言ってもなぁ。山登りだの長旅だのとは無縁《むえん》の生活してたんだから大目に見てくれ」

そう答える彼《かれ》を、ナニカは猜疑《さいぎ》心に満ちた目で見つめる。

「……ホント、一体これまでどこでどんな生活してたんですか貴方《あなた》……」

「言っただろ、異世界から来たってさ」

憚《はばか》ることなく、それは事実だった。今でも半信半疑であるが、それでも事実だった。

彼《かれ》がこの世界に来たのは、今からおよそ二ヶ月ほど前になる。

勤務先の病院で流行《はや》っていた妙《みょう》な噂《うわさ》――『異界送りのエレベータ』という胡乱《うろん》な怪談《かいだん》話の真偽《しんぎ》を興味本位で調べていたところ、あろうことか本当にこちらの世界に投げ出され、そのまま為《な》す術《すべ》もなく行き倒《たお》れてしまったのだ。

それからは運良く人に拾われたから良かったものの、当然こんな異世界で日本語が通じるわけもなく。死《し》に物狂《ものぐる》いでどうにか意思疎通《そつう》が出来る程度まで言葉を覚えはしたが、それからも苦労、苦労、また苦労。

ここでは語り尽《つ》くせないほどの面倒《めんどう》事ばかりを背負《せお》い込《こ》んで、どうにかこうして生きている状態だった。

……なんてことを思い返して軽く男泣きに伏《ふ》していたオトギをものすごく気持ち悪そうな目で眺《なが》めつつ、ナニカが告げる。

「……ま、なんでもいいですけど。これ、飲んで下さい」

そう言って彼女《かのじょ》が差し出してくれたのは、白紙に乗った粉薬だった。

「……これは？」

「滋養強壮《じようきようそう》の薬です。お祖母様《ばあ》じゃなくて私が考えたレシピですけど、効果は保証しますよ」

その言葉に、オトギは興味深そうに粉薬をしげしげと眺《なが》める。

何《なん》の変哲《へんてつ》もない、粉薬に見える。だが――以前彼女《かのじょ》が使っていた『薬』とは、随分違《ずいぶんちが》う。

「……この薬は、普通《ふつう》の粉薬なんだな」

ぽろりと、思考を言葉に出してしまうオトギ。そんな彼《かれ》の言葉に、ナニカはむすっとした顔で形のいい唇《くちびる》を尖《とが》らせる。

「何かご不満でも」

おっと、失言だった。

「ああいや、そうじゃなくてさ。君がこの前使ってたあの薬はなんかこう、ばーっと光ってスゴイことになってたろ。てっきりこの世界の薬ってああいうもんなのかと思ってたんだが、違《ちが》ったんだな」

慌《あわ》ててそう弁明すると、ナニカはああ、と合点がいった様子で頷《うなず》いてくれた。

「前も言いましたけど、あれは精霊《せいれい》さま……というか、精霊《せいれい》さまの使う精霊術《せいれいじゅつ》を押《お》さえ込《こ》むので、ある意味精霊術《せいれいじゅつ》の一種なんです」

精霊術《せいれいじゅつ》。確か、アグラストリスが使っていたような──あの、魔法《まほう》のようなもののことか。

とはいえ、

「精霊術《せいれいじゅつ》の一種、ね。……正直僕《ぼく》としちゃあその『精霊術《せいれいじゅつ》』ってのもよく分かってないんだが」

「じゃあ、無知なオトギさんにこの私がしっかり説明してあげます」

お手上げしてみせたオトギに、ナニカはちょっとだけ得意げな顔になって話を続ける。

「まず、この世のありとあらゆるものには、受容紋《レセプタ》と呼ばれる『霊子《マナ》』の受容機構が備わっているんですが……精霊術《せいれいじゅつ》というのは、精霊《せいれい》さま自身が放出する霊子《マナ》がこの受容紋《レセプタ》に作用することで引き起こされる、様々な現実操作のことなんです」

そんなナニカの解説にオトギはふむ、と思案げに唸《うな》る。

受容紋《レセプタ》に、霊子《マナ》。その関係性は彼《かれ》にとっては案外馴染《なじ》みやすいものだった、というのも。

「ホルモンや神経伝達物質みたいな仕組みが、物理現象レベルで起きてる……ってところか」

「ほるもん？」

「いや、なんでもない」

甲状腺《こうじょうせん》ホルモンなどに始まる各種ホルモンやドーパミンなどの神経伝達物質は、受容体と呼ばれるタンパク質に結合することで人体で数々の反応を引き起こすとされている。

その関係性は――彼女《かのじょ》の告げた精霊《せいれい》術の機序《きじょ》とよく似通《にかよ》っているように思われた。

「……まあ、なんとなく分かったが。しっかしにわかには信じがたい話だな」

精霊《せいれい》災害を目の当たりにしてなお、科学的自然解釈《かいしゃく》が大手を振《ふ》っている現代社会で生きてきたオトギにとって、それらは素直《すなお》に受け入れづらい話だった。

そんな彼《かれ》の言葉に、ナニカはうーん、と可愛《かわい》らしく唸《うな》った後。ふと暖炉《だんろ》の方を一瞥《いちべつ》して、

「じゃあ、丁度火の勢いもちょっと弱まってきたので、実演してみましょうか」

「実演？」

首を傾《かし》げるオトギに答えず、ナニカは暖炉《だんろ》脇《わき》に積まれていた薪木《たきぎ》を一本取り上げると、

「『展開《クオレ》』」

「うおっ⁉」

そう彼女《かのじょ》が呟《つぶや》いた瞬間《しゅんかん》。薪木《たきぎ》の表面にうっすらと、薄緑《うすみどり》の燐光《りんこう》を放つ微細《びさい》な模様が浮《う》かび

上《あ》がった。

「これが、受容紋《レセプタ》です。で、ここに……『点火《フィール》』」

続けて、彼女《かのじょ》が薪木《たきぎ》に指を軽く当ててそう唱えるや――否《いな》や薪木《たきぎ》の端《はし》が着火する。

手品の類かと思ったが、種も仕掛《しか》けも見当たらない。そもそも彼女《かのじょ》がそんなことをして自分を騙《だま》す理由もない。

どうやらこの世界では、こういった超常《ちょうじょう》現象がわりと普通《ふつう》にまかり通っているらしかった。

驚《おどろ》きに目を丸くしているオトギに、ナニカはどことなく誇《ほこ》らしげな様子で向き直る。

「とまあ、このような感じなんですが……イメージは摑《つか》めました？」

「あー、まあ……。ちなみに今の呪文《じゅもん》みたいなのは何なんだ？　この前の精霊《せいれい》災害の時にも使ってた気がするけど」

オトギの疑問に、ナニカは「ああ」と声を上げる。

「これは『精霊語《ワード》』というもので、精霊《せいれい》さまたちがお使いになる言葉を人間の発音できる音に落《お》とし込《こ》んで擬似《ぎじ》的に再現したものなんです。こうすることで、人間でもごく簡単な精霊術《せいれいじゅつ》なら扱《あつか》えるんですよ。……『角』という霊子《マナ》放出器官を持っている精霊《せいれい》さまたちとは違《ちが》って人間の持っている霊子《マナ》はごく微量《びりょう》ですから、大したことは出来ませんけど」

なるほど、魔法《まほう》の呪文《じゅもん》というわけだ。つくづくファンタジーである。

これだけのものを見せられては批判的吟味《ぎんみ》をする余地もない。そんなわけでオトギは今起きたことをまるっと受け入れることに決めると、そこで話を本題に戻《もど》すことにした。

「大体、君の説明でなんとなく分かったよ。つまりあの薬――ハロペリドール（仮）は、その受容紋《レセプタ》とやらに作用する薬……ってところか？」

ハロペリドール。精神病、特に統合失調症の陽性《しょう》症状《しょうじょう》を抑制《よくせい》する目的で使われるこの薬剤《やくざい》の作用は、脳内において興奮を引き起こす物質であるドーパミン、その受容体へと作用して脳の興奮を抑《おさ》えるというもの。

その仕組みを彼女《かのじょ》たちの世界観に当てはめたものが、恐《おそ》らくはあのふざけた名前の薬なのだろう。

「……その通り、ですけど。どうして分かったんですか」

驚《おどろ》いた顔でまじまじとこちらを見つめるナニカ。予想は、当たっていたらしい。

「僕《ぼく》の知ってるハロペリドールも、概《おおむ》ねそういう作用機序《きじょ》だからな。もっとも、霊子《マナ》だの精霊《せいれい》だのなんてファンタジーな単語は入ってこないが」

苦笑《くしょう》混じりにそう返すと、彼女《かのじょ》は戸惑《とまど》いつつも言葉を続けた。

「オトギさんの言うとおりです。ハロペリドール（仮）……あれは、周囲の環境《かんきょう》内の受容紋《レセプタ》に結合することで精霊術《せいれいじゅつ》の影響《えいきょう》力を弱めるんです」

「ちなみに、他にも似たような薬はあるのかい？」

「あ、はい。ええと……」

そう言ってナニカは匣《はこ》をごそごそと漁《あさ》り、幾《いく》つかのラベル付きの小瓶《こびん》を並べて見せる。

「これがリスペリドン（暫定《ざんてい》）で、こっちがオランザピン（改）。こっちの瓶《びん》はミルタザピン（理論上）……だったかな。これはまた機序の違《ちが》うもので――」

「オーケー、だいたい分かった」

ナニカの言葉を遮《さえぎ》るようにそう言うと、オトギは真剣《しんけん》な顔でそれらのラベルを見つめる。

彼女《かのじょ》が並べた薬は、そのどれもがオトギのいた現代日本で使われているものと同じ名前を冠《かん》したものばかりである。

……偶然《ぐうぜん》の一致《いっち》、で済ませられるレベルではないだろう。

「君たち……星守《ほしも》りってのは皆《みな》、こういう薬を使ってるのか？」

「いえ」

オトギの問いにナニカは首を横に振《ふ》って。それから、少しだけ懐《なつ》かしそうに目を伏《ふ》せて、

「私が薬士《くすし》をしているのは――『外なるもの《アウター》』だったお祖母様《ばあ》に、色々教わったお陰《かげ》なんです」

――と。そんなことを、ぽつりと零《こぼ》した。

「……え？」

彼女《かのじょ》の告げた言葉に、オトギはその顔に驚《おどろ》きを広げ――目の色を変えてナニカに詰《つ》め寄《よ》る。

「ちょっと待ってくれ。それは本当なのか、君のお祖母さんが……『外なるもの《アウター》』だってのは」

「えっ、あ、はい……。そう言えば、言ってませんでしたっけ」

ナニカの答えに、オトギはしばし呆然《ぼうぜん》として、それから疲《つか》れたような笑いを零《こぼ》す。

なるほど。それならあの薬の数々の名称《めいしょう》も、頷《うなず》けるというものだった。

「……まあ、そうだよな。こんな名前の薬が揃《そろ》いも揃《そろ》ってるなんて、都合が良すぎるもんな。……なるほど、そういうことなら納得《なっとく》だ」

『外なるもの《アウター》』。そう呼称《こしょう》される彼《かれ》らは恐《おそ》らく、自分と同じく別の世界から迷《まよ》い込《こ》んだ者であるはず。

これまで一人として『外なるもの《アウター》』と出会えたことはなかったが――ようやく、手掛《てが》かりが摑《つか》めた。

どうやら、そんな高揚《こうよう》感が顔に出ていたらしい。

「……オトギさん？」

心配そうに名を呼ぶナニカに気付いて、オトギは「すまない」と小さく首を振《ふ》ると――改まった様子で彼女《かのじょ》に向き直った。

「なあナニカ。……君のお祖母《ばあ》さんと、何かしらの方法で連絡《れんらく》を取ることって出来ないか。手紙でも、何でもいいんだが」

彼女《かのじょ》の祖母ともなれば、自分よりもこちらの世界に詳《くわ》しいはず。となれば、元の世界に帰るための情報を何かしら知っている可能性もある。

そんな期待を込《こ》めてのそんな問いに――しかし、ナニカは首を横に振《ふ》った。

「……それは、無理です」

「無理って、どうして」

「だって祖母はもう、他界していますから」

ナニカの告げたそんな返答に、オトギはしばし絶句して。

「……そうか。すまない、余計なことを訊《き》いた」

「いえ、もう五年も前のことなので」

謝罪を口にするオトギに、彼女《かのじょ》はあまり気にしていない様子でそう返して小さく笑う。

「……オトギさんと話してると、お祖母《ばあ》様のことを思い出します。お祖母様も、貴方《あなた》みたいに変なヒトでしたから」

「それって、褒《ほ》めてるのかい？」

「半々です」

くすくす、と笑《え》みを零《こぼ》して。彼女《かのじょ》は不意に、窓の外を見てぽつりと呟《つぶや》く。

「雨、止《や》んだみたいですね」

見れば、分厚く積み重なっていた黒雲は綺麗《きれい》に晴れて、窓からは紅《あか》い夕陽《ゆうひ》が差《さ》し込《こ》んでいた。

……どうやら、結構寝《ね》ていたらしい。

「すまんな。僕《ぼく》のせいで足止め食って」

「全くです……なんて、流石《さすが》に病人にそんなこと言いませんよ。……ふぁぁ」

苦笑《くしょう》しながらそう告げて、ナニカはそこで可愛《かわい》らしいあくびを零《こぼ》す。

どうやら付きっきりで看病に専念してくれていたらしい。彼女《かのじょ》はベッドの端《はし》に突《つ》っ伏《ぷ》すと、

「……すいません。流石《さすが》に疲《つか》れたので、ちょっと……はじっこ、お借りします」

「いや、それなら君がベッドに」

「ヤですよオトギさんの汗臭《あせくさ》いベッドなんて」

辛辣《しんらつ》っ……！

若干《じゃっかん》のショックを受けて硬直《こうちょく》している間に、ナニカは早くもそのまますうすうと寝息《ねいき》を立て始めてしまった。

「……うーむ、余計な気を遣《つか》わせちまったな」

仕方がないので毛布だけでも彼女《かのじょ》の肩《かた》に掛《か》けてやった後、オトギはベッドの上に寝《ね》そべって、先ほど放り投げた職員カードを再び手に取る。

「……やれやれ。僕《ぼく》はちゃんと、生きてる間に帰れるのかね」

ため息混じりにそう呟《つぶや》いて――オトギも静かに、微睡《まどろ》みの中に潜《もぐ》ることにした。

■

その晩のこと。

「……う、ん？」

眠《ねむ》っていたナニカが寝《ね》ぼけ眼《まなこ》で瞼《まぶた》を開けると暖炉《だんろ》の火は消えていて、小屋の中は窓から差《さ》し込《こ》む月明かりを除いて真っ暗だった。

何も見えない中で、ナニカは身を起こそうとして——肩《かた》に毛布が掛《か》かっていることに気付く。

それはオトギが掛《か》けていたはずのもの。とすれば、彼《かれ》が掛《か》けてくれたのだろう。

「……ありがとうございます、オトギさん」

小声でそう呟《つぶや》いて小さく微笑《ほほえ》むと、ナニカは肩《かた》の毛布を撫《な》でて——その時のことだった。

「ひゃう!?」

不意に耳元で、なにか生暖かい吐息《といき》のようなものを感じて、ナニカは思わず肩《かた》をびくりと震《ふる》わせる。

振《ふ》り向《む》いて見ようとするが、けれど暗がりの中ではロクに状況《じょうきょう》も摑《つか》めない。ナニカはまさぐるように闇《やみ》の中へと手を伸《の》ばし——すると、そんな彼女《かのじょ》の手を、何かが摑《つか》んで、引き寄せた。

「きゃ……！」

思いもよらぬ強い力に引き寄せられて、バランスを崩《くず》して床《ゆか》に倒《たお》れ込《こ》むナニカ。

そんな彼女《かのじょ》の上に何者かが馬乗りになったのを感じて、ナニカはいよいよ混乱する。

もしや、オトギが？　いや、そんな。でも、ひょっとして。

「あああああの、オトギさん!?　おおおお落ち着いてくださいこういうのはまだいくらなんでも早……じゃなくてその、心の準備とかそういうのがっ――」

慌《あわ》てに慌《あわ》てて支離滅裂《しりめつれつ》なことを口走るナニカに、

「……んん、どうしたナニカ……僕《ぼく》すっごい眠《ねむ》いんで、寝《ね》かせてくれ……」

しかし返ってきたオトギの声は、頭上からではなく――依然《いぜん》変わらず、ベッドの方から。

「……え？」

じゃあ、ここにいるのは、誰《だれ》？

思考が完全に止まるのを感じながら、ナニカが呆然《ぼうぜん》と言葉を失っていると――月明かりが動いて、その人物の姿を照らす。

「おいニンゲン。お前、星守《ほしも》りなのですよね？」

ナニカの腹の上にのしかかっていたのは、あどけない顔をした、まだ幼い少女。

「私の病を、治してくれませんか」

そしてその腰《こし》には――精霊《せいれい》であることを示す一対《つい》の結晶《けっしょう》の『角』が、飾《かざ》り付《つ》けられていた。

■

「いやぁ。驚《おどろ》かしてしまってすみませんでした」

暖炉《だんろ》の火を点《つ》け直して、一通り状況《じょうきょう》を整理すると――彼女《かのじょ》はそう言って苦笑《くしょう》しながら、対面で座《すわ》るナニカに向かって頭を下げた。

「私の名は、『紅流《こうりゅう》』のミールツァイク。親しい方からはミールと呼ばれてるのです……と言っても、永らく呼ばれてはいないんですけどね、あっはっは」

長い艶《つや》やかな黒髪《くろかみ》をしっとりと流した、可愛《かわい》らしい少女。ミールと名乗った精霊《せいれい》はそう告げると、和《なご》やかな調子で大笑してみせる。

そんな彼女《かのじょ》の前でいまだほんのり顔を赤くしながら、ナニカはどこか不機嫌《ふきげん》そうに口を開く。

「……それで、精霊《せいれい》さま」

「ミール、です」

「……ミールさま。色々とお訊《き》きしたいことはあるのですが、ええと……」

「ああ、言わなくていいのですよ。全部順繰《じゅんぐ》りに答えますから」

一方的にナニカの言葉を遮《さえぎ》ると、彼女《かのじょ》は指を折りながら言葉を続ける。

「まず、お前たちに目をつけたのは――トリスの奴《やつ》が、お前たちのことを話してたから。それでお前たちのことを探してたら、偶然《ぐうぜん》こんなところに居たものですからつい、居ても立ってもいられなくて来たのです」

立て板に水とばかりにまくし立てる彼女《かのじょ》に気圧《けお》されながらも、ナニカは彼女《かのじょ》の話に出てきたその名前に意識を留《と》める。

「トリス、って……アグラストリスさま、ですか？」

「ですです。最近具合悪そうにしてたので心配してたのですが、久々に見に行ってみたらまた元気になってて――何かと思ったら、お前たちがあいつを治したと言うではありませんか」

そう答えた彼女《かのじょ》に、横から言葉を挟《はさ》んだのはオトギだった。

「なるほど。んで、君は……どういう用でわざわざ僕《ぼく》たちに会いに来たんだ？」

そう問うた彼《かれ》に視線を遣《や》ると、ミールは目をぱちくりと瞬《まばた》かせて、

「……何ですか、お前」

「聞いてたんじゃないのかよアグラストリスから」

素で突《つ》っ込《こ》んだオトギに、彼女《かのじょ》は少し考えた後「ああ」と手を打ち合わせて声を上げる。

「そう言えば言ってました。変なニンゲンに精霊病《せいれいびょう》を治してもらったって。お前なのですね、なるほど確かに変です。ヤバ変です」

「……まあ、思い出して頂けたようで何より」

微妙《びみょう》な顔で呻《うめ》くオトギを意に介《かい》さず、「それで、用件でしたね」と呟《つぶや》くと――彼女《かのじょ》は二人に

向き直ってちょこんと座《すわ》りなおし。

「実は私、病気なのです」


なんてことを、いきなり言ってのける。

そんな彼女《かのじょ》の言葉に、ナニカとオトギはしばし顔を見合わせて。それから再び彼女《かのじょ》をじっと見つめて——オトギが、言葉を選びながら問う。

「ええと、病気ってのは、精霊病《せいれいびょう》ってことか？」

「違《ちが》うのです。お前たちニンゲンと同じ、肉の病なのです」

首を横に振《ふ》ってそう返したミールに、オトギはふむ、と唸《うな》ってナニカに耳打ちする。

「……なあ。確か精霊《せいれい》って、いわゆる病気には罹《かか》らないんじゃなかったか」

「そのはず、ですけど……」

頭をひねる二人に、彼女《かのじょ》は何やら気がついたらしい。

「……むむ。もしかして、疑っているのですかこの私を」

むくれて唇《くちびる》を尖《とが》らせた彼女《かのじょ》に、ナニカは慌《あわ》てて弁解しようとする。

「いえ、その。精霊《せいれい》さまが嘘《うそ》をついてるとか、変なこと言ってるなぁとか思ってるわけじゃないんですが」

「思ってるのですね！」

「あうう」

返答に窮《きゅう》したナニカに、ミールはいかにも不機嫌《ふきげん》そうに頬《ほお》を膨《ふく》らませて腕《うで》を組む。

「そもそもですね。私たち精霊《せいれい》が病気に罹《かか》らない、というのが大きな誤解も誤解、甚《はなは》だしい勘《かん》違《ちが》いなのですよ」

「そうなのか？」

意外そうに問い返すオトギに、彼女《かのじょ》は大きく頷《うなず》く。

「私たちは本来、『角』を核《かく》とする実体のない存在ですが……こうして、ニンゲンと触《ふ》れ合《あ》う場合なんかは肉の体を編むこともあるのです」

「……それって、構造としては人間のものと変わらないのか？」

オトギの問いに、彼女《かのじょ》はまた頷《うなず》くと、

「変わらないのです。脆《もろ》くて壊《こわ》れやすい、不便極《きわ》まりない実の体なのです。……確認《かくにん》します？」

「いや結構」

ナニカの視線に気付いたらしく、オトギは視線を逸《そ》らしながらそう答えた。

そんな二人をよそに、ミールはさらに続ける。

「で。そんな貧弱《ひんじゃく》なニンゲンの体ですので、当然怪我《けが》をしたり、病気に罹《かか》ったりもするのです。無論、所詮《しょせん》は仮の体なので損傷を修復するのは容易《たやす》いのですが……それでも肉の体に起きた異変は、何らかのカタチで私たち『自身』にも返ってきてしまうのですよ」

「……なるほど。そりゃ、思いの外《ほか》不便なこって」

納得《なっとく》した様子で頷《うなず》くオトギのそばで、ナニカはしばらく考えた後口を開いた。

「けど、だったらどうして……わざわざ、人の姿に？」

何故《なぜ》、不便であると分かっている姿になろうとするのか。

言外にそんな疑問を含《ふく》んだその問いに、ミールは首を横に振《ふ》って返す。

「勿論《もちろん》、もっと別の――仰々《ぎょうぎょう》しい姿で顕現《けんげん》するヤツもいたりはしますが、それではお前たちニンゲンに畏《おそ》れられてしまいますから」

そう告げると、彼女《かのじょ》は少しだけ哀《かな》しげに目を伏《ふ》せて。

「……畏《おそ》れられて、敬遠される。それは……それはとっても、寂《さび》しいことなのですよ」

そう、ぽつりと零《こぼ》した。


そんな彼女《かのじょ》の言葉を最後に少しだけ、小屋は静寂《せいじゃく》に包まれて――その静けさを打ち破ったのは、オトギだった。

「まあ、君の言い分は分かった。なら訊《き》きたいんだが……具合が悪いのは、どこなんだ？」

オトギがそう問うと。彼女《かのじょ》はなぜか、きょとんとした顔で首を傾《かし》げ――なぜかしばらく考えた後。

「そうですね。何となく、頭が痛い……ような、気がするのです」

「……ふむ？」

オトギは頷《うなず》きつつ、しかし釈然《しゃくぜん》としないといった顔のまま、問いを続ける。

「痛いって、いつ頃《ごろ》から」

「ええと。最近です」

「どんな感じに痛いんだ」

「……なんでしょう。なんかこう、気持ち、重いような」

「他に気になることはあるか」

「……言われてみると胸も痛い気がするのです」

「ふむ」

さらさらと問答を終えると、オトギは腕《うで》を組んで頷《うなず》いて。

「じゃあとりあえず、診察《しんさつ》するか。……ナニカ、僕《ぼく》の白衣のポケットから聴診器《ちょうしんき》取ってきて」

突然《とつぜん》そんなことを言われて、ナニカは首を傾《かし》げる。

「……ちょうしんき、って、何ですか」

「……あー。なんかこう、管《くだ》っぽいやつ」

なんだそれ、と思いつつ、干しっぱなしの彼《かれ》の上着を探《さぐ》ると——なるほど、なにやら管《くだ》っぽいものがあった。

それを手渡《てわた》すと、彼《かれ》は「さんきゅー」と告げてミールへと向き直り。

「それじゃ、ちょぃと服の前をはだけてくれるか」

「何言い出してるんですか」

すぱーん、と、ナニカは思わず手近にあった枕《まくら》で彼《かれ》の頭を引《ひ》っ叩《ぱた》く。

「痛いぞナニカ」

「叩《たた》いたんだから当然ですこの変質者。見損《みそこ》ないました。こんな小さな子に……そんなことを」

思わず顔を赤らめて口をつぐんだナニカを見て、彼《かれ》は何やら察したらしい。

「あー、いや。君が想像してるようなことじゃなくてだな。これは診察行為《しんさつこうい》なんだ。れっきとした」

「診察《しんさつ》って。そんな変な道具で一体ナニを……はっ！」

よく見ると、金属の部品で出来た先端《せんたん》部は片面が平たい円盤《えんばん》形なのに対してもう片方はお椀《わん》状である。……はっ。それを胸に当てるというのはもしかして……っ！

「……っ！　ダメです、そんな卑猥《ひわい》なもの！」

「おい待てなんかすっごい変なこと考えてるだろう君！」

思考を明後日《あさって》の方向に暴走させ始めた彼女《かのじょ》にオトギは慌《あわ》てた様子で抗弁《こうべん》すると、疲《つか》れたように息を吐《は》いてから言葉を続ける。

「いいか、これは君が考えてるようなモノじゃなくてな。体の中の音を聴《き》くためのものなんだ……っつってても信じてもらえないか。ほれ」

言うなりオトギは、「聴診器《ちょうしんき》」をナニカへと手渡《てわた》して、

「この部分を耳に当てて、んで、こっちを……そうだな、僕《ぼく》の胸の真ん中ちょい左辺りに当ててみ」

とんとん、と己《おのれ》の胸元《むなもと》を指で叩《たた》き、そんなことを言ってくる。

そんな彼《かれ》の言葉に、ナニカは戸惑《とまど》いつつも言われた通りに「聴診器《ちょうしんき》」を耳につけて。そして、金属で出来た円形の部品を、彼《かれ》の胸元《むなもと》に当て……。

当て……ようと……。

「……何で顔が赤いんだ」

「なんでもないです！」

ひ弱なくせに案外分厚かった彼《かれ》の胸板《むないた》に少し驚《おどろ》いたとかそんなことはなく。ナニカは言われた通りに彼《かれ》の胸部にそれを押《お》し当《あ》ててみる。すると、

「……何、この音……」

「心臓の音だ。よく聞こえるだろ？」

どくん、どくんと響《ひび》くその音は、とても奇妙《きみょう》で——けれどどこか、安心するような音で。

ナニカはしばし呆然《ぼうぜん》として、やがてはっと我に返ると、慌《あわ》てて「聴診器《ちょうしんき》」をオトギに返す。

「……なるほど。貴方《あなた》が嘘《うそ》を言ってないのは、分かりました。けどですね、やっぱりなんかこう、色々とダメな気がします」

「……っつってもなぁ。君じゃ聴診《ちょうしん》所見なんて取れないだろうし」

オトギの抗弁《こうべん》に、ナニカは静かに頷《うなず》いて。

「はい。なので——こうします」

言うや否《いな》や彼《かれ》の後ろに回《まわ》り込《こ》み、腕《うで》を回してその目を両手で隠《かく》してみせた。

「こうすれば、問題ありません」

「……いや、なんかさっきよりも絵面としてヤバさはある気がするんだが……まあいいか……」

オトギは諦《あきら》めた様子でナニカのするがままを認めると、聴診器《ちょうしんき》を付けて、その手をふらふらと彷徨《さまよ》わせる。

ナニカは右手で彼《かれ》の頭を抱《だ》き込《こ》むようにしてその目を隠《かく》して、聴診器《ちょうしんき》を持った彼《かれ》の手に左手を重ねて服を捲《まく》り上《あ》げたミールの胸元《むなもと》へと導く。

「……ニンゲンの医療行為《いりょうこうい》って、摩訶不思議《まかふしぎ》なものなのですね……」

そんな二人を不思議そうに見つめる彼女《かのじょ》の目が、なんだか痛かった。

見えていなくとも、どうやら用件は済んだらしい。聴診器《ちょうしんき》を外《はず》して、オトギは首を横に振《ふ》ってみせた。

「心臓や肺の音に変なところはないな。至って正常だ。……精霊《せいれい》の聴診《ちょうしん》なんてしたことないから、正常って言っていいのかは知らんが」

そう所見を告げた彼《かれ》に、ミールは不服げな表情で頬《ほお》を膨《ふく》らませる。

「そんなはずはないのです。どこか、おかしなところがあるはずなのです。何か、重大な病気があるはずなのです」

そう言い縋《すが》る彼女《かのじょ》の表情は、どこか不安げで。ナニカとオトギは困ったように顔を合わせる。

「……そうは言ってもなぁ、診察《しんさつ》した限りじゃ、異常は見られないし」

「痛いのです。なんかこう、肩《かた》とかが」

「さっきと言ってること変わってませんか……？」

ナニカのそんな言葉に、なぜか眉《まゆ》を上げたのはオトギだった。

「……なるほどな。そういうことか」

何故《なぜ》か納得《なっとく》したようにそんなことを呟《つぶや》くと、彼《かれ》は不満げなミールに向き直って、にやりと

——あの、不敵な笑《え》みを浮《う》かべて口を開く。

「確定診断《しんだん》じゃあないが、君の病気が……多分、分かった」

「本当ですか！」

オトギの言葉に、ぱっとその顔を輝《かがや》かせるミール。そんな彼女《かのじょ》にオトギは大きく頷《うなず》いて。

「ああ。君の病気は……『病気不安症《しょう》』だ」

と、堂々とそう告げる。

そんな、彼《かれ》が口にした病名に——ミールも、そしてナニカも目を瞬《まばた》かせて首を傾《かし》げた。

「……何なのですか、何なのですか、その『病気不安症《しょう》』というのは」

なぜかわくわくとした様子で問うミールに、オトギは腕《うで》を組みながら、

「簡単に言えば——病気でもなんでもないのに病気に対する不安ばかりが大きくなっている状態、ってことさ。今の君みたいにな」

そう、彼《かれ》が告げた途端《とたん》。ミールの表情が、みるみるうちに不機嫌《ふきげん》さを漂《ただよ》わせ始める。

「……どうして、そんなことを言うのですか。それじゃあまるで、私が嘘《うそ》をついているみたいじゃないですか」

「いいや、違《ちが》う。……これもれっきとした病気だ。DSM-Vにだってきっちり記載《きさい》がある」

でぃーえすえむ、ふぁいぶとは何ぞやと思いつつも、彼《かれ》の発言ではよくあることなのでもはやスルーしてナニカは彼《かれ》の発言に耳を傾《かたむ》ける。

「重大な病気や健康に対する強い不安感と、それに伴《ともな》う受療《じゅりょう》行動。そして何より、こうして見た限り一切《いっさい》の所見に異常がないこと。……これらの点から、君の診断《しんだん》は『病気不安症《しょう》』が疑える。……ま、人によっちゃあこれはゴミ箱的な診断《しんだん》名だって言う人もいるが、それはそれだ」

苦笑《くしょう》しながらそう言うと、彼《かれ》はミールの目をじいっと見つめて、さらに続ける。

「じゃあ、この病気はどうして起こるのかって言えば――その原因として考えられるのは、何かに対する強い不安だ」

「不安、ですか？」

ナニカが問うと、オトギは頷《うなず》いて。

「不安なことがあっても、その不安の理由が分かれば、人は納得《なっとく》できる。……けど、そうすることが出来ない時――人は、なんでもいいからその漠然《ばくぜん》とした不安に理由を付けようとするんだ。例えば……自分はとんでもない病気に罹《かか》っている。だからこんな風に不安な気持ちになるんだ、ってな。そうすれば、その不安の種を転がしている間は安心できるものだから」

「……不安なのに、安心できるんですか？」

「人ってのは、得《え》てして正体の分からないものよりははっきりしたものの方が好きだからな」

おどけたようにそう答えると、彼《かれ》はそこで改めてミールに向き直る。

「なあミール。君にも何か……強い不安を感じるようなことがあったんじゃないか」

そう言って、問いを投げかけたオトギに。ミールはしばし沈黙《ちんもく》して――やがて、ぽつりと呟《つぶや》いた。

「……川が、なくなったのです」

「「……川？」」

唐突《とうとつ》なその言葉に、疑問符《ぎもんふ》を浮《う》かべる二人。そんな二人に、彼女《かのじょ》はぽつぽつと続ける。

「私はもともと、この近くの川を管理していたのです。川と言っても小さな、小さな川だったのですけれど……それでも、そこが私の——私が役割を与《あた》えられた場所、だったのです」

「……その川が、なくなった？」

ナニカが問うと、彼女《かのじょ》は小さく頷《うなず》く。

「……私の川は、フルール川という大きな川に流《なが》れ込《こ》む支流でした。フルール川はとても大きな川で……けどそこの精霊《せいれい》は気性《きしょう》の荒《あら》い奴《やつ》でしたから、ちょくちょく洪水《こうずい》や増水を繰《く》り返《かえ》していたのです」

悪い奴《やつ》ではないのですけど、と呟《つぶや》きながら、彼女《かのじょ》は続ける。

「だもんで、度重《たびかさ》なる水害に悩《なや》んだニンゲンたちは——フルール川の水量を減らすために、支流である私の川を堰《せ》き止《と》めたのです。ニンゲンの言い方では、『治水』と言うのでしたっけね」

肩《かた》をすくめてそう呟《つぶや》く彼女《かのじょ》に、ナニカはその顔を暗くする。

「そんな……じゃあ、ミールさまは」

「見ての通り、自由気ままな野良《のら》精霊《せいれい》なのですよ」

そう返して自嘲《じちょう》気味に、淋《さみ》しげに笑う彼女《かのじょ》。

殆《ほとん》どの場合、精霊《せいれい》はひとつの場所・地域に定着し、その一帯の自然環境《かんきょう》を調律している。

野良《のら》精霊《せいれい》というのは――何らかの理由でその役割を失い、どこの土地にも縛《しば》られずに彷徨《さまよ》っている精霊《せいれい》たちのことだ。

「……気楽になったと思ったのですけどね。案外、帰る場所が……守らなければいけないものがないというのは、辛《つら》いものみたいなのです」

そう呟《つぶや》いて、彼女《かのじょ》は肩《かた》をすくめてオトギに向き直ると。

「……変なニンゲン。貴方《あなた》の言うとおりかもなのです。私は多分――このどうしようもない不安に、分かりやすい理由が欲《ほ》しかったのです」

疲《つか》れたようにそう告げ、目を閉じて小さなため息をつく。そんな彼女《かのじょ》に、ナニカは何か、声を掛《か》けられないかと言葉を探して。

「まぁ、最近感じてた気分のもやもやがハッキリしてよかったのです。結構さっぱりしたのですよ」

急にぱぁっと表情を明るくして元気な声でそう口を開いた彼女《かのじょ》に、ナニカは口を開けたままぽかんとする。

「あの、ミールさま。……落《お》ち込《こ》んでたのは、もう大丈夫《だいじょうぶ》なんですか？」

「何を言っているのです、星守《ほしも》り。どこに気を落とす要素があるというのです」

「え、でも……守る川がなくなって、不安って」

「その不安は、もう今ので綺麗《きれい》サッパリ解決したのです。これからは精々《せいぜい》、自由気ままにセカンドライフを送っちゃうのですよ」

潑剌《はつらつ》とした表情でそう答える彼女《かのじょ》の言葉に、嘘《うそ》を言ったり誤魔化《ごまか》したりしているような印象はない。戸惑《とまど》うナニカの隣《となり》で、オトギは頭を掻《か》きながら小声で呟《つぶや》く。

「……随分《ずいぶん》と、気持ちの切り替《か》えの早い精霊《せいれい》みたいだな……」

「ですね……」

「まあ、その方が『こころの病』にはなりづらくて結構なんだが」

苦笑《くしょう》混じりにそう言うと、彼《かれ》はそこでミールへと向き直って再度口を開く。

「にしても君は、なんでよりによって病気に罹《かか》ってるなんて思ったんだ?」

「んー。最近、周りの精霊《せいれい》で持《も》ち崩《くず》す奴《やつ》が多かったからかもなのです」

そんな彼女《かのじょ》の言葉に、眉《まゆ》をひそめるオトギ。

「持《も》ち崩《くず》すって……精霊病《せいれいびょう》に罹《かか》ってる精霊《せいれい》が、多いのか」

「はいなのです。トリスもそうですけど、北の森の……エイルという精霊《せいれい》も、最近様子がおかしくて」

彼女《かのじょ》の告げたそんな情報に、顔を見合わせる二人。

「……どうしましょう、オトギさん。一度北の森に行って、精霊《せいれい》さまにお会いした方が――」

「無駄《むだ》だと思うのですよ」

「無駄《むだ》？」

尋《たず》ね返すオトギに、ミールは軽い調子で頷《うなず》いて。

「だって、エイルはもう――いなくなってしまったのです」

なんてことを、平然と言う。

「居なくなったって。そりゃ一体、どういう」

「分からないのです。ただ、つい最近北の森に遊びに行ったら、奴《やつ》の霊子《マナ》の色はどこにも見えなかったから……少なくともあの森にもう居ないのは、確かなのですよ」

彼女《かのじょ》たちの人間関係というのはそういうものなのか、あまりそのことを気にした様子もなくあっさりとそう告げると彼女《かのじょ》はそこですっくと立ち上がって、二人に向かって告げる。

「それじゃあ、そういうわけですので私はもう行くのです。世話になったのですよ、ニンゲン」

「お、おう。お大事にな……」

ひらひらと手を振《ふ》るオトギにくるりと背を向けて、彼女《かのじょ》は普通《ふつう》にドアから出ていこうとして
――そこで「あ、そうなのです」と呟《つぶや》くと再びこちらに向き直った。

「ところでお前たちは、これからどこに行くのですか」

「ええと、ここから街道《かいどう》沿いに南東へ行って、フルール川を渡《わた》ろうかと思っているのですが」

ナニカがそう答えると、ミールはふむ、と小さく唸《うな》って、

「それは、災難なのですね」

なんてことを言ってくる。

「災難って、どういうことですか？」

そう問うナニカに、彼女《かのじょ》はあくまで軽い調子で、

「昨日の大雨で、フルール川は多分、当分通れないと思うのです」

……と。そんな重大事実を、告げたのであった。

■

さて、そんなことがあって、その翌日。

昨晩の話の真偽《しんぎ》を確かめるべく、眠気《ねむけ》をおして早朝から出立したナニカたちだったが――しかし案の定というかなんというか、立ち往生せざるを得なくなっていた、というのも。

「あー、渡《わた》し船《ぶね》？　ダメだダメだ、川がこんな荒《あ》れとるのに船なんか出せっこねえ」

ルベールルカへと向かう道中に横たわる大河、フルール川。

この川を通行するには川沿いの村で渡《わた》し船《ぶね》の依頼《いらい》を出す必要があったのだが……斯《か》くの如《ごと》し。

船着き場にて渡《わた》しの依頼《いらい》をしていた二人だったが、ミールが教えてくれた通り――昨日の大雨の影響《えいきょう》で水かさが増していることを理由に断られてしまったのだ。

「船を出せるのは、いつ頃《ごろ》になりますか？」

ナニカのそんな問いに、渡《わた》しの男は難しい顔で首を横に振《ふ》る。

「わかんねぇなぁ。何せ最近はほとんど毎日あんな状態だからよ」

「毎日……？　そんなことって。この辺りはそんなに雨は多くないはずじゃ……」

「精霊《せいれい》さまの仕業《しわざ》さ」

怪訝《けげん》な顔でそう呟《つぶや》いたナニカに、返事をしたのは船着き場にたむろしていた男たちの一人だった。

「精霊《せいれい》だって？」

訊《き》き返したオトギに頷《うなず》くと、男はどこかうんざりとした顔で続ける。

「この川を治めてる精霊《せいれい》さまがな、どうも最近、おかしくなっちまったんだよ」

「おいおい、んな言い方は無礼だべ」

「うるせぇ。こんな迷惑《めいわく》な真似《まね》しかしねぇ精霊《せいれい》相手に無礼もクソもねぇ」

「あー、ちょいと待った、待った」

何やら言い争いが始まりそうな彼《かれ》らに、オトギは慌《あわ》てて割って入る。

「良ければその話、もうちょい詳《くわ》しく聞かせてもらえないか。ひょっとしたら、力になれるかもしれない」

そんなオトギに、船着き場の屈強《くっきょう》な男たちの剣呑《けんのん》な視線が一斉《いっせい》に集まって。そのうちの特に大柄《おおがら》な一人が苛立《いらだ》った様子でオトギに詰《つ》め寄《よ》ると、彼《かれ》をじいっと睨《にら》みつける。

「あぁん？　筋肉もついてないお前みたいなのに何ができるってんだ」

いや、筋肉は関係ないような。ナニカの脳裏《のうり》をそんな突《つ》っ込《こ》みがよぎるが、ともあれ——ここに集まっているのは漁師やら船頭やら、日常的に力仕事をしている者たちばかり。オトギも背だけは高い方だったが、横幅縦幅《よこはばたてはば》ともに勝《まさ》る筋骨隆々《きんこつりゅうりゅう》の彼《かれ》らの威圧《いあつ》感は半端《はんぱ》ないもので。

そんな圧迫《あっぱく》感たっぷりの男たちとオトギとの交渉《こうしょう》を、なんとなく一歩後ろから窺《うかが》っていると、

「あー、いや。僕《ぼく》だけじゃなくて」

突然《とつぜん》オトギはそう言って、ナニカの肩《かた》を引き寄せて。

「へ？」

いきなり話の輪の中に引《ひ》き戻《もど》されて目をぱちくりとさせている彼女《かのじょ》を、オトギは彼《かれ》らの前にずずいと押《お》し出《だ》して——告げる。

「実は彼女《かのじょ》、星守《ほしも》りなんだ」

■

ナニカが星守りであることを明かすや否《いな》や、川辺の村の男たちは一転してころりと態度を変えて、素直《すなお》に事情を話し始めた。

フルール川。この川は昔から荒《あ》れ川で有名で、少しでも天気が荒《あ》れれば簡単に水量を増し、洪水《こうずい》なども頻繁《ひんぱん》に起こしていたのだという。

そして今回――雨が増え始めたのは、つい二週間ほど前。この川の現状を見かねた近郊《きんこう》の領主が進めていた治水工事が完了《かんりょう》してからだという。

「俺《おれ》たち川辺の村の人間は、この川と共に生きている。川の魚を捕《と》って暮らし、川の渡《わた》しをして日銭《ひぜに》を得てる。だから川が荒《あ》れれば俺《おれ》たちは商売上がったりになるし、洪水《こうずい》で死んだ奴《やつ》だって大勢居た。領主様はそんな俺《おれ》たちのことを慮《おもんぱか》って、治水に乗り出してくださったんだ。

……だってのに」

領主による治水計画というのは、恐《おそ》らくはミールが言っていたものと同じだろう。

その内容は、フルール川に上流で合流している中小河川《かせん》の一部を石でせき止めることで水量のコントロールを行うというもの。

確かにそうすれば本流の流量が減り、下流での増水のリスクも押《お》さえ込《こ》むことが出来る。

それはこの川辺の村の人間にとっては、諸手《もろて》を挙げて喜ぶべきことだった。

……人間に、とっては。


最初に異変が起き始めたのは、一年ほど前。領主による工事が始まった日のこと。

工事に携《たずさ》わっていた村民たちの前に——精霊《せいれい》が、現れたのだという。

「精霊《せいれい》さまが何言っててんのかは分からんがったが……兎《と》に角《かく》、とんでもねぇ形相《ぎょうそう》でお怒《いか》りでな。……まあ、この工事が原因だってのは皆《みな》すぐに分かったよ」

「分かったけど、やめなかったんですか？」

ナニカがそう問うと、男たちは重々しく頷《うなず》く。

「やめて、どうなる。精霊《せいれい》さまを気にして何もせずにいたら、洪水《こうずい》で流されて死ぬのは俺《おれ》たちだ。……そんなこと、あっていいはずがねぇ」

「……でも。それなら、住む場所を移るとか……」

「馬鹿《ばか》言わんでくれ。ここはご先祖様の代からずっと暮らしてきた土地だ。ご先祖様が生きて、ご先祖様が死んだ川だ。……そんなことで尻尾《しっぽ》巻いて逃《に》げるなんて、示しがつかねぇ」

そう言われては何も言い返せず、ナニカは口をつぐむ。

確かに彼《かれ》らの言い分も——彼《かれ》らの立場からしてみれば、至極尤《しごくもっと》もなことなのだ。

押《お》し黙《だま》るナニカに、彼《かれ》らは再び話を続ける。

「兎《と》に角《かく》。俺《おれ》たちは工事を続けた。俺《おれ》たち人間側の意志ってものを見せれば、精霊《せいれい》さまもきっと分かってくれるって……そう思ったんだ。だが――違《ちが》った」

男たちの間に、緊張感《きんちょうかん》……あるいは敵意にも似たぴりついた空気が滾《たぎ》る。

「この川を治める精霊《せいれい》――フルエナフルエってぇ奴《やつ》は、昔から気性《きしょう》の荒《あら》い精霊《せいれい》らしくてな。奴《やつ》は俺《おれ》たちが川に触《さわ》ったことが許せんらしく、いよいよ実力行使に出てきたんだ。それがあの大雨さ」

怒《いか》りに任せてそう吐《は》き捨《す》てる一人に、別の男が首を横に振《ふ》り、

「そうじゃねえ。多分フルエナフルエ様は、精霊病《せいれいびょう》で狂《くる》ったんだ。……確かに前から川が荒《あ》れることはあったけど、こんなことは今回が初めてだで」

庇《かば》い立《だ》てするようにそう言って、彼《かれ》はナニカへと向き直ると――地に膝《ひざ》を突《つ》いて頭を下げる。

「なあ星守《ほしも》り様、この通りだ。フルエナフルエ様を……どうにか説得してきちゃくれんか」

彼《かれ》のそんな行動に触発《しょくはつ》されたように、他の男たちもナニカに向かって頭を下げ始める。

「頼《たの》むよ、お嬢《じょう》ちゃん。川がこれじゃあ、俺《おれ》たちは生きていけねえんだ」

「う、あう……」

「後生《ごしょう》だ、星守り様！」

「星守り様ぁぁぁぁ！」

「あうぅぅ」

熱気むんむんの川の男たちの土下座攻撃《こうげき》。

基本的に人見知りの激しい方なナニカである。当然そのプレッシャーに耐《た》えられるわけもなく、彼女《かのじょ》は涙目《なみだめ》でオトギに助けを求める。

オトギの方も一応、彼女《かのじょ》を矢面《やおもて》に立たせたことへの罪悪感はあったらしい。彼《かれ》はナニカの声なき言葉に苦笑いで頷《うなず》くと、

「あー、分かった。それじゃあ僕《ぼく》たちが話をつけてこよう。……代わりに、上手《うま》いことといったら僕《ぼく》たちを川向こうまで送って欲《ほ》しいんだが、いいかな」

「おう、お安い御用《ごよう》だ！」

「俺《おれ》たちの筋肉に賭《か》けて、しっかり船を出してやるぜ！」

「それは賭《か》けなくてもいいんだが……」

ともあれ。なし崩《くず》し的ではあるものの話はついた、が。

盛り上がる男たちを眺《なが》めて苦笑《くしょう》するオトギの裾《すそ》を引っ張って、ナニカは恨《うら》めしげに呟《つぶや》く。

「……オトギさん。私の扱《あつか》いについて、後でお話があります」

「……あー、うん」

そんな彼女《かのじょ》の言葉に、オトギは冷《ひ》や汗《あせ》を一筋流しながら頷《うなず》いたのであった。

さて、そんなことがあった後――二人はすぐに川の上流、精霊《せいれい》が占拠《せんきょ》しているという治水工事の現場へと向かっていた。

「全くもう。よりにもよって私を盾《たて》にするなんて、オトギさんは男として最低です」

川沿いを歩きながら、頬《ほお》を膨《ふく》らませてオトギに対する非難を口にするナニカに対して、

「……いやー、返す言葉もない」

苦い顔でそう返しながら、オトギもまた彼女《かのじょ》の後をついて歩を進める。脇《わき》を流れる川の水は昨日あんなに大雨があったにもかかわらず、水底まで見通せそうなほどに澄《す》んでいた。

「実際、星守《ほしも》りとしてはどのみち首を突《つ》っ込《こ》まなきゃいけなかったですけど。でもですね、あんな風に私をダシに使うような真似《まね》をするというのは、あんまりじゃないですか」

「あー、あー、ごもっとも」

頬《ほお》を膨《ふく》らませてすっかり不機嫌《ふきげん》モードになっているナニカに、オトギはそんな反省してるんだかしてないんだか判然としない返事を返しながら――苦笑《くしょう》混じりに、

「本当に、悪かったよ。今度からはちゃんと、僕《ぼく》が君を守るからさ」

何気なくそんなことを言ったその瞬間《しゅんかん》、ナニカはぱっと振《ふ》り返《かえ》ってオトギを穴が空くほど

に凝視《ぎょうし》する。その顔は、何故《なぜ》か真っ赤だった。

「と、突然《とつぜん》そういうこと言うのはやめてください！　べべべ別に、オトギさんみたいなひょろひょろ中年に守ってもらおうなんて微塵《みじん》も思ってません！」

ひどく狼狽《ろうばい》しながらそう返すナニカに、オトギは頭を掻《か》きながら、

「いやぁ、とはいえ君の言うとおりさっきのアレは流石《さすが》に男らしくなかったからな。……なぁに、こう見えても僕《ぼく》、結構腕《うで》っ節《ぶし》には自信あるんだぜ」

「……本当ですか？」

不信感を露《あら》わにしたジト目でそう問うナニカに、オトギはおうよ、と胸を叩《たた》く。

「二十年間通信空手を取り続けてるんだ。試《ため》したことはないが、かなりのものだと思うぜ」

「ツウシンカラテ……なんですか、それ」

「僕《ぼく》の故郷に伝わる伝統的な武術さ。ご自宅にいるだけで武芸の型が身についてしまう優《すぐ》れものだ」

「へぇぇ」

先ほどまでの不機嫌《ふきげん》は飛んだ様子で、ナニカはオトギの話に興味深そうに聴《き》き入《い》っていたかと思うと――やがて、

「じゃあ、折角なのでお手合わせしてみませんか」

「え？」

いきなり、笑顔《えがお》でそんなことを言い出してきた。

「……お手合わせって。君、武術の心得とかあるのか？」

「一人旅をすることになっても大丈夫《だいじょうぶ》なように、って、祖母が生きていた頃《ころ》にたっぷり護身術の稽古《けいこ》をつけられたので」

何者なんだよ君のお祖母《ばあ》さんは。

頭の中で思わずツッコミを入れるオトギに構わず、彼女《かのじょ》は背中の匣《はこ》をその場に下ろして外套《がいとう》も脱《ぬ》ぎ、すっかりその気である。

「……いや、冗談《じょうだん》だよな？　こんなところでいきなり」

川の上流で、辺りに転がるのは流水に削《けず》られる前のごつごつとした岩。こんなところで地面に叩《たた》き伏《ふ》せられようものなら、ぶっちゃけかなり痛い。

が、しかし――

「大丈夫《だいじょうぶ》ですよオトギさん。打ち身の薬は常備してあるので」

「怪我《けが》する前提⁉」

妙《みょう》に爽《さわ》やかな笑顔《えがお》でそう告げる彼女《かのじょ》に本格的に身の危険を感じ始めたオトギ。そんな彼《かれ》の様子に満足したのか、彼女《かのじょ》は「冗談《じょうだん》ですよ」と呟《つぶや》いて外套《がいとう》を羽織りなおす。

……年頃《としごろ》の女子の精神構造というのは、どうにも奇《き》怪面妖《かいめんよう》なことこの上ない。オトギが首を傾《かし》げていると、不意にナニカが真面目な表情で声を上げた。

「それより。そろそろ、着いたみたいですね」

彼女《かのじょ》の言葉に進行方向を見てみると――そこは丁度、二本の川の合流地点らしかった。

周囲を深い緑に囲まれた、静謐《せいひつ》な場所だ。川幅《かわはば》が広く、一見したら湖のようにも見える。

片方の川の筋を辿《たど》ってみると、上流方向には積み上げられた巨岩《きょがん》とそれを補強するかのような丈夫《じょうぶ》な木組みで構成された巨大《きょだい》な壁《かべ》のようなものが立っていて、恐《おそ》らくはそれが――ミールの川を潰《つぶ》す原因となった治水工事の賜物《たまもの》なのだろうと見て取れた。


「何者だ、貴様ら」


空気をびりびりと震《ふる》わせるような大声が辺りに響《ひび》いて、驚《おどろ》いてそちらを見ると――川の中ほど、その水面に一人の巨漢《きょかん》が座《すわ》っているのが見えた。

鍛《きた》え上《あ》げられた上半身は剥《む》き出《だ》しで、そこに描《えが》かれた呪術《じゅじゅつ》的な紋様《もんよう》が燐光《りんこう》を放っている。その腰《こし》には精霊《せいれい》であることを示す瑠璃《るり》色の結晶《けっしょう》体――『角』が飾《かざ》られており、彼《かれ》がこの川を管理する精霊《せいれい》であることは疑うべくもなかった。

そんな彼《かれ》に向き直り、しかしそこで、オトギは怪訝《けげん》な顔になる。

水面に座《すわ》っていた彼《かれ》は――どうしたことか、その巨軀《きょく》を縮こまらせてしきりにその手を洗っていたのだ。

そんな彼《かれ》の様子に、得《え》も言われぬ奇妙《きみょう》な威圧《いあつ》感を感じたらしい。ナニカはややたじろいだ様子になりながら、彼《かれ》に向かって名乗りを上げる。

「私たちは星《ほし》守りです。川辺の村の方の使いで、こちらに参りました。……貴方《あなた》が、フルエナフルエさまですか？」

「如何《いか》にも。我《わ》が銘《めい》は『碧流《へきりゅう》』、称《しょう》はフルエナフルエ。この川を治める精霊《せいれい》なり」

頷《うなず》くと、フルエナフルエは水面にすっくと立ち上がり、軽く手を払《はら》って二人を鋭《するど》く見つめる。

「川辺の村の使い、と言ったな。となれば――大方、この下らぬ所業の申し開きであろう」

そう呟《つぶや》くと彼《かれ》は辺りの巨岩《きょがん》を忌々《いまいま》しげに睨《にら》んで、小さく舌打ちする。

「我は、我《わ》が川に触《ふ》れ、これを歪《ゆが》めた貴様らの行為《こうい》を決して許さぬ。……帰って伝えよ。村ごと沈《しず》められたくなければ、早々にどこかへ消《き》え失《う》せろとな」

その言葉に、焦《あせ》りを滲《にじ》ませて声を上げるナニカ。

「精霊《せいれい》さま、待って下さい！」

「くどいぞ、娘《むすめ》」

彼《かれ》が短くそう呟《つぶや》いた、その瞬間《しゅんかん》――水面がざわりと漣《さざなみ》を立て始めた。

「我は、決めたのだ。分を弁《わきま》えず、我《わ》が川に、我《わ》が自然に手を加え、穢《けが》す貴様ら人間を――我《わ》が水で以《も》って全て、洗い流すと」

「洗い流す、って……」

フルエナフルエの言葉は、どこまでも本気だった。立ちすくむ二人を前に、彼《かれ》はゆっくりとその腕《うで》を持ち上げて。

瞬間《しゅんかん》、おびただしい量の水が凝集《ぎょうしゅう》すると——まるで大蛇《だいじゃ》のようにその巨体《きょたい》をうねらせて、二人を見下ろす。

「貴様らとて、例外ではない。この場で我《わ》が波に呑《の》まれたくなければ、消《き》え失《う》せろ」

フルエナフルエの口から告げられたのは、そんな明確な拒絶《きょぜつ》。

それを前にして言葉を失うナニカだったが——その時オトギが無言で彼女《かのじょ》の肩《かた》を叩《たた》き、一歩前に出て口を開いた。

「なあ、フルエナフルエ。あんたは一体どうして、そんなにも人間を嫌《きら》うんだ？」

いきなりそう問うてきたオトギを、フルエナフルエは怪訝《けげん》な顔で睨《にら》む。

「……何だ、貴様は。星守り……では、ないな」

「医者だよ。あんたの相談に乗りたいと思ってね」

「相談、だと？」

ぎろりと眼球を動かして睨《ね》めつけるフルエナフルエに、オトギは余裕《よゆう》の笑《え》みを浮《う》かべたままで頷《うなず》いてみせる。

否。余裕《よゆう》なのは表情だけで、その頬《ほお》には一筋冷《ひ》や汗《あせ》が垂れていたが——それはそれだ。

「確かに、今回の工事はあんたの気に障《さわ》っただろう。これは、村の連中や領主の非だ。……けど、今回のことだけが理由じゃないはずだ。あんたはこの工事よりもずっと前から、人間を嫌《きら》い続けてきた。……それは、どうしてなんだ？」

オトギのしつこい問いかけに、どうやら気勢を削《そ》がれたらしい。鋭《するど》い眼光はそのままに、彼《かれ》は苛立《いらだ》たしげに口を開く。

「……何故《なぜ》か、だと。決まっている。貴様ら人間が触《ふ》れると、川が穢《けが》れるからだ」

「穢《けが》れる？　そりゃあ、いわゆる水質汚染《おせん》とかそういうことか？　……まあ、人が住んでいる以上は多少の生活排水《はいすい》はあるかもしれんが」

疑問を渦巻《うずま》かせるオトギに、しかしフルエナフルエは首を横に振《ふ》って――失笑《しっしょう》を零《こぼ》す。

「……ああ、そうか。貴様らはあの川辺の村の人間ではない、余所者《よそもの》なのだったな」

そんな含《ふく》みのある言葉に、オトギはどこか、奇妙《きみょう》な違和感《いわかん》を覚えて。

「なあ、フルエナフルエ。あんたは……」

そう言ってなんとはなしにオトギが一歩、前に踏《ふ》み出《だ》そうとした――その時だった。

「……っ、我に近寄るな、汚物《おぶつ》が！」

凄《すさ》まじい怒号《どごう》と共に、あの水の大蛇《だいじゃ》が槌《つち》のようにオトギの頭上から撃《う》ち下ろされて。

「オトギさん！」

呆然《ぼうぜん》とするオトギの襟首《えりくび》をナニカが咄嗟《とっさ》に引きずり倒《たお》して、次の瞬間《しゅんかん》。

今しがたオトギが立っていた場所に膨大《ぼうだい》な量の水の塊《かたまり》が叩《たた》きつけられ、炸裂《さくれつ》する。

凄《すさ》まじい量の水が、オトギとナニカの二人に降りかかり——しかし幸いにして直撃《ちょくげき》は避《さ》けられたため、それだけで済んだ。

見れば、一歩先の地面は今の衝撃《しょうげき》で抉《えぐ》れている。ナニカが助けてくれなかったらと思うと、空恐《おそ》ろしいものがあった。

「さんきゅー、死ぬかと思った……」

「気をつけて下さい、オトギさん。あの精霊《せいれい》さま……すごく、怒《おこ》ってます」

ナニカの言うとおり、フルエナフルエの方を見ると——彼《かれ》はぎりぎりと歯ぎしりして、目を見開いてオトギを睨《にら》んでいた。

「ああ、汚《きたな》い。汚《きたな》い、汚《きたな》い、汚《きたな》い……」

苛立《いらだ》たしげに吐《は》き捨《す》てるフルエナフルエ。そんな彼《かれ》の表情を見て、オトギは、先ほどの違和《いわ》感《かん》の正体を見て取る。

ナニカの言うとおり、巌《いわお》のようなその顔に浮《う》かんでいたのは強い憤怒《ふんぬ》。

だが、それ以上に——そこには不安と、恐怖《きょうふ》の色が滲《にじ》んでいたのだ。

「なあ、フルエナフルエ。……君は一体、何を隠《かく》してるんだ？」

オトギの言葉に、彼《かれ》は憎《にく》しみと恐怖《きょうふ》の混在した奇妙《きみょう》な表情を浮《う》かべて。

「……どうしても、知りたいか。ならば……よかろう」

くつくつと笑うと、彼《かれ》は二人から距離《きょり》を取るようにして水面を後ろに飛んで、告げる。

「川底を、見るがいい」

その言葉に、オトギとナニカは顔を見合わせて――慎重《しんちょう》に川岸へ近づくと、そこから川の中央あたりを凝視《ぎょうし》する。

水面は澄《す》み渡《わた》っていて、底のほうまでよく見通すことが出来る。

そして、そこには――


大量の。

おびただしい量の。

人の骨が、堆積《たいせき》していた。

■

「……っ⁉」

目に飛《と》び込《こ》んできたその光景に、ナニカは思わず口元を押《お》さえる。

隣《となり》のオトギも、ナニカほどではないものの少なからず衝撃《しょうげき》を受けていたようだった。

「それが、貴様ら人間の――穢《けが》れだ」

どこか疲《つか》れた声で、フルエナフルエが語りかけてくる。

「……これは、この死体は、何だ。どうして、こんなに――」

「奴《やつ》らが。川辺の村の人間が、捨てていったものだ。どうやら連中の間では、こうして上流で屍《しかばね》を捨てるのが弔《とむら》いらしい。……奴《やつ》らが、我《わ》が川をなんと呼んでいるか、知っているか」

「……」

「死の川、だ」

そんな彼《かれ》の答えに、絶句する二人。その様子が愉快《ゆかい》だったのか、フルエナフルエはくつくつと笑って、更《さら》に言葉を続けた。

「……もう、何百年も繰《く》り返《かえ》されてきたことだ。奴《やつ》らは――我《わ》が川と共に生きているとのたまうあの汚物《おぶつ》共は、何もかもを我《わ》が川に捨ててきた。廃棄《はいき》物も、糞尿《ふんにょう》も、そして……屍《しかばね》すらも」

吐《は》き捨《す》てるように呟《つぶや》いて、彼《かれ》はその体を怯《おび》えるように震《ふる》わせる。

「この川は、我自身だ。だから――分かるのだ。奴《やつ》らが屍《しかばね》を捨てていく度《たび》に、分かるのだ。屍《し》肉《にく》が少しずつ溶《と》けていく感覚が。流水で少しずつ削《けず》れてゆく骨の感触《かんしょく》が。……それが、おぞましい。おぞましく、汚《けが》らわしくてならぬのだ」

水面に再び座《すわ》り込《こ》んで、澄《す》んだその水を手のひらですくい上げるフルエナフルエ。

「流しても、流しても。あの腐臭《ふしゅう》がこびりついて、剝《は》がれん。この手をいくら洗っても、この身をいくら禊《みそ》ごうとも――奴《やつ》らが我の中に捨てたものが、離《はな》れないのだ」

「だから、あんたは人間を……嫌《きら》うようになった。人間自体を、洗い流そうと思った。そういうわけか」

オトギの言葉に、彼《かれ》は虚《うつ》ろな笑いを返す。

「我に全てを押《お》し付《つ》けて。挙句《あげく》に我の一部をも暴き立てて、川を堰《せ》き止《と》め、身勝手に自分たちの利益のみを求める。お前たち人間は、我にとっての毒《どく》だ。……毒は、洗い流さねばならぬ」

覇気《はき》のないその声に、ナニカは――思わず声を上げる。

「……待って下さい、精霊《せいれい》さま。そのことを村の人たちに話せば、今からでも、分かって貰《もら》えるかも……」

しかしそんなナニカの言葉に、彼《かれ》はゆっくりと首を振《ふ》り。

「あるいは、そうかもしれんな。だが、我にとっては――そんなことは、どうでもよいのだ」

水粒の滴《したた》る自身の手を忌々《いまいま》しげに見つめながら、続けた。

「……我とて、分かっている。こんなことをしたところで、この身の穢《けが》れが洗い流せるわけではないことも、理解しているさ。だが――どうしても、そうせずにはいられぬ。そうせずには、このどうしようもない不安の……どうしようもない恐怖《きょうふ》の、遣《や》り場《ば》がないのだ」

ひとしきり、吐《は》き出《だ》すようにそう告げると。

彼女《かのじょ》はオトギたちに背を向けて、小さくため息をつく。

「……貴様らに話して、少しだけ気が紛《まぎ》れた。……さあ、退《ひ》け。そして村の者に――立《た》ち退《の》き、二度とこの川に近寄らぬよう、伝えよ」

「精霊《せいれい》さま、でも……」

そう言いかけて、ナニカは手を伸《の》ばそうとして。

けれど――その時だった。


風を切る音と共に、周囲の木々の合間から勢い良く何かが飛び出して。

それらはフルエナフルエの体に――深々と、突《つ》き刺《さ》さった。

「……っ、精霊《せいれい》さま⁉」

何事か。よく見ると、彼《かれ》の体に突《つ》き刺《さ》さっているのは矢のようなものだった。のようなもの、と表現したのは、それが矢と呼ぶにはあまりにも太く、長く――全体にびっしりと受容紋《レセプタ》が浮《う》かび上《あ》がった、奇怪極《きかいきわ》まりないものだったからである。

そんな長大な矢を三本、その体に突《つ》き立《た》てられながら――けれどフルエナフルエの顔に浮《う》かんでいたのは苦悶《くもん》ではなくむしろ、怒《いか》りだった。

「……精霊《せいれい》であるこの我に、こんなものが効くと思ったか、痴《し》れ者《もの》が！」

彼《かれ》はナニカたちの後ろ、矢が放たれたその森へと視線を遣《や》ると、無造作にその手を持ち上げる。

　すると彼《かれ》の動きに呼応するようにあの水の大蛇《だいじや》が水面から浮《う》かび上《あ》がり、今度は躊躇《ためら》いもなく、一気に森へと突《つ》っ込《こ》んでゆく。

「きゃっ……！」

　凄《すさ》まじい水飛沫《みずしぶき》と振動《しんどう》でナニカは視界を奪《うば》われ――数秒して振《ふ》り返《かえ》ってみると、木々がなぎ倒《たお》されたそこには数人、鎧兜《よろいかぶと》姿の騎士《きし》が倒《たお》れていた。

　黒鉄《くろがね》の鎧《よろい》に、円環《えんかん》を象《かたど》った意匠《いしょう》。その装備は明らかに、山賊《さんぞく》や野《や》盗《とう》のそれではない。

「いつつ……って何だ、こいつら」

　遅《おく》れて起き上がったオトギが、声を上げる。すると、それに反応してフルエナフルエがこちらを凄《すさ》まじい形相で睨《にら》みつけてきた。

「貴様ら――謀《はか》ったか」

　そんな彼《かれ》の誤解に、ナニカは大きく首を振《ふ》る。

「違《ちが》います、精霊《せいれい》さま！　私たちも、こんな人は知らな……」

「煩《うるさ》い！」

　がしかし、ナニカの弁明を遮《さえぎ》るようにして、フルエナフルエは再び水の蛇《へび》を形作る。

　その表情に浮《う》かぶのは――怒《いか》りと、そして僅《わず》かな落胆《らくたん》だった。

「ふ、は、ははは。やっぱり、そうだ。人間は――やはり、汚《きたな》い。汚《きたな》くて、狡《ずる》くて、いつだって我に、仇為《あだな》すものでしかない」

「お願いです、話を聞いてください、精霊《せいれい》さま――」

ナニカの訴《うった》えかける声は、しかしもはや彼《かれ》の耳には届いていない。

フルエナフルエの操《あやつ》る水の蛇《へび》は、辺りの川の水を吸い上げて巨大《きょだい》な渦《うず》となり――その鎌首《かまくび》をもたげて、ナニカたちへとその頭を向けて。

「……消《き》え失《う》せろ」

フルエナフルエがそう告げると同時に凄《すさ》まじい速度で放たれたそれは、その圧倒的《あっとうてき》な質量を伴《ともな》う暴力で二人を粉砕《ふんさい》……しなかった。

「……え？」

おそるおそる、前を見ると。

いつの間に、そこにいたのだろうか。座《すわ》り込《こ》んだ二人の前には――一人の男が立っていた。

端整《たんせい》な顔立ちの、けれど凍《こお》りつくように冷たい目をした男だった。

要所だけを装甲《そうこう》で覆《おお》った黒の軽鎧《けいよろい》に、描《えが》かれているのは先ほど倒《たお》れていた騎士《きし》たちと同じ円《えん》環《かん》の意匠《いしょう》。そしてそんな鎧《よろい》と対照的に、その髪《かみ》は老人のように白い。

「……大丈夫《だいじょうぶ》か」

ぶっきらぼうにそう告げる彼《かれ》に、あまりのことで言葉を失っていたナニカはこくこくと頷《うなず》いて返す。すると彼《かれ》はナニカの服装をじっと見つめて、僅《わず》かにその目を鋭《するど》く細めた。

「お前は、星守《ほしも》りか。こんな所で何をしていた」

「え、あう、私は……」

混乱して目を回しながら、ナニカが何か言い出そうともごもごしていると。


「……貴様。何者だ」


ぴしりと、空間が軋《きし》むような音と共に――地の底から届いたような声が、辺りに反響《はんきょう》する。

見れば、フルエナフルエが険《けわ》しい表情で、眼前の白髪《はくはつ》の騎士《きし》を睨《にら》みつけていた。

「人間の分際で我《わ》が術を正面から弾《はじ》くなどと。貴様……一体、何をした？」

ぎりりと歯を軋《きし》ませて唸《うな》るフルエナフルエに、男は無表情のまま――その手に握《にぎ》った剣《けん》を向ける。

それは、奇妙《きみょう》な剣《けん》だった。材質も分からない細長い金属板を幾《いく》つもねじり合わせて形にしたような、不思議な形状の黒い剣《けん》。よく見れば、隙間《すきま》からは紫色《むらさきいろ》の燐光《りんこう》が明滅《めいめつ》していて――それはどこか、生物的ですらある。

驚《おどろ》いたことに、彼《かれ》はフルエナフルエの――普通《ふつう》の人間では認識《にんしき》できないはずの精霊《せいれい》の声が、聴《き》こえているらしい。

剣先《けんさき》を彼《かれ》に向けながら、男は無感動な声で淡々《たんたん》と告げた。

「俺《おれ》は『循還騎士団《サーキユラー》』二番隊騎士《きし》長。ユースティス・フォン・ヘムト。……『碧流《へきりゅう》』のフルエナフルエ。貴様が精霊病《せいれいびょう》に冒《おか》され、人に害を為《な》しているという訴《うった》えを受けてここに来た」

そう名乗った彼《かれ》に、フルエナフルエは目を見開いて——やがて、呆《あき》れたようにため息を吐《は》き出《だ》すと、失笑《しっしょう》を零《こぼ》す。

「『循還騎士団《サーキユラー》』……ああ、聞いたことがあるぞ。精霊《せいれい》殺しの、冒瀆《ぼうとく》者ども！　ふ、はは、そうか。人間どもめ、いよいよもって我が邪魔《じゃま》になったか！」

彼《かれ》の告げたその言葉に、ナニカは衝撃《しょうげき》を隠《かく》せずに目を見開いて眼前の男を見上げる。

「精霊《せいれい》、殺し……？　それって、どういう」

ナニカの呟《つぶや》きに、男——ユースティスは、冷ややかな紫眼《しがん》でもって彼女《かのじょ》を見下ろすと、

「近隣《きんりん》の領主から、訴《うった》えがあった。フルール川を管理していた精霊《せいれい》が精霊病《せいれいびょう》で狂《くる》い、民《たみ》に害を及《およ》ぼすようになったと」

そう短く答えてフルエナフルエの方へと向き直り、その剣《けん》を構え直して続ける。

「どうやら、事実のようだな」

「そんな、待っ……」

ナニカが抗議《こうぎ》の声を上げようとするより早く、

「ちょっと待っちゃくれないか、イケメン君」

そんな、どこか軽い口調で割《わ》り込《こ》んできたのは――オトギだった。

尻餅《しりもち》をついた姿勢で、しかし妙《みょう》にふてぶてしい表情でそう告げた彼《かれ》に、ユースティスはその無表情を僅《わず》かに歪《ゆが》める。

「何だ、お前は」

「医者だよ」

短くそう返すと彼《かれ》は土を払《はら》いながら一苦労とばかりに立ち上がり、ユースティスの肩《かた》をぽんと叩《たた》いて続ける。

「彼《かれ》の精霊病《せいれいびょう》を、治しに来たんだ。悪いがあんたらは、ちょっと下がっててくれないか」

それはいつもの飄々《ひょうひょう》とした声音《こわね》だったが――一方で、どこか押《お》し殺《ころ》したような響《ひび》きがあった。

ユースティスはそんな彼《かれ》に冷たい視線を送ると、肩《かた》の手を軽く払《はら》い除《の》けて、

「精霊病《せいれいびょう》を、治すだと。下らん戯言《たわごと》を」

「下らなくないさ。君たちの言うところの精霊病《せいれいびょう》は……治療《ちりょう》できる、病気だ」

吐《は》き捨《す》てるように告げたユースティスに、オトギはいつになく強い調子でそう返す。

その一瞬《いっしゅん》、二人の視線がかちりと交錯《こうさく》して。

しかし――そんな時だった。

「我を無視して話し合いとは、いい度胸だな、人間！」

そんな声と共に、フルエナフルエが撃《う》ち出したのは巨大《きょだい》な水球。

それは狙《ねら》いを過《あやま》たず、一直線に二人へと向かって襲《おそ》いかかり——しかし、

「下らん」

呟《つぶや》きざまにユースティスが剣《けん》を一閃《いっせん》しただけで、二人をまるごと飲《の》み込《こ》んでしまいそうな巨《きょ》大《だい》な水球は真っ二つに切《き》り裂《さ》かれて水飛沫《みずしぶき》となってしまう。

無造作に剣《けん》を払《はら》って、ユースティスはオトギを一瞥《いちべつ》すると。

剣《けん》を持っていない左手を軽く振《ふ》って——声を上げる。

「こいつを押《お》さえつけておけ。邪魔《じゃま》だ」

彼《かれ》が指示を飛ばしたその瞬間《しゅんかん》、辺りから金属の擦《こす》れる音がいくつも聴《き》こえて。

円環《えんかん》の意匠《いしょう》の黒鎧《くろよろい》を纏《まと》った騎士《きし》が数人姿を現したかと思うと、彼《かれ》らは有無《うむ》を言わさずオトギを組《く》み敷《し》いてしまう。

「なっ、おい、待……」

「黙《だま》らせろ」

オトギはなおも抵抗《ていこう》しようとするが、重々しい金属鎧《よろい》を纏《まと》った彼《かれ》らに敵《かな》うはずもない。

ユースティスがそう指示すると同時に、鎧《よろい》の騎士《きし》の一人が彼《かれ》を殴《なぐ》りつけ——オトギは呻《うめ》き声を上げて動きを止める。

「オトギさん！」

彼《かれ》に駆《か》け寄《よ》ろうとするナニカだったが、しかし騎士《きし》たちがそれを阻《はば》む。

そんな二人をユースティスは冷ややかな眼《め》で確認《かくにん》すると――ユースティスは再び、フルエナフルエへと向き直って剣《けん》を構え直した。

「……さて、精霊《せいれい》よ。申し開きがあるならば、聞いてやるが」

「申し開き、だと？」

ユースティスの言葉に、フルエナフルエは激昂《げきこう》した様子でわなわなと肩《かた》を震《ふる》わせて。

「……貴様ら人間の身勝手で、苦しめられているのは我の方ぞ！　……貴様らは、どこまで傲《ごう》慢《まん》で、自分勝手なのだ！」

彼《かれ》がそう叫《さけ》ぶと、それに呼応するかのように川の水面全体に、まばゆい紋《もん》が浮《う》かび上《あ》がる。

「受容紋《レセプタ》……！　精霊《せいれい》さま、やめて下さい！」

声を張り上げてナニカが叫《さけ》ぶが、しかしその声は、彼《かれ》には届かない。

「……やはり、貴様ら人間は、穢《きたな》い。穢《けが》れは、祓《はら》わなくては、ならぬ……！」

彼《かれ》の体から、霊子《マナ》の燐光《りんこう》が立ち上って。

それらは水面の受容紋《レセプタ》に吸《す》い込《こ》まれて――瞬間《しゅんかん》、川全体が、蠢《うごめ》き出す。

「きゃっ……！」

あまりの振動《しんどう》に、その場で尻餅《しりもち》をつくナニカ。振動《しんどう》はさらに続いて――やがて、ナニカは眼前のその光景に、目を疑う。

川から水が、消え失《き》《う》せて。

代わりにそこに居たのは——おびただしい量の水と人骨でその身を形作った、天を衝《つ》くほどに巨大《きょだい》な一体の蛇《へび》だった。

「……精霊《せいれい》、災害……」

それは、アグラストリスの時と同じ。

いや、彼女《かのじょ》の時よりも決定的に進んでしまった——精霊《せいれい》の成れの果て。

全身に受容紋《レセプタ》の燐光《りんこう》を奔《はし》らせて、それは陽の光を遮《さえぎ》るようにしてナニカたちを見下ろす。

頭部に相当する場所には、フルエナフルエの腰《こし》に飾《かざ》られていた『角』——それと同じ、瑠璃《るり》色をした結晶《けっしょう》が眼《め》のように埋《う》め込《こ》まれていた。

「精霊《せいれい》さま、お気を確かにして下さい！」

ナニカの叫《さけ》びに、しかしフルエナフルエだったものはただ天を仰《あお》いで——金属を擦《こす》り合わせたような、耳障《みみざわ》りな雄叫《おたけ》びで空気を震《ふる》わせる。

「精霊病《せいれいびょう》の、末期だ。声など届かない」

呆然《ぼうぜん》とするナニカに、ユースティスはぶっきらぼうにそう告げると。その手に握《にぎ》った異形《いぎょう》の剣《けん》をかざして、フルエナフルエへと向ける。

すると――

「『論理的統合の破綻《はたん》および霊子《マナ》放出の増大化、存在偏移《へんい》の不可逆化を確認《かくにん》――対象精霊《せいれい》をステージⅣ【精霊災害《せいれいさいがい》】と認定《にんてい》。早期の討滅《とうめつ》を推奨《すいしょう》』」

聞こえたのは、そんな無機質な声。

そしてその声の出処《でどころ》は――彼《かれ》の持つ、剣《けん》それ自体だった。

「……言われるまでもない。総員、戦闘《せんとう》準備」

ユースティスがそう言い放つと同時に、周囲の騎《き》士《し》たちが整列し、手に手に大柄《おおがら》な弓を構えると――

「『循還《じゅんかん》』の名の下に、災害を断罪する。――放て」

つがえていたあの奇妙《きみょう》な矢を、フルエナフルエに向かって一斉《いっせい》に射出する。

ううううううううん、と。その巨体《きょたい》に針山のように矢を受けたフルエナフルエは非生物的な声で吠《ほ》え――けれどそれは、有効打ではなかったようだ。

当然であろう。精霊《せいれい》という存在は、肉体的な法則性から一線を越《こ》えたもの。矢を受け、剣《けん》で斬《き》られたところで、そんなものは彼《かれ》らの存在を脅《おびや》かしはしない。

けれど、それはフルエナフルエの怒《いか》りに油を注ぐには十分だったらしい。彼《かれ》はその巨体《きょたい》をうねらせると――その『眼《め》』でユースティスを捉《とら》え、一直線に突進《とっしん》する。

轟音《ごうおん》と土煙《つちけむり》が、彼《かれ》の立っていた川岸を包《つつ》み込《こ》んで。

視界を覆《おお》い隠《かく》していた土煙《つちけむり》が晴れると、そこにあったのは巨大《きょだい》なクレーター。

あの騎士《きし》は、どこに。行方《ゆくえ》を探すと――彼《かれ》が居たのは、突《つ》っ込《こ》んできたフルエナフルエのその頭の上だった。

ぐるりと剣《けん》を翻《ひるがえ》し、彼《かれ》はその切っ先をフルエナフルエの頭に、突《つ》き立《た》てる。が、

「……ちっ」

水と人骨で形作られたその体はあくまで仮初《かりそめ》のものに過ぎないため、ダメージは通らない。

逆上したフルエナフルエはその頭を大きく振《ふ》り回《まわ》し、その勢いで彼《かれ》の体は川岸へと投げ飛ばされてしまう。

受け身を取りながら地に落ちて、けれど驚《おどろ》いたことに怪我《けが》などはないらしく、彼《かれ》はすぐに立ち上がるとフルエナフルエを再度睨《にら》みつけ――そこで小さく、呟《つぶや》く。

「……『ゲルエルドリン』。力を貸せ」

彼《かれ》がそう名を呼んだ、その直後。

「『承認《しょうにん》』」

その呼び声に応じたのは、彼《かれ》の『剣《けん》』。彼《かれ》の求めに答えるように、剣《けん》はその刀身に紫《むらさき》の燐光《りんこう》

を纏《まと》い始め――それはやがて、まばゆいばかりの紫電《しでん》へと変わってゆく。

それは、まるで。

「……精霊《せいれい》、術《じゅつ》？　でも、あんなのって」

ナニカが呟《つぶや》くのと同時に、フルエナフルエが再び大きく吠《ほ》えると彼目掛《かれめが》けて突進《とっしん》すべくその身を引《ひ》き絞《しぼ》る。

が――その時。どうしたことか、フルエナフルエの動きが、止まった。

一体、何が。よく見てみると、彼《かれ》の体に刺《さ》さった無数の大矢――それらが、ユースティスの剣《けん》に呼応するように雷光《らいこう》を放っていた。

その稲妻《いなずま》が水で構成されたフルエナフルエの体を迸《ほとばし》り、その動きを押《お》さえ込《こ》んでいるのだ。

るぅううぅっぅううぅぅぅうぅうん！

怒気《どき》を孕《はら》んだ咆哮《ほうこう》を轟《とどろ》かせて、フルエナフルエはその身をよじり――体中から水と骨を撒《ま》き散《ち》らしながら、ユースティスへと突進《とっしん》しようとする。

接近する巨大《きょだい》な質量を前にして、眉《まゆ》一つ動かさずに剣《けん》を構えるユースティス。

『『雷よ、狂い裂け《ゲールス・イグノ・ルール》』』

彼《かれ》が精霊《せいれい》語を謳《うた》ったその刹那《せつな》、轟音《ごうおん》と共に一条の雷槌《らいつい》が迸《ほとばし》り――視界が、白く染まる。

閃光《せんこう》が収束して、ナニカがうっすらと目を開けると。

そこにはなおも放電を続ける剣《けん》を大きく払うユースティスと、その目前に転がる瑠璃《るり》色の結《けつ》

晶《しょう》――フルエナフルエの『角』があった。

ナニカの見ている前で、彼《かれ》は地に転がる『角』へと歩み寄り。

そして――無造作に、それに刃《は》を突《つ》き立《た》てる。

『角』は精霊《せいれい》たちの霊子《マナ》の放出源であり、彼《かれ》らの存在の核《かく》と呼べるもの。

即《すなわ》ち、それが壊《こわ》れるということは――死という概念《がいねん》の希薄《きはく》な彼《かれ》らにとっての、数少ない死の形に他ならなかった。

心臓の拍動《はくどう》のように、『角』がひときわ強く光を明滅《めいめつ》させて――やがて空気に溶《と》けるようにしてその形を失うと、跡形《あとかた》もなく消《き》え失《う》せる。

「……なんで」

呆然《ぼうぜん》と、ナニカはその光景を前に呟《つぶや》いて――わなわなと唇《くちびる》を震《ふる》わせて、ユースティスを見る。

「なんで、精霊《せいれい》さまを……殺さなきゃいけなかったんですか」

詰問《きつもん》するような、彼女《かのじょ》の問いかけに。

ユースティスは剣《けん》を腰《こし》の鞘《さや》に収めると、凍《こお》るような目でナニカを一瞥《いちべつ》して、

「当然だ。奴《やつ》は既《すで》に、精霊《せいれい》災害に――人に仇為《あだな》すだけの害悪へと、成り果てていた。だから滅《ほろ》ぼした。それ以外に理由が必要か」

ひどく冷静な口調でそう、返す。そんな彼《かれ》の言葉に、ナニカは愕然《がくぜん》として。

「……だからって。まだ、手はあったはずです。あの精霊《せいれい》さまは……まだ、治《なお》す手立てがきっと、あったはずなんです！」

騎士《きし》たちに押《お》さえつけられて気を失っているオトギを横目で見て、そう言い返すナニカ。

けれどそんな彼女《かのじょ》の言葉に、ユースティスはその無表情を微《かす》かに歪《ゆが》めて、

「治すだと。……星守《ほしも》りが、妙《みょう》なことを言うものだ。お前たちの役割は、精霊《せいれい》どもを宥《なだ》めすかして従わせることだろう」

失笑《しっしょう》を零《こぼ》しながら、彼《かれ》はナニカを——今度は、鋭《するど》い敵意の込もった眼差《まなざ》しで睨《にら》みつける。

「……仮にお前や、そこの男が言うように、アレを治す手があったとして。それは、確実なことなのか？」

「……それは」

その言葉に言《い》い淀《よど》むナニカに、彼《かれ》は少しだけ語気を荒《あら》げて続ける。

「お前たちが失敗すれば、あの精霊《せいれい》は我を忘れて川を荒《あ》らし、村の者を皆殺《みなごろ》しにしただろう。そうしたら——お前らは、その責任を取ることが出来るのか？　死んだ村人たちに、『精霊《せいれい》を守るためには仕方なかった』と……そう言えるのか？」

「……でも、だからって、精霊《せいれい》さまが死なきゃいけない理由なんて……っ」

「『死なきゃいけない』？」

吐《は》き出《だ》すように抗弁《こうべん》するナニカに、彼《かれ》は少しだけ——嘲《あざけ》るような笑《え》みを滲《にじ》ませて、息を吐《は》く。

「違《ちが》うな。『死ななきゃいけない』じゃあない。命を断ってやることこそが……奴《やつ》らの、ためなんだ」

　そんな彼《かれ》の言葉に、眉《まゆ》をひそめるナニカ。

「精霊《せいれい》さまのため、ですって。殺すことが？」

「ああ、そうだ」

　彼《かれ》はナニカの眼前まで歩み寄ってくると、その紫瞳《しどう》で彼女《かのじょ》を見下ろして続ける。

「星守り。お前は精霊病《せいれいびょう》に罹《かか》った精霊《せいれい》がどうなるか、知っているか」

「どうって……。自我《じが》を失って、精霊《せいれい》災害へと変質する、って」

　ナニカのおぼつかない答えに、ユースティスは小さく鼻を鳴らすと。

「ならば、その先はどうだ。精霊《せいれい》災害と成り果てて、その後――奴《やつ》らは一体、どうなる？」

「その、あと……？」

　精霊病《せいれいびょう》を患《わずら》った精霊《せいれい》たちは己《おのれ》という存在を見失って、無軌道《むきどう》なエネルギーの束である災害に成り果てる。

　そこまでは知っていたが――災害となったその先に彼《かれ》らがどうなるか。それについて、ナニカは考えたこともなかった。

　言葉を失うナニカをじいっと見つめて、ユースティスは淡々《たんたん》と、告げる。

「精霊《せいれい》が自己を見失うこと。肉体を持たない連中にとってそれは存在そのものの喪失《そうしつ》――即《すなわ》ち、完全な消滅《しょうめつ》だ。……狂《くる》い果て、人を殺すだけの災厄《さいやく》に成り果てて。その絶望の末に消えた奴《やつ》らを、俺《おれ》は──何度も見てきた。だから」

かちゃりと、彼《かれ》は篭手《こて》に覆《おお》われたその拳《こぶし》を微《かす》かに握《にぎ》りしめて。

「そうなる前に殺して、奴《やつ》らを輪廻《りんね》の円環《えんかん》に戻《もど》してやる。奴《やつ》らが己《おのれ》を喪《うしな》い、償《つぐな》いようのない罪を犯《おか》す前に──俺《おれ》たちが奴《やつ》らを、止める。……それこそが俺《おれ》たち『循還騎士団《サーキュラー》』の教義であり、俺《おれ》たちの……『救い』の形だ」

一方的にそう言い放つと、彼《かれ》は立ちすくむナニカとすれ違《ちが》い、立ち去ってゆく。

ナニカはそんな彼《かれ》に振《ふ》り返《かえ》って、言い返そうとして口を開いて。

けれど──その唇《くちびる》を震《ふる》えさせたまま、何も、言い返せなかった。

静かな風に撫《な》でられて、水面が揺《ゆ》れる。

川は、何事もなかったように──流れてゆく。

■

それから、二日が過ぎて。

川の流れが落ち着いてきた頃《ころ》――ようやく船を出して貰《もら》えることになった二人は、小舟《こぶね》に揺《ゆ》られながら水面を眺《なが》めていた。

「いやぁ、助かったよ。お二人のお陰《かげ》で、こうしてまた舟《ふね》を出せた」

「……いえ。私達《わたしたち》は、何もしてませんから」

陽気に語りかけてくる船頭にナニカは苦笑いを返して、そして、その顔に影《かげ》を落としてぽつりと呟《つぶや》く。

「本当に、何もしてませんから」

……あれから。

何事もなく騎士《きし》たちに解放された二人が川辺の村まで戻《もど》り、事の顛末《てんまつ》を話したところ――村人たちの反応は、喜びに満ちたものだった。

「やっと、あの厄介《やっかい》な精霊《せいれい》がいなくなった」

「もう、精霊《せいれい》の起こす理不尽《りふじん》な洪水《こうずい》に悩《なや》まされることもない」

「消えてくれてよかった」

「いなくなってよかった」

「死んでよかった」「殺されてよかった」「ざまあみろ」「くたばれ」

口々に、亡《な》き精霊《せいれい》に対してそう言葉をぶつけていた村人たち。

何も知らない彼《かれ》らの騒《さわ》ぎに、心の奥底《おくそこ》で言い知れないほの暗いものが渦巻《うずま》くのを感じながら——それでもナニカもオトギも、何も言わず彼《かれ》らを見守った。

部外者でしかない二人には、彼《かれ》らのことを悪く言うことは、出来ない。……ここで暮らす彼《かれ》らには守るべき自分たちの生活があって。フルエナフルエの存在は、彼《かれ》らにとってもはや「災害」でしかなかったのだから。


ともあれ。何かをしたわけではないものの、結果として彼《かれ》らの問題が解決されたことは確かであったので——約束通り、こうして波が収まるのを待って舟《ふね》を出して貰《もら》えることと相成った二人。

木組みの小舟《こぶね》の上で、無言のままぼーっと揺《ゆ》られていると——

「や、元気なさそうなのですね」

突然《とつぜん》背後から聞き覚えのある声がして、ナニカはびっくりして振《ふ》り向《む》く。

舟《ふね》の縁《へり》に器用に立っていたのは——あの林の小屋で出会った精霊《せいれい》、ミールツァイクだった。

「ミールさま⁉」

「やや。二日ぶりくらいなのです」

気さくに片手を上げてそう挨拶《あいさつ》してくると、彼女《かのじょ》はその場で腰《こし》を下ろしてほうと息をつく。

そんな突然《とつぜん》の乗客に、けれど船頭の方を見ると――ナニカが大声を上げたにもかかわらず、まるでこちらに振《ふ》り向《む》く様子はない。

「ああ。ちょっとした境界を引いてあるのですよ。私の声はどっちみち聞こえないでしょうけど、貴方《あなた》たちの声も今はあの人間には聞こえないので……安心して、ナイショ話できるのです」

いたずらっぽく笑う彼女《かのじょ》に、オトギが若干呆《じゃっかんあき》れ顔で口を開く。

「どうしたんだい、こんな所に来て。また頭でも痛くなったのか」

「いえ、そういうわけではないのですよ。丁度お前たちが私の川を渡《わた》ってたので、挨拶《あいさつ》に来ただけなのです」

彼女《かのじょ》の告げたその言葉に、オトギとナニカは顔を見合わせる。

「……私の、川？　それって、どういう」

そう問うたナニカに、彼女《かのじょ》は肩《かた》をすくめて、

「この川を守っていた精霊《せいれい》……フルエナフルエの奴《やつ》が突然《とつぜん》居なくなったので、野良《のら》で暇《ひま》してるなら行って来いー、ってこの辺りの精霊《せいれい》から留守番を押《お》し付《つ》けられたのですよ。とほほ」

なんて、軽い調子でそんなことを言う。

どうやら、彼女《かのじょ》は事の顛末《てんまつ》を知らないらしい。この川のことも。フルエナフルエが、どうなったのかも。

ナニカが押《お》し黙《だま》っていると——彼女《かのじょ》はその表情から、何かに気付いたらしい。

「……どうしたのです。何か、あったのですか」

首を傾《かし》げてそう問う彼女《かのじょ》に、ナニカは少しだけ、逡巡《しゅんじゅん》して。

「……実は」

やがて決心すると、彼女《かのじょ》に全てを話し始める。

フルエナフルエのこと。この川と、村の人間たちとの関係。そして、フルエナフルエの最期《さいご》。

ミールは落ち着いた様子でそれを聴《き》き、やがてナニカが話し終わると——ゆっくりと頷《うなず》いて、

「そうですか」と呟《つぶや》いた。

「フルエナフルエの奴《やつ》は、逝《い》ったのですね。……全く、あんなにでっかいのに人間風情《ふぜい》に負けるなんて、情けのない奴《やつ》なのです」

冗談《じょうだん》なのか本気なのか判断のつかない、少しだけ沈《しず》んだ声でそう言うと——彼女《かのじょ》ははぁ、と大きなため息をついて。

「……まあ、でも。良かったのかもですね」

なんて。そんなことを言う。

「え？」

意外な言葉にナニカが顔を上げると、彼女《かのじょ》は穏《おだ》やかに流れる川を眺《なが》めながら、静かに続ける。

「奴《やつ》は……フルエナフルエは、乱暴者で臆病者《おくびょうもの》でしたから。もしもそのまま人を殺《あや》めていたら、きっと――とっても後悔《こうかい》したに違《ちが》いないのです。……そうなる前に死ねたのなら、それはきっと……奴《やつ》にとって、救いだったと思うのですよ」

「……救い、ですか」

「ええ。救い、なのですよ」

それだけ呟《つぶや》くと。彼女《かのじょ》は再び立ち上がり、舟《ふね》の縁《へり》に上ってナニカを見下ろしながら、続ける。

「それじゃあ、私はそろそろ行くのです。……また気が向いたら、会いに来るといいのです」

「……はい。ミールさまも、お元気で」

そう言って、ナニカは頭を深く下げて。

再び頭を上げると――既《すで》に、彼女《かのじょ》の姿はそこにはなかった。

「……救い」

ぽつりと呟《つぶや》くと、ナニカは膝《ひざ》を抱《かか》えてオトギを見つめ――彼《かれ》に問う。

「……オトギさん。あの精霊《せいれい》さまは、一体どんな病気だったんでしょうか」

そんな彼女《かのじょ》の問いかけに、オトギは少しだけ考えて。

「……特定の概念《がいねん》への強い忌避《きひ》感。そしてそれに対する、過剰《かじょう》なまでの回避《かいひ》行動。……診断《しんだん》としては、『強迫性《きょうはく》障害』が近いか」

「それは——治《なお》らない病気、なんですか」

そうだったならいいのに。そう思いながら問うたナニカに、けれどオトギは——その期待を裏切るように首を横に振《ふ》る。

「治せたさ。……治せたはずの、病だよ」

「……そう、ですか」

オトギの答えに、それだけ返して——ナニカは空を仰《あお》ぎ見《み》る。

「……オトギさん。『救われる』って、何なんでしょうか」

ぽつりと、ナニカは呟《つぶや》いて。

「さあな。……多分、それが分からないから僕《ぼく》は——医者をやってるんだよ」

どこか遠くを眺《なが》めながら、オトギは静かにそう返した。

■オトギの備忘録《びぼうろく》■

『精霊術《せいれいじゅつ》』

精霊《せいれい》たちが用いる現実改変能力の総称《そうしょう》。

物質に存在する「受容紋《レセプタ》」と呼ばれる反応部位に「霊子《マナ》」を反応させることで任意の現象を引き起こす、というのが作用機序。

ナニカの話によると、「精霊語《せいれいご》」という特殊《とくしゅ》な言語を使うことで人間でも再現可能だとか。

（『展開《クオレ》』が受容紋《レセプタ》を励起《れいき》させるための精霊語《せいれいご》。その後に『点火《フィール》』など、起こしたい現象に応じて対応した単語を続ける仕組みらしい）


この機序《きじょ》は生体に見られる受容体‐伝達物質間の関係と類似《るいじ》しており、ナニカの祖母が作ったという薬の作用もこれを利用しているようだ。興味深い。


……それにしても、精霊《せいれい》に引き続き、こんな魔法《まほう》みたいなもんまであるとは。

ますますもってファンタジーな世界に来てしまったらしいが、どうなることやら。

■3――ひよっこ星守《ほしも》りとなけなしの意地■

フルール川を渡《わた》って、さらに一日ほど歩いて。

気持ちのいい日差しが降り注ぐ中、街道《かいどう》を進みながら――ナニカはひとつ、大きなため息を零《こぼ》していた。

「……はぁ」

空は晴れど、気持ちは晴れず。暗澹《あんたん》としたものがじっとりと、ずっしりと胸《むね》の奥《おく》に沈《しず》んで離《はな》れない。

「ナニカー」

「……」

オトギが呼ぶ声が聞こえるが、返事をする気にもなれない。話すのも面倒《めんどう》くさいし、呼ばれることすら億劫《おっくう》だ。

「おーい、ナニカー。ナーニーカーちゃーん」

「…………」

「……スカートの裾《すそ》が薬箱に挟《はさ》まれて、下が丸見えになってるぞ。白か」

「きゃあ⁉」

思わずお尻《しり》のあたりを探《さぐ》ってみるが、異変はない。思わず振《ふ》り返《かえ》ってオトギを睨《にら》むと——彼《かれ》は悪ガキみたいな笑顔《えがお》を浮《う》かべていた。

「……嘘《うそ》つくなんて、酷《ひど》いです」

「おっ、久々にマトモに喋《しゃべ》ってくれたな。何より何より」

……なんて、そんなことを言ってくる彼《かれ》にナニカは眉間《みけん》の皺《しわ》を深くする。

「何なんですか、さっきから。何かご用事でも」

「いや、そういうわけじゃないんだが——こんな天気のいい日にそんなしかめっ面《つら》で重っ苦しい空気垂れ流して歩かれたら、気になってしょうがなくてね」

おどけたようにそう答えて肩《かた》をすくめた後、オトギはじっとナニカの目を見つめて、続ける。

「……まだ、あの精霊《せいれい》のことで落《お》ち込《こ》んでるのか」

その問いかけに、ナニカは答えない。……答えないこと、それ自体が答えでもあった。

無言で俯《うつむ》くナニカをじっと見つめて、オトギはやがて、小さく息を吐《は》く。

「……まあ、そんなこったろうとは思ったが。でもよナニカ。そう抱《かか》えっぱなしじゃ、身が保《も》たないぜ。少しは割り切っても、いいんじゃないか」

「割り切れるわけ、ないです」

オトギの言葉にきっと睨《にら》み返して、ナニカは強い口調でそう告げると首を横に振《ふ》る。

「……割り切れるわけ、ないじゃないですか。目の前で精霊《せいれい》さまを殺されて。……助けられるはずだった人を、守れなくて。そんなの、平然としていられるオトギさんの方が――」

勢いに任せてそう吐《は》き出《だ》して。そこでナニカははっとして、己《おのれ》の失言に気付いて口をつぐむ。

オトギだって――何も感じていないわけじゃないはずだ。そんなことくらい、分かっている。

なのに自分は、彼《かれ》の心中なんてまるで考えないで。

強烈《きょうれつ》な自己嫌悪《けんお》を感じながら、ナニカは絞《しぼ》り出《だ》すように、言葉を呟《つぶや》く。

「……ごめんなさい。今のは、言い過ぎました」

「いや、なに。そのくらいの方が張り合いがいいってもんさ。それに」

オトギはいつも通りの飄々《ひょうひょう》とした笑《え》みでそう答えると、肩《かた》をすくめて続ける。

「……人としては、君のほうがよほど正しいよ」

そう呟《つぶや》いた彼《かれ》の表情は、笑っていて。けれどどこか、ぎこちなさを感じるもので。

そんな彼《かれ》の様子に、ナニカは眉根《まゆね》を僅《わず》かに寄せる。

「オトギ、さん？」

「いや、すまん。なんでもない」

頭を振《ふ》ってそう呟《つぶや》くと、彼《かれ》はそこで「やめやめ」と声を上げる。

「ま、何にせよだ。取り返しのつかないことより、先のことを考えた方が建設的ってもんだぜ。そろそろ、次の街も近いはずだしな」

オトギのそんな言葉に、ナニカはなんとなく釈然《しゃくぜん》としないものを感じながらも会話を続ける。

「次の、街……確か、ルベールカっていう街でしたっけ」

「ああ。この辺り一帯の商工業の中心地でね。人も物も情報も、たんまりと集まってくる。君の御役目《おやくめ》にも、きっと役に立つ……って、どうした。なんで睨《にら》む」

「……いえ別に。ただ、何でそんなに詳《くわ》しいのかと。オトギさんのくせに」

「くせにって……」

これまで散々非常識を開けっぴろげにしていたというのに、どうしてかその街については妙《みょう》に詳《くわ》しい。というより、辺境の村生まれのナニカなぞよりも断然詳《くわ》しい。

それがなんだか面白《おもしろ》くなくて、どうやら無意識に睨《にら》んでしまっていたらしかった。……我ながら心が狭《せま》い。

そんなナニカの内心を知ってか知らずか、彼《かれ》は頭を掻《か》きながら続ける。

「こっちに来たばっかりの頃《ころ》、ある人に世話になって——しばらくここで厄介《やっかい》になってたんでね。この街だけは土地勘《とちかん》があるんだよ」

「ある人?」

訊《き》き返すナニカに、オトギはというとどこか懐《なつ》かしげな面持《おもも》ちで頷《うなず》いてみせる。

「右も左も、どころか言葉も何も分からなくて途方《とほう》に暮れてた僕《ぼく》の面倒《めんどう》を見てくれた人でな。……彼女《かのじょ》が居なかったら、僕《ぼく》は今頃野垂《いまごろのた》れ死んでた」

そう告げた彼《かれ》の言葉が妙《みょう》に親しげで、ナニカは何となく、胸《むね》の奥《おく》がざわりとする。

「ふーん、そうですか」

ぶっきらぼうにそう返したナニカに、けれどオトギは気にした様子もなく歩みを進めて。少し先、小高い丘《おか》を上ったあたりで――不意に声を上げた。

「お。ようやっと、見えてきたぜ」

後を追って、彼《かれ》が指差した先を見てみると。丘《おか》を越《こ》えたその下方に広がっていたのは、赤い屋根と背の高い建物がひしめき合うように並ぶ、門壁《もんぺき》で囲まれた大きな――とんでもなく大きな街だった。

「うわぁ」

眼下に広がるその光景に圧倒《あっとう》されて固まるナニカ。そんな彼女《かのじょ》を横目に、オトギはいたずらっぽくにやりと笑う。

「でかい街だろう。人もアホみたいに多いからな。迷子にならないように気を付けろよ？……なんなら手でも繋《つな》ぐかい」

「よ、余計なお世話ですっ！」

差し出された手をぺしりと払《はら》うと、ナニカは彼《かれ》より一歩前に進み出てからくるりと振《ふ》り返《かえ》り、両手を腰《こし》に当てて唇《くちびる》を尖《とが》らせる。

「……ほら、馬鹿《ばか》なこと言ってないでさっさと行きましょう。流石《さすが》に私もちょっと疲《つか》れました」

「へいへい」

軽口を言い合いつつ、坂道を下って街へと向かう二人。

オトギの前でこそ、すましていたが。歩を進めるナニカの表情には――人生初の大都会への期待と不安が揺《ゆ》れていた。

■

「……うわ」

外周門をくぐり抜《ぬ》けて市街へと出るや否《いな》や、ナニカはそこで――物語に出てくる邪眼《じゃがん》の精霊《せいれい》に石化させられた哀《あわ》れな犠牲者《ぎせい》のように、真っ白になって固まっていた。

眼前に広がるのは、商人たちの馬車や露店《ろてん》が立ち並ぶ門前の噴水《ふんすい》広場。

そこは住民だけではなく旅人や行商人、吟遊詩人《ぎんゆうしじん》やら何から何まで……ナニカが今までの人生で出会った人数より多いのではないかと錯覚《さっかく》するほどの大勢の人でごった返しており、その途方《とほう》もない活気に圧倒《あっとう》されてしまったのだ。

「おーい。どうした、ナニカ?」

呼びかけられて、ナニカははっと石化から解放されてオトギへと向き直ると、取《と》り繕《つくろ》うようにひくついた笑顔《えがお》を作る。

「いえ、ちょっとびっくりしただけです。ひ、人が随分《ずいぶん》と、多……」

「あー、今日は珍《めずら》しく広場がすいてるなぁ」

「えっ!?」

思わず声を荒《あら》げかけて、ナニカは慌《あわ》てて口をつぐむ。

少なくとも、彼《かれ》の前では弱みを見せたくない。そんな気がしたのだ。

ナニカはこの国……『帝国《ていこく》』でも特に人口の疎《まば》らな北部の、そのさらに辺境の村の出である。

しかも、村と言っても住人は両手の指の数を少し越《こ》えた程度のほんの小さな集落だ。

そんな『超《ちょう》ド田舎《いなか》』出身の彼女《かのじょ》にとって――こんな大都会というのは、初めての場所。

実はとんでもなく緊張《きんちょう》しているだなんて、絶対に、気付かれたくない。

そんな彼女《かのじょ》の様子を若干不審《じゃっかんふしん》がりつつも、特に追及《ついきゅう》することなくオトギは肩《かた》をすくめて、

「じゃ、どうするかな。そろそろ昼時だし……折角街にいるんだ、ひとまず飯でも食うか」

「飯！　こんな都会で！」

彼《かれ》の何気ない発言に、ナニカは思わず目を白黒させて叫《さけ》ぶ。

随分《ずいぶん》前、村に行商に来たおじさんが言っていた気がする。都会のせいぶは食事をする際にも特別な作法に則《のっと》ってするらしく、少しでも無様《ぶざま》な振《ふ》る舞《ま》いをしようものなら途端《とたん》に笑いの種になるのだとか。

作法。作法って何だろう。躊躇《ためら》わないこと？　いや、何だそれは。

「……ぱ、パンは手で摑《つか》んで食べてもいいんですか」

「何言ってるんだ……？」

気が動転してわけの分からないことを口走り始めたナニカを怪訝《けげん》そうに見つめてた後、オトギは辺りを軽く見回して「お」と声を上げた。

「あの露店《ろてん》の串焼《くしや》きが旨《うま》いんだ。何の肉かは分からないけど——折角だし、どうだ？」

「そ、それでいいです」

「じゃ、そこの噴水《ふんすい》の辺りで待っててくれよ。並んでるし、僕《ぼく》が買ってくる」

「えっ」

思わず手を伸《の》ばしかけるナニカに振《ふ》り返《かえ》らず、彼《かれ》の姿はあっという間に人混みの中に消えてしまう。

彼《かれ》に言われた通り、どうにか噴水《ふんすい》の方へと向かって——縮こまるようにして縁《ふち》に腰掛《こしか》けると、ナニカは周りを見回す。

人、人、人、人。右も左も、上も下も人ばかりで、見ているだけでくらくらしそうだ。

雑踏《ざつとう》と喧騒《けんそう》が雨音みたいに鳴《な》り響《ひび》いて、体中を圧迫《あっぱく》してくるような錯覚《さっかく》に襲《おそ》われる。

アグラストリスの山の村でも大勢の村人と場を共にしたことはあったけれど、その時の比ではない。

沢山《たくさん》の人の中、自分だけが一人だけ、ここにいるという孤独《こどく》感。一度それを意識し出してしまうと、心の奥底《おくそこ》からじんわりと、漠然《ばくぜん》とした不安感が滲《し》み出してくる。

……オトギさんは、まだだろうか。彼《かれ》の向かった方を見ようとするが、人垣《ひとがき》に阻《はば》まれて全く様子が分からない。

今までは、一人旅でもこんなことは思わなかったのに。なぜだか今は、こんなにも——一人でいることが怖《こわ》い。

居ても立ってもいられなくなって、ナニカは青い顔で立ち上がり。一歩踏《ふ》み出《だ》そうとして——石畳《いしだたみ》の上を歩き慣れていなくて姿勢を崩《くず》してしまう。

「きゃっ……」

襲《おそ》いくるであろう衝撃《しょうげき》に目を瞑《つぶ》って——けれど冷たく固い石畳《いしだたみ》の代わりに、体を支えたのは何か温かくて柔《やわ》らかいものだった。

「大丈夫《だいじょうぶ》ですか？　可愛《かわい》いお嬢《じょう》さん」

ふんわりと、花のようないい匂《にお》いが鼻《び》孔《こう》をくすぐる。顔を上げると、転びそうになったナニカを支えてくれていたのは——ナニカより少し背の高い、綺麗《きれい》な女性だった。

年齢《ねんれい》は、ナニカよりも少し上くらいだろうか。肩口《かたぐち》で揃《そろ》えられたふわふわとした栗色《くりいろ》の髪《かみ》に、優《やさ》しげな印象を受ける柔和《にゅうわ》な顔立ち。

服装はナニカの着ているものと似た意匠《いしょう》のゆったりとした紺《こん》の長衣《ちょうい》で、彼女《かのじょ》が宗教関係の人間らしいことが見て取れた。

「あ、ありがとうございます……って、あ……」

礼を告げてふと下を見ると、彼女《かのじょ》の持ち物だったのだろう木編みの籠《かご》が転がって、中に入っていたリンゴやパンがこぼれ落ちてしまっていた。

「すみません！　私のせいで」

「いいんです、いいんです。私、落ちてるものを拾うのって好きですから」

一瞬《いっしゅん》疑問符《ぎもんふ》が浮《う》かんだナニカだったが、すぐしゃがみ込《こ》んで、籠《かご》の中身を拾い集める彼女《かのじょ》を手伝う。すると、

「すまん、待たせたな。いやー、随分《ずいぶん》並んでてさ、時間掛《か》かって……って、お？」

何故《なぜ》か随分《ずいぶん》と懐《なつ》かしく感じる声が聞こえて、ナニカはぱっと顔を上げる。

すると、手に串焼《くしや》きを二本持った彼《かれ》が——何故《なぜ》かこちらを見て、なんとも言えない表情をして硬直《こうちょく》していた。

「……その、人は」

「あ、この人、転びそうになった私を助けてくれて……」

「やや、オトギさんじゃないですかぁ」

「……え？」

突然《とつぜん》飛び出したそんな言葉に、ナニカは驚《おどろ》いて発言主である彼女《かのじょ》を見る。

籠《かご》の中身を拾い終えた彼女《かのじょ》は長衣《ちょうい》の裾《すそ》を軽くはたくと、オトギに向かってにこやかに片手を上げて――まるで、旧知の知り合いみたいに挨拶《あいさつ》してみせる。

そんな彼女《かのじょ》をじっと見つめながら、オトギはというと、今までに見たことのないような苦い表情で、

「……あー、久しぶりだな。アルエ」

表情筋を歪《ゆが》めて無理やり笑顔《えがお》を作りながら、そう挨拶《あいさつ》を返していた。

そんな二人を交互《こうご》に見つめて、ナニカはおずおずと口を開く。

「……あの、オトギさん。お知り合い、なんですか？」

そんな彼女《かのじょ》の問いかけに、二人は同時に顔を向けて。

「少し前、世話になったことのある……恩人、だよ」

「ちょっと前、落ちてたオトギさんを拾ったことがあるんですよー」

口々にそう、似て非なる回答を返した後――女性は、ナニカを指してオトギに向き直る。

「それよりそれより。このお嬢《じょう》さんはオトギさんのお知り合いなんですか？　娘《むすめ》さん？」

「……違《ちが》います」

真っ先に否定するナニカ。続けて、オトギも首を横に振《ふ》る。

「彼女《かのじょ》は星守《ほしも》りだよ。僕《ぼく》は彼女《かのじょ》の手伝いで同行してるんだ」

「まあ、星守りですか！　こんな若いのに、感心ですねぇ」

彼女《かのじょ》は大仰《おおぎょう》にそう驚《おどろ》いてみせると――ナニカに向かってにこにこと微笑《ほほえ》みながら、告げる。

「ああ、でしたらちゃんと自己紹介《しょうかい》しなきゃですね。私はアルエ。この街で、『星火教《せいかきょう》』の教区長なんぞをしているものです。宜《よろ》しくお願いしますね、ナ、ナ、ナニカさん」

■

ナニカが星守《ほしも》りであることを明かし、『御鎮《みしず》め』の旅路にあることを告げると、有《あ》り難《がた》いことに彼女《かのじょ》――アルエは、この街の教会をしばらく宿代わりに使ってくれていいと快く申し出てくれた。

彼女《かのじょ》に案内されて行くと、やがて見えてきたのは周囲のものよりひときわ高い、いくつも尖塔《せんとう》の伸びた立派な建物……ではなく。

その隣《となり》にこぢんまりと建っていた、日当たりの悪そうな石造りの平屋。漆喰《しっくい》塗りの壁《かべ》がすっかり煤《すす》けて灰色になったその建物こそが――

「ここが、私の教会。……ちなみにお隣《となり》さんは宿屋です。いかがわしい用途《ようと》の。ご利用を希望されるのでしたら私クーポン券もらってるので言ってくださいね」

ということ、らしかった。……ちなみに当然だが、丁重《ていちょう》にお断りした。

中に入り、礼拝堂と思《おぼ》しき長椅子《ながいす》の並んだ広間を抜《ぬ》ける。内装はやはり外観と同様、華美《かび》な装飾《そうしょく》などが極力廃《はい》された……のかどうかはさておき、質素堅実《けんじつ》を地で行く様子だ。

「あはー、ボロいでしょう、ここ」

「いえ、そんなことは」

「いやいや、正直に言って下さっていいんですよ。質素堅実《けんじつ》なんじゃなくてお金がないだけですから」

「……？」

なんだか、奇妙《きみょう》な違和感《いわかん》。しかしナニカが考《かんが》え込《こ》むより先に、彼女《かのじょ》が話を続ける。

「ナニカさんは、私達《わたしたち》『星火教《せいかきょう》』のことをご存知ですか？」

「えっ、あっ、ええと……すみません、名前だけは聞いたことがあるんですが、あまり……」

ナニカの住む村では、宗教と言えばナニカたち星守りを崇《あが》める土着の民間信仰《しんこう》くらいのものだったし、今まで訪《おとず》れた村々も似たようなもの。こうした大規模な教会施設《しせつ》を見たのも、これが初めてだ。

そんなナニカに、しかし彼女《かのじょ》は気を悪くした様子もなくふんわりと笑う。

「『星火教』は精霊《せいれい》さまを信仰《しんこう》し、彼《かれ》らとのよりよい協和を信条とする教えです。……ちなみに貴方《あなた》たち『星守り』という存在も、私達《わたしたち》の教義が根拠《こんきょ》になってるんですよ～」

「そう、だったんですか。……すみません、星守りなのに、そんなことも知らなくて」

「いえいえ～。これでも一応この『帝国《ていこく》』の国教なんですけど、最近は精霊信仰《せいれいしんこう》が下火になり始めてるせいもあってこのザマですからね～。見て下さいよあの柱。あれ、ああいうデザインじゃなくて本気で崩《くず》れかかってるんですよ」

「はぁ……」

ボロボロに朽《く》ちかけている柱の一本を指差してそんなことを言いながら、彼女《かのじょ》はすたすたと先へと歩いて行く。

後を追って礼拝堂奥の扉《とびら》を開けると、そこは本棚《ほんだな》で囲まれた書斎《しょさい》のような空間だった。

……ただし決して広いとは言えないその室内は、床《ゆか》一面がぎっしりと形容し難《にく》い巨大《きょだい》な置物やら子供のおもちゃと思《おぼ》しき奇怪《きかい》な人形やら——有り体《あてい》に言ってガラクタとしか言えないようなあれそれで埋《う》め尽《つ》くされていた。

「……あの、これは」

何とも言えない顔でナニカが問うと、彼女《かのじょ》は能天気《のうてんき》な笑《え》みを浮《う》かべて、

「いやぁ、お恥《は》ずかしい。変なものが捨てられてると、ついつい拾ってきちゃうんですよねぇ。そのせいでちょっと手狭《てぜま》になっちゃって」

ちょっとにしては、足の踏《ふ》み場もないが。そんな突《つ》っ込《こ》みは喉《のど》の奥《おく》で飲《の》み込《こ》んで、ナニカはどうにか部屋の中央のソファまで辿《たど》り着《つ》く。

「どうぞ、お座《すわ》りくださいな。私はお茶を淹《い》れてきますので」

言うなりぱたぱたと部屋を後にする彼女《かのじょ》を見送って、ソファに腰《こし》を下ろす二人。

「はいはい、お待たせしました〜」

程《ほど》なくしてアルエが戻《もど》ってきて、卓《たく》の上に茶を注いだカップを並べた後、お盆《ぼん》を抱《かか》えてふわふわと笑う。

「あ、有難《ありがと》うございます」

礼を言うと、ナニカはおずおずとカップに口をつける。香草《こうそう》の甘《あま》い香《かお》りが、心地《ここち》よく鼻をくすぐる。

「……美味《おい》しいです」

「ふふ、有難《ありがと》うございます。うちで栽培《さいばい》してる自家製のハーブなんですよ〜」

言いながら彼女《かのじょ》は向かい側のソファに座《すわ》ると、膝《ひざ》を正して改めて二人へと向き合った。

「それじゃ、改めて。こほん、私は……このルベールカを中心とする『星火教《せいかきょう》』東方第五区域教区長をしております、アルエ・ウィーレットという者です。お見知りおきを」

そう言って深々と頭を下げる彼女《かのじょ》に、ナニカはやや戸惑《とまど》いつつも頭を下げる。

「あ、ご丁寧《ていねい》に……じゃなくて。ええと、私は――」

「ナニカさん、ですよね」

「はい……って、どうして私の名前を」

そう言えば、最初に自己紹介《しょうかい》された時にも、こちらが名乗る前から彼女《かのじょ》はこちらの名前を知っていたような。

……これは一体、どういうことだろう。

「どうしてだろう、って思ってらっしゃるでしょう」

「ひゃっ⁉　……あ、はい……」

「ふふ、素直《すなお》でいいですね～。オトギさんもこのくらい素直《すなお》ならいいんですけどね～」

「うるせぇ」

オトギはそうぼやくと、呆《あき》れた顔で彼女《かのじょ》を横目に見つめながら、ナニカへと告げた。

「彼女《かのじょ》はさ、どうも人の心が読めるらしいんだ」

「……心が、ですか？」

オトギにしては珍《めずら》しい、突飛《とっぴ》な発言。いや、いつも突飛《とっぴ》は突飛《とっぴ》であるが、こういうことを言い出すのは珍《めずら》しいような。

彼《かれ》の言葉に、ナニカはアルエをじっと見る。心を読めるなんて、そんなことが——

「あるはずない、って思ってるでしょう。それが、そうでもないんですよ～」

「⁉」

思考の先を言葉で継《つ》がれて、ナニカは目を丸くする。そんな彼女《かのじょ》を楽しげに見つめて、アルエはにっこりと微笑《ほほえ》んだ。

「実は私、精霊憑《せいれいつ》きなんですよ」

「……精霊憑《せいれいつ》き？」

聞いたことのない言葉だった。訊《き》き返すナニカに、彼女《かのじょ》は頷《うなず》いて続ける。

「何かの弾《はず》みで生まれつき、精霊《せいれい》さまの一部を体に宿して生まれてきちゃう人間がいるんだそうです。私の場合、耳……というか、聴覚《ちょうかく》でしょうか。その影響《えいきょう》で、気を抜《ぬ》くと人様の心の声が聞こえてしまうんですよ」

そう話す彼女《かのじょ》の言葉は軽い調子ではあったが、けれど嘘《うそ》をついているようには思えない。なにより――彼女《かのじょ》との会話の中で、思い当たる節はいくつかあった。

「これがあるから、僕《ぼく》は彼女《かのじょ》が苦手なんだ」

「オトギさんは嘘《うそ》つきですもんね～」

「人聞きの悪いことを言うなぁ……」

無遠慮《ぶえんりょ》ながらも親しげに言葉を交《か》わす二人を横目に、ナニカは茶を啜《すす》る。二人だけの人間関係というものを否応《いやおう》なしに感じてしまって、それがどうしてか――面白《おもしろ》くなかった。

そんなナニカを一瞥《いちべつ》してくすりと笑うと、アルエは見透《みす》かしたような目でナニカとオトギを見比べて。

「ふふ。可愛《かわい》い子を拾っちゃいましたねぇ、オトギさん。羨《うらや》ましいですねぇ」

なんてことを言いながら自分の分の茶に口をつけて、訊《き》いてもいないのに話を始める。

「私がオトギさんを拾ったのは、そうですねぇ。三ヶ月くらい前でしたかねぇ。用事があって東の山脈地帯に遠出した時に、狼《おおかみ》に襲《おそ》われて涙目《なみだめ》になってるオトギさんを拾ったんですよ」

「涙目《なみだめ》にはなってない」

抗弁《こうべん》を差《さ》し挟《はさ》むオトギを完全にスルーして、にこにこしながら続けるアルエ。「最初はオトギさん、帝国語《ていこくご》を全然話せなくて。だもんで、心を聞ける私が頑張《がんば》って甲斐甲斐《かいがい》しく何から何までお世話してあげてたんですけど、いつの間にかこの人ってば自力で言葉を覚えてしまって……そりゃあもう、つまらなかったです」

「こちとら死ぬ気で勉強したのに、そういうこと言うか……」

「だってだって、私がたっぷりみっちり個人授業して差し上げようと思いましたのに。いつの間にかそんな風に口が達者になっちゃって、お姉さんつまらないです」

頰《ほお》を膨《ふく》らませてそう不満を漏《も》らした後、彼女《かのじょ》はすぐにもとのふわふわした笑顔《えがお》に戻《もど》る。

「まあでも、そのお陰《かげ》でオトギさんも私のお使いとかを引き受けて下さるようになって……こんな可愛《かわい》い娘《むすめ》さんまで連れてきてくださって、万々歳《ばんばんざい》なんですけどね」

「……だから娘《むすめ》じゃなくて、雇《やと》い主《ぬし》だ」

「オトギさん、時々変なこと口走ったり妙《みょう》なことしでかしたりしますけど、宜《よろ》しくお願いしますね？」

「あ、はい……」

終始オトギを振《ふ》り回《まわ》しに振《ふ》り回《まわ》したままそう一方的に締《し》めくくると、彼女《かのじょ》はそこで「さて」

と言葉を区切った。

「とまあ、アイスブレーキングはこんなところで。ええと、確かナニカさんは――この街に、情報をお求めでいらっしゃったんですよね」

「あっ、はい。……ここみたいな大きな街なら、各地の精霊《せいれい》さまの情報も集まるかなと」

「でしたら、丁度よかったです」

「え？」

首を傾《かし》げるナニカに、彼女《かのじょ》はその表情に少しだけ真剣《しんけん》さを混ぜて口を開く。

「実はですね、お二人に……『星火教《せいかきよう》』の教区長として、お頼《たの》みしたいことがあるのですよ」

「頼《たの》みたいこと……ですか？」

問い返すナニカに、彼女《かのじょ》は静かに頷《うなず》いて。

「お二人に、世界を救って頂きたいのです」

至極《しごく》大真面目な顔で――そんなことを告げたのだった。

「『世界を、救う？』」

あまりにも突拍子《とつひょうし》のないその言葉に、ナニカとオトギは揃《そろ》って声を上げた。

「……なぁ、アルエ。そりゃ一体どういう意味だ」

「どうもこうも、わりかし文字通りの意味でして」

そう答えた彼女《かのじょ》の言葉はいくぶんか軽い調子だったが、とはいえ冗談《じょうだん》を言っているふうではない。決して長い付き合いではないものの、オトギにはそれが本気であることは分かった。

「あの、どういうことか、詳《くわ》しく聞かせて頂けますか」

そんなナニカの問いかけに、彼女《かのじょ》は頷《うなず》いて口を開く。

「そうですね、どこから話せばいいのか。……ええと、私たち星火教《せいかきょう》が、精霊《せいれい》さまを信奉《しんぽう》する教えであることは言いましたよね。そういう立場なもので、私たちは定期的に――周辺地域の精霊《せいれい》さまの状態を調査しているんです」

「状態を、調査……ですか？」

「ええ。お二人もご存知の通り、昨今はどういうわけか精霊病《せいれいびょう》が増えていますから……定期的に教会付きの星守《ほしも》りを派遣《はけん》して、精霊病《せいれいびょう》の兆候がないかを確認《かくにん》するようにしているんです」

オトギはそれに無言で相槌《あいづち》を打つ。こちらに来たばかりの頃《ころ》、そういった調査に同行したこともあった。

「でですね。最近行った調査で、ちょいと問題が発生しまして」

「問題、だって？」

「はい。この街から北の方角に大きな渓谷《けいこく》があるのですが……困ったことに、そこに調査に行った調査団がもう一月ほど戻《もど》ってきていないんですよ」

彼女《かのじょ》の告げたそんな話に、ナニカとオトギは揃《そろ》って眉《まゆ》をひそめた。

「で、それと世界が危ないって大仰《おおぎょう》な話の間の関係が見えてこないんだが」

「まあまあ、話はこれからなんですよオトギさん」

茶々を入れたオトギに軽い口調でそう返すと、彼女《かのじょ》は肩《かた》をすくめて話を続ける。

「実のところ、調査団が行方《ゆくえ》不明になっただけなら野盗《やとう》や野生動物に襲《おそ》われたか、はたまた皆《みな》揃《そろ》って谷底に真っ逆さま……なんてこともありうるのでそこまで問題じゃあないんですけどね」

「問題だと思いますけど……」

「今回問題なのは、場所なんです」

ナニカの冷静な突《つ》っ込《こ》みを無視して、彼女《かのじょ》はそう返すと神妙《しんみょう》な表情を見せる。

「あの渓谷《けいこく》は『世界の口』と呼ばれる聖域で――この周辺一帯の霊子《マナ》の流れ……『霊脈《れいみゃく》』が

幾《いく》つも集合している、非常に不安定な場所なんです。と言っても、これまではずっと精霊《せいれい》さまが管理していたお陰《かげ》で場としての安定は保たれていたのですが……」

彼女《かのじょ》の言葉を継《つ》ぐようにして、ナニカがぽつりと呟《つぶや》く。

「調査団が行方《ゆくえ》不明になったのは、そこで何らかの異変が起きているから……？」

「その可能性がある、というわけです。いい読みですね、ナニカさん」

微笑《ほほえ》みを浮《う》かべて彼女《かのじょ》の回答を褒《ほ》めた後、アルエは真顔に戻《もど》って二人を交互《こうご》に見つめる。

「『世界の口』は、言い伝えではこの世界自体の安定性を保つための重要な聖域であるとされています。……『世界の口』でもしも霊脈《れいみゃく》が破綻《はたん》すれば、この世界の安定が崩《くず》れて、大いなる災《わざわ》いが起こる……なんてことも、言われてたりします」

「世界が……」

「ま、言い伝えは所詮《しょせん》言い伝えなので眉唾《まゆつば》ものですけどね。とはいえ仮に――この聖域で精霊《せいれい》災害でも起ころうものなら、どうなるかは分かりません。……というわけで、オトギさん、ナニカさん」

二人の目を真《ま》っ直《す》ぐに見つめながら、彼女《かのじょ》は真剣《しんけん》な声音《こわね》で続ける。

「お二人には、『世界の口』まで行って――精霊《せいれい》さまのご様子を見てきて頂きたいのです」

そんな彼女《かのじょ》の頼《たの》みに、二人はしばし、顔を見合わせて沈黙《ちんもく》して。

やがて――ナニカが先に口を開こうとしたのを、しかしオトギは手で制した。

「……悪いが、二つ返事で頷《うなず》くのはちょいと抵抗《ていこう》がある」

「オトギさん？　でも……」

ナニカの目は、「どうして受けてあげないのか」と物語っていた。けれどオトギはそんな彼《かの》女《じょ》に言葉を被《かぶ》せるようにして続ける。

「なあアルエ。君は調査団が行方《ゆくえ》不明になったって言ったが……それ以降は、誰《だれ》もそいつらの捜索《そうさく》に出ていないのか？　一月もあれば、行方《ゆくえ》不明の連中を探しに行くことくらいできたんじゃないのか」

オトギの詰問《きつもん》に、アルエは少しだけ驚《おどろ》いた様子で目を丸くすると、感心したようにその口元に微笑《びしょう》を浮《う》かべてみせる。

「……いや、オトギさんは鋭《するど》いですね～。微妙《びみょう》に都合が悪いので言いたくなかったことを、ぱっちりと掘《ほ》り当《あ》ててくれちゃいました」

臆面《おくめん》もなくそんなことを言う彼女《かのじょ》を、オトギは呆《あき》れ顔で見つめる。

……彼女《かのじょ》と行動を共にしていたのはこちらに来てから一月と少し程度だったが、それでも、彼女《かのじょ》という人間が見た目通りの無害な修道女などでは決してないということは、嫌《いや》というほど知っていた。

「で。そこんとこ、どうなんだよ」

「いやぁ。実は私どもも捜索《そうさく》隊を二回ほど派遣《はけん》はしているんですが、どっちも帰ってこずじまいでどうしようかと」

「おい」

案の定と言うかなんというか、危険すぎるにも程《ほど》がある仕事だった。

「……ちなみに、隠《かく》してるのはそれだけか」

「いえ、実はあともう一つあったりして」

「……言うならまとめて言ってくれ」

疲《つか》れたようにそう呟《つぶや》いたオトギに、彼女《かのじょ》はにこにこしたまま、

「実はですね、どうやら今回の件を『循還騎士団《サーキュラー》』の連中も嗅《か》ぎつけているみたいなんです」

「……！」

彼女《かのじょ》の告げたそんな内容に、二人は息を呑《の》む。

「循還騎士団《サーキュラー》……フルエナフルエさまを殺した、あの黒い鎧《よろい》の……」

ナニカの呟《つぶや》きに、「おや」と驚《おどろ》いた様子でアルエが声を上げた。

「ご存知ですか。あまり表舞台《おもてぶたい》に出てくる方々じゃないんですけどね、あの人達《ひとたち》は」

「知っているんですか、あの人達《ひとたち》のことを⁉」

訳知り顔で呟《つぶや》く彼女《かのじょ》に、ナニカは大きく身を乗り出してそう問う。するとアルエはそんな彼《かの》女《じょ》を微笑《ほほえ》ましげに見つめながら、どうどう、と押《お》しとどめて続けた。

「循還騎士団《サーキュラー》。彼《かれ》らは皇帝陛下《こうていへいか》直属の対精霊《せいれい》特務機関で……私たち星火教《せいかきょう》から分家して、別の

教義を持ち始めちゃった困った方たちだったりします」

「別の、教義？」

問い返すナニカに、アルエは肩《かた》をすくめながら頷《うなず》く。

「精霊病《せいれいびょう》に冒《おか》された精霊《せいれい》は天上の輪廻《りんね》の円環《えんかん》からも見放され、その魂《たましい》は完全に消えてしまう。……だから彼《かれ》らが狂《くる》い果ててしまう前にその魂《たましい》を現世から解放してあげることで、彼《かれ》らを輪廻《りんね》の輪の中に戻《もど》してやるべきだ。それこそが、精霊病《せいれいびょう》に冒《おか》された精霊《せいれい》に対する唯一《ゆいいつ》の救いなのだ——それが、彼《かれ》らの掲《かか》げる教義なんです」

「……殺すのが、救い……」

暗い顔でそう反芻《はんすう》する彼女《かのじょ》に「そうなんですよ」とため息混じりに返すアルエ。

「しかも、息巻いているだけなら害はないんですが……厄介《やっかい》なことに、彼《かれ》らを率いている騎士《きし》の一門『ヘムト家』は裁きと武力の精霊《せいれい》、『機電《きでん》』のゲルエルドリンの加護を受けた星守《ほしも》りの家系でして。……精霊《せいれい》さまとも互角《ごかく》にやりあえるだけの力まで持ち合わせているんですよ」

彼女《かのじょ》の言葉の真偽《しんぎ》は、疑うべくもない。なにせ実際にあの男——ユースティスの使っていた雷槌《らいつい》を目《ま》の当たりにしたのだから。

「……そうか。あいつらまで、出張《でば》ってきてるのか」

アルエの吐《は》き出《だ》した情報を咀嚼《そしゃく》すると、オトギは口元に手を当てて唸《うな》る。

もう何組も行方《ゆくえ》知れずとなっている渓谷《けいこく》。そして、あの黒い騎士《きし》たちと再び鉢《はち》合わせるかもしれないというリスク。

谷に住む精霊《せいれい》のことは気がかりだし、「世界が危ない」という彼女《かのじょ》の大風呂敷《ぶろしき》も気にはなるが――とはいえ、こんなことに巻《ま》き込《こ》まれるのは余りにもリスキーである。

何より。オトギはこちらを不安げに見つめるナニカをちらりと見つめて、言葉を続ける。

「……悪いが、やっぱりこの依頼《いらい》には反対だ。ナニカは星守《ほしも》りだけど、君ら教会とは関係のない人間なんだぞ。彼女《かのじょ》をそんな危険な場所に行かせるってのは――僕《ぼく》としちゃ、看過《かんか》しかねる」

「むう、保護者さんが過保護してますねぇ」

困った困った、とわざとらしく呟《つぶや》いて――彼女《かのじょ》はけれど、オトギを見つめてにやりと笑う。

「でも、ご本人の意見はどうでしょう。ねえ、ナニカさん？」

アルエがそう促《うなが》すと、ナニカは彼女《かのじょ》とオトギを交互《こうご》に見つめて、それから少しだけ、オトギに申し訳なさそうな視線を送った後、

「……オトギさんが心配してくれるのは、有《あ》り難《がた》いですけど。でも私は……星守りとして、この状況《じょうきょう》を見過ごすわけにはいきません」

しっかりと芯《しん》の通った声でそう、答える。

オトギにとってはそれは、半《なか》ば予想していた展開ではあった。たった一週間かそこらの付き合いではあるが、ナニカという少女の持つ、精神科医としては少し心配になるくらいの真面目

さや責任感の強さ。そして何よりその心根の優《やさ》しさは——十分に理解していたからだ。

だからこそ。

こういう時にイヤと言うことの出来ない彼女《かのじょ》だからこそ、オトギは諫言《かんげん》を差《さ》し挟《はさ》む。

「なあナニカ。今までは良かったけど、今回は……多分、本当に危険だ。こいつがわざわざ隠《かく》そうとしたくらいなんだから」

「おや、随分《ずいぶん》な言い草」

わざとらしくむくれるアルエを無視して、オトギはナニカをじっと見つめる。

「君はまだ若い。こういう危ない橋を渡《わた》るにはまだ早すぎる。だからな、ナニカ——」

彼女《かのじょ》に向かってそう、滔々《とうとう》と語ろうとしたその時。

黙《だま》っていたナニカがその人差し指でオトギの口元を指差して、真《ま》っ直《す》ぐな目でこちらを見つめながら——

「うっさいです、オトギさん。おじさん臭《くさ》いお説教はやめて下さい」

びしりと、そんなことを言ってのける。

「……おじさん臭《くさ》いって」

「おじさん臭《くさ》いにもほどがあります。若さがどうとか、いっちょ前に大人ぶって上から目線でそういうこと言って……私を、子供扱《こどもあつか》いして」

何やら妙《みょう》に機嫌《きげん》の悪い様子でそう呟《つぶや》くと、彼女《かのじょ》はオトギをきっと睨《にら》んで続ける。

「言ったはずです。私はまだ星守《ほしも》りとして半人前ですけど、それでも――プロだって。貴方《あなた》と対等なんだって、そう言ったはずじゃないですか」

そんな彼女《かのじょ》の宣言に。オトギは思わずはっとさせられて、言葉を失う。

そうだった。初めて出会ったあの山での異変を解決し、彼女《かのじょ》と旅路の契約《けいやく》を交《か》わした時から――己《おのれ》と彼女《かのじょ》とは、対等だったのだと。

今になってようやく、そんなことを思い出す。

「オトギさんが心配して下さるのは、嬉《うれ》しいです。でも私だって――ちゃんと、考えてるんです。精霊《せいれい》さまが精霊病《せいれいびょう》に罹《かか》っていたら、ちゃんとお話を聴《き》いてあげたい。行方《ゆくえ》不明になっている人たちだって、助けられるものなら助けたい。……循還騎士団《サーキュラー》のことだって、放っておきたくない。……イヤなんです。今度こそ、諦《あきら》めたくないんです」

そう叫《さけ》んでオトギを見上げた彼女《かのじょ》の目には、じんわりと涙《なみだ》が滲《にじ》んでいた。

透《す》き通《とお》った、宝石のようなその涙《なみだ》を見て――オトギは今の今まで失念し続けてきたことを、ようやっと思い出す。

そうだ。

彼女《かのじょ》は、真面目で責任感が強くて、心根が優《やさ》しくて。

そして何より――妙《みょう》なところで、頑固《がんこ》者なのだ。

こちらをじっと見つめるナニカと、暫《しば》しの間見つめ合って。

「……ったく。ここで君にダメだなんて言ったら医者失格じゃねえか、僕《ぼく》」

やがて根負けしてそう呟《つぶや》くと、オトギは大きなため息を吐《は》き出《だ》してアルエを半眼で睨《にら》む。

「主人がこう言う以上、雇《やと》われの僕《ぼく》としちゃあ何も言うことはない。……これでいいか」

「あは。そう言って頂けると有《あ》り難《がた》いです」

ふざけた調子でそう返した後、なお不服げなオトギに、アルエはいたずらを打ち明ける子供みたいな顔で笑いかける。

「まあ、そう怖《こわ》い顔しないでくださいよ。言い忘れてましたけど、このお話――オトギさんにだってちゃんとメリットはあるんですから」

「メリット？」

アルエは席を立つと、怪訝《けげん》な顔のオトギの耳元にそっと口を近付けて耳打ちしてくる。

「『世界の口』を守る精霊《せいれい》さまは、空間に干渉《かんしょう》する能力を持った高位の精霊《せいれい》さまです。……この意味、分かりますよね？」

彼女《かのじょ》の告げたそんな内容に、オトギは彼女《かのじょ》を驚《おどろ》いた顔で見返す。

オトギは以前、彼女《かのじょ》にも「別世界から来た」ということを話したことがあった。

彼女《かのじょ》はそれ以来、どうやらこの世界の人間にしては珍《めずら》しく――オトギの話を信じてくれている節がある。

……だからこそ。彼女《かのじょ》はこう、言っているのだ。

この仕事を受ければ、上手《うま》くすれば『帰る』ための糸口が見つかるかもしれないぞ――と。

にこにこしながら自分のソファに戻《もど》った彼女《かのじょ》を前に、オトギはがっくりと項垂《うなだ》れる。

「お前さ。そういうこと、先に言えよな……」

「オトギさんなら、多分こんなこと言わなくてもなんだかんだで流されてくれるかな～と思いまして。……いやぁ、何よりも強いのは乙女《おとめ》の涙《なみだ》ですねぇ」

そんな彼女《かのじょ》の言葉に、ナニカは今更《いまさら》になって自分が涙目《なみだめ》になっていたことに気付いたらしい。慌《あわ》てて服の裾《すそ》で目の周りをごしごしとこすって赤くすると、

「ち、違《ちが》います！　別に泣いてなんかいませんし！」

なんて、バレバレの誤魔《ごま》化しを打っていた。

「まあ、涙目《なみだめ》のナニカさんもかわうぃーって話はその辺にしてですね。そうと決まれば、着いて早々でお二方《ふたかた》には恐縮《きょうしゅく》ですが、明日には早速《さっそく》現地に向かって頂ければ……と思います」

「随分《ずいぶん》と急だな」

オトギの言葉に、彼女《かのじょ》は珍《めずら》しく困ったように苦笑《くしょう》すると、

「最初の調査団が行方《ゆくえ》不明になって、もう随分経《ずいぶんた》っちゃってますからね。もう手遅《ておく》れかもしれませんけど、万が一まだ可能性があるなら……一秒でも早く、助け出してあげたいんです」

「なるほど、ね」

オトギが頷《うなず》くと、彼女《かのじょ》は少しだけ申し訳なさそうに続ける。

「……本当は私も同行するべきなのですが、こんなんでも私、偉《えら》い人なもので。色々と面倒《めんどう》な事務方の仕事が立《た》て込《こ》んでたりするんですよね。……なので、オトギさん——」

「分かってるよ。僕《ぼく》らは、僕《ぼく》らの仕事をしてくるさ。なぁ、ナニカ」

そう答えてナニカに目配せすると、彼女《かのじょ》はこくりと頷《うなず》いて、

「当然です」

しっかりとした口調で、そう答えたのであった。

■

そして、その翌日。

アルエの手配した馬車に半日ほど揺《ゆ》られて——やがて見えてきた光景に、二人は息を呑《の》んだ。

果てのない大断絶。見渡《みわた》す限りの、巨大《きょだい》な漆黒《しっこく》の穴。

それはまさに、『口』。あるいは、大地そのものに穿《うが》たれた……傷跡《きずあと》のようにも思えた。

少し離《はな》れた場所で馬車と別れ、二人は断崖絶壁《だんがいぜっぺき》の際《きわ》まで歩いて下を覗《のぞ》き込《こ》む。

「……すっごい……」

日の高い時間であるにもかかわらず光の届かないその底は真っ暗で、目視する限りでは深さを計り知ることが出来そうにない。

その全てを吸《す》い込《こ》んでしまいそうな深淵《しんえん》を覗《のぞ》き込《こ》んでいるとだんだんと体が、心が引き寄せられるような奇《き》怪《かい》な感覚に襲《おそ》われそうになって――ナニカは慌《あわ》てて首を振《ふ》り、崖際《がけぎわ》から離《はな》れた。

二人並んで外周上を歩きながら、オトギは驚《おどろ》き混じりに呟《つぶや》く。

「すっげぇ谷だな。こんな所、落ちたらひとたまりもなさそうだ」

「縁起《えんぎ》でもないこと言わないで下さいオトギさん。……ええと、アルエさんにもらった地図だとこの辺に下へ下る道が……あっ、あれかな」

ナニカが指差した先。断崖絶壁《だんがいぜっぺき》の崖際《がけぎわ》に、僅《わず》かな道幅《みちはば》ではあるがどうにか、通ることのできそうな坂道があるのが見えた。

一歩一歩、足を踏《ふ》み外《はず》さないよう注意して、二人は坂道を下ってゆく。

そうしてしばらく歩くうち、ナニカは奇妙《きみょう》なことに気付いた。

「あんまり、暗くない……ですね」

上から見た時にはあんなに真っ暗だったのに、こうして歩いているとそれほど暗さは感じられない。一応精霊《せいれい》術で作った灯《あか》りを浮《う》かべてはいるものの、それも必要なさそうだ。

周りを見ても、特に光源らしいものはない。不思議なこともあるものだ、と首を傾《かし》げつつ前

へと進んでいると、

「それだけじゃない。なんか……妙《みょう》に、暑くないか」

オトギの発したそんな言葉に、ナニカははっとする。

計り知る術こそないが、もう結構な深さまで来たはず。陽の光も届いていないであろう場所だというのに、それでもオトギの言うとおり不思議と気温は保たれていて――薄着《うすぎ》のナニカですら少し暑さすら感じるほどだった。

「地熱とかそういう奴《やつ》……だったりすんのかね。よく分からんが」

きょろきょろと周りを見回しながらのんきにそんなことを言っているオトギ。反面、ナニカはなぜだか妙《みょう》な胸騒《むなさわ》ぎがしてふと、上を見上げて。

「……え？」

そこに見えたものを。いや、見えなかったものを見て、言葉を失う。

空が。

空が――真っ黒に、閉じていたのだ。

「何、これ」

青空のひとかけらも見えない黒の天蓋《てんがい》。突然《とつぜん》覆《おお》い尽《つ》くしたその異様を呆然《ぼうぜん》と見つめていると

――その瞬間《しゅんかん》、どうしたことかぐらりと地面が揺《ゆ》れた。

「きゃ……！」

咄嗟《とっさ》に足を踏《ふ》みしめようとして、けれど一歩後ずさりしたところで片足が踏《ふ》んだのは虚空《こくう》。

見ると、今まで歩いてきたはずの足場が――虫食いのように真っ黒な『闇《やみ》』……そうとしか呼べない何かによって蝕《むしば》まれ、消えていた。

バランスを崩《くず》したナニカが投げ出された先は、一切《いっさい》の足場のない真っ黒な闇《やみ》。

体がふわりと浮《う》いて、奇妙《きみょう》な解放感が全身を包み。どこか危機感の欠けた頭は、もはや己《おのれ》の状況《じょうきょう》を認識《にんしき》すらしようとしない。

けれど――そんな彼女《かのじょ》が無意識に伸《の》ばした右手を、不意に強い抵抗《ていこう》が襲《おそ》う。

遅《おく》れてやってきた、肩《かた》が外れるような激痛で我に返って上を見ると。残った足場の上でナニカの右手を摑《つか》んでいたのは、オトギだった。

「オトギ、さん……」

「左手も出せ、ナニカ！」

彼《かれ》の言葉に反応して、左の手も伸《の》ばそうとして。けれどそれは、叶《かな》わなかった。

彼《かれ》の立っている足場を、再び強い振動《しんどう》が襲《おそ》ったのだ。

「っ、やば……！」

恐《おそ》らく咄嗟《とっさ》にナニカを捕《つか》まえたのだろう、上半身を屈《かが》めてナニカを吊《つ》り下《さ》げていた彼《かれ》の姿勢はひどく不安定で——だから、この二度目の揺《ゆ》れには耐《た》えられなかったのだ。

今度こそ虚空《こくう》に投げ出されて、二人は手を繋《つな》いだまま、深い闇《やみ》の底へと落ちていく。

底があるのかも分からない、闇《やみ》色のその底へと。

■

「……カ」

何だろう。なんか、臭《くさ》い。

「……ニカ。おい——」

なんかこう微妙《びみょう》に距離《きょり》を置きたくなるような。洗濯《せんたく》物とか一緒《いっしょ》に洗いたくないような、そんな感じの……けどちょっと、懐《なつ》かしい匂《にお》い。

これは——

「ナニカ、起きろ！」

その呼び声で、ナニカはぱちりと目を覚まし、己《おのれ》を呼んでいた人物を見る。

心配そうにこちらを見下ろしていたのは、オトギだった。

「……あ、オトギさん……」

まだぼんやりとする頭で起き上がろうとすると、オトギはそれを押《お》しとどめてくる。

「痛いところとかないいか。目が見えないとか、視野が変だとかそういうことは」

「え、あ……別に大丈夫《だいじょうぶ》ですけど」

「項部硬直《こうぶこうちょく》は……ないな。眼球運動は――」

ナニカの頭を前後に動かしたりした後、そう言うや否《いな》や急に顔を近付けてきたオトギに、

「ひゃぁ……!?」

ナニカは変な声を漏《も》らしながら、咄嗟《とっさ》に右の掌底《しょうてい》を彼《かれ》の顎《あご》に撃《う》ち込《こ》んでいた。

確実にキまったと確信できる抵抗《ていこう》感が、腕《うで》にびりりと伝わって。

オトギの体が冗談《じょうだん》みたいに浮《う》いて、そのまま吹《ふ》き飛《と》ばされて少し離《はな》れた地面の上でひっくり返る。

「あわわ、すみませんオトギさん！　大丈夫《だいじょうぶ》ですか!?」

慌《あわ》てて飛び起きてナニカが抱《だ》き起《お》こすと、彼《かれ》はげっそりとした顔で、

「いやホント君、いい腕《うで》してるな……。ちょっと意識飛びかけた」

呻《うめ》くようにそう呟《つぶや》いて、顎《あご》をさすりながら身を起こすと――ナニカに向き直って続けた。

「……まあ、君も無事そうなのは痛いほど分かった。お互《たが》いあそこから落ちて生きてるってだけでも、不幸中の幸いってとこだな」

周りを見ると、二人はどうやら崖壁《がいへき》に突《つ》き出《だ》した足場の一つに運良く着地していたらしい。

どの程度落ちたかにもよるが、何にせよこうして特に怪我《けが》もなく生きているというのは、奇《き》

跡《せき》と言うに他ならないだろう。

「……まあ、不幸中であることに変わりはないですけどね」

そう呟《つぶや》いて、ナニカは上を見上げてため息をつく。

恐《おそ》らくは谷の底……なのだろうか。上をいくら見てもそこに空はなく、代わりに真っ暗な闇《やみ》が漠然《ばくぜん》と広がるのみだった。

これでは状況《じようきよう》も全く分からない。落胆《らくたん》してもう一度ため息をついていた、その時——足場の端《はし》から下を眺《なが》めていたオトギが、急に声を上げた。

「……なあ、ナニカ。あれ見てくれ」

どうしたというのか、狐《きつね》につままれたような顔でそう告げ手招く彼《かれ》。近寄って、ナニカも同じように下を覗《のぞ》き込《こ》んでみると——どうやら案外谷底に近かったらしく、ロープでもあればすぐに降りられそうな程度の深さに地面が見えた。

地表を辿《たど》って、ナニカは視線をやや遠方へと移す。するとそこで、彼女《かのじよ》はオトギと同じ表情を浮《う》かべて硬直《こうちよく》した。

「……あれは、街？」

そう。谷底であるはずのそこに——広がっていたのは、灰色がかった人工物の集積。

四角く背の高い構造物が立ち並ぶその様は、どう見ても『街』と呼ぶしかないものだった。

規模は、かなりのもの。遠景から見たルベールカと同程度か、下手《へた》をすればそれよりも広いかもしれない。

建築物の高さをとってもこれと遜色《そんしょく》なく、かなりの大都市であると思われる。

「けど、何でこんな所に街が」

こんな場所にある街なんて聞いたことがないし、このことをアルエが知っていたならば何かしら話の中で触《ふ》れていただろう。

悩《なや》みつつオトギに視線を送ると――彼《かれ》は小さく頷《うなず》いて、口を開く。

「ここで考えててもしょうがない。ひとまず降りて、あそこまで行ってみよう」

「……ですね」

そんな彼《かれ》の提案に、異論はなかった。

■

『街』へと立ち入ると、そこは遠くから眺《なが》めるよりも遥《はる》かに不思議な場所だった。

立ち並ぶ建造物は確かに人が使っていたであろうものだが、けれどその建築様式などはナニカが見たこともないようなもの。

街中は全てが灰色で、道という道もまた、灰色の――継《つ》ぎ目《め》のない石で均等に舗装《ほそう》されている。それがかなり高い技術を要するものであろうことは、そういったことに疎《うと》いナニカにもなんとなく分かった。

そして、もっと奇妙《きみょう》なのは。

「これは……灰、か？」

舗装《ほそう》された道の上に降り積もった白い粉をすくい取って、オトギが怪訝《けげん》な顔で呟《つぶや》く。

不思議なことに――この『街』中の至る所に、こうした灰が降り積もっていたのだ。

しばらく歩きながら、ナニカはぽつりと呟《つぶや》く。

「……人、いないですね」

「だな。そんな気はしてたが」

いくら歩いても人っ子一人すれ違《ちが》わないし、二人の足音以外に響《ひび》いてくるものはない。どこまでも静かな、灰の街。二人は当《あ》て所《ど》なくその中を歩き回って、やがて街の中央らしい広場に出たところで足を止めた。

広場を埋《う》め尽《つ》くすように、奇妙《きみょう》な黒い焔《ほのお》が――静かに燃《も》え盛《さか》っていたのだ。

「これは、一体……」

肌《はだ》に伝わる熱気に後ずさりしつつ、ナニカが呟《つぶや》いて。すると、その時だった。

『うぬら、何者じゃ』

突然《とつぜん》天から降り注ぐような声が広場に鳴《な》り響《ひび》いて、二人は周囲を見回す。

声の主らしき姿はどこにも見えない。仕方なくナニカは、上を向いて声を張り上げて返す。

「私たちは、星守《ほしも》りです！　貴方《あなた》は……もしかして、この谷の精霊《せいれい》さまですか⁉」

その問いかけに――帰ってきたのは、一言。

『いかにも』

重々しい声が響《ひび》くと同時に、ナニカたちの眼前、黒く燃《も》え盛《さか》る広場で――焔《ほのお》が、揺《ゆ》らめいた。

ざわざわと。ぞわぞわと。燃《も》え盛《さか》る焔《ほのお》が生き物のように波打ち始めて。

それと同時に、真っ黒に染まった空から――一条の闇《やみ》が降り注ぎ、凝集《ぎょうしゅう》を始める。

見上げるほどに大きなその『闇《やみ》』はやがて、黒い焔《ほのお》と混じり合うように蠢《うごめ》いて一つの形を作り上げる。

それは――途方《とほう》もなく巨大《きょだい》な、鱗《うろこ》を帯びた有翼《ゆうよく》の四足獣《しそくじゅう》。

……いわゆる『竜《りゅう》』と呼ばれるモノの姿だった。

『儂《わし》は、始原の六火《りっか》が一。『黒焔《こくえん》』のクレマチヤぞ。……人の子よ。何を望んで我《わ》が聖域に踏《ふ》み入《い》った』

地鳴りのような声でそう名乗ると、それは焔《ほのお》のように揺《ゆ》れ光る金の瞳《ひとみ》で二人を見下ろす。

その眼光だけで二人の両脇《りょうわき》の地面が燻《くすぶ》りを上げ、じんわりと熱気が肌《はだ》を灼《や》くのを感じながら、ナニカは竜《りゅう》——クレマチヤの目を見返して、答えを告げた。

「私たちは、この聖域で起きている異変を調べに来ました。……私たちより以前にも、同じように調査に来た人たちがいたと思うんです。何か、ご存知ではないでしょうか」

『……さあ。知らぬ』

返ってきたのは、ごく短くそっけない返事。

そんな返答を一言発すると——クレマチヤはその巨体《きょたい》をゆっくりと地に伏《ふ》せて、地響《じひび》きを立てながらその場で寝《ね》そべってしまった。

「……あの、精霊《せいれい》、さま？」

『どーでもいいのじゃ、人間のことなぞ。儂《わし》は……眠《ねむ》い。はぁぁぁ』

重々しい、けれど覇《は》気《き》の感じられない声でそう告げると同時に、ナニカなどぺろりと一呑《の》みにできそうなその巨大《きょだい》な口から黒い焔《ほのお》がこぼれた。

「きゃ……」

地表を灼《や》いたその焔《ほのお》。てっきり攻撃《こうげき》されたのかと思い驚《おどろ》いて飛《と》び退《の》いた後で、ナニカはどうやらそれが違《ちが》うらしいと思い至る。

前足を畳《たた》んで、丸まった猫《ねこ》みたいにその巨体《きょたい》を折り曲げたクレマチヤは——二人のことなど既《すで》に眼中にない様子で、その金の目を静かに閉じようとていた。

「精霊《せいれい》さま、お願いします、もう少しだけお話を……」

『……疲《つか》れた。もう、話すのも面倒《めんどう》くさいのじゃ』

そう呟《つぶや》いた竜《りゅう》の言葉に、敵意はない。代わりにあったのはその言葉の通り、絞《しぼ》り出《だ》すような疲労感《ひろう》だけだ。

はぁ、とクレマチヤが火の息を吐《は》く。……やはり、そうだ。これは――ため息だ。

取り付く島もないその態度を前にして、ナニカが途方《とほう》に暮れていると。一連の流れを傍観《ぼうかん》していたオトギが、顎《あご》に手を当てたまま小さく唸《うな》った。

「……ふぅむ。ため息つくドラゴンって初めて見た」

「感心してる場合ですか……」

疲《つか》れた声でナニカが突《つ》っ込《こ》むと、オトギは一歩前に進み出て、クレマチヤを見上げる。

「なあクレマチヤ。お疲《つか》れのところ悪いが、もう少しだけ話に付き合ってくれないか」

そんな彼《かれ》をじろりと睨《にら》み、するとその時、クレマチヤの表情が僅《わず》かに変わった。

『……なんじゃ、うぬは。妙《みょう》なゆらぎがある。……うぬは、この世界の人間ではないな』

「……え？」

クレマチヤの言葉に、ナニカは耳を疑ってオトギの方を見る。

彼《かれ》はというと意外そうな顔で目を瞬《まばた》かせた後、クレマチヤへと問いを重ねた。

ないわ』

「なら――」

「分かるのか」

『儂《わし》は、空間と時間を調律する『焔《ほのお》』なり。……うぬのような異物を見分けるなど、造作もないわ』

何か言いすがろうとするオトギに、しかしクレマチヤはそれきり再び目を閉じてしまう。

『……煩《うるさ》い。うぬに興味はない。灼《や》かれたくなければ、即刻《そっこく》立ち去れ……』

告げた言葉は物騒《ぶっそう》だが、けれど裏腹にその声音《こわね》からは欠片《かけら》もやる気が感じられない。

そんなクレマチヤに、オトギは珍《めずら》しく残念そうに肩《かた》を落とし――けれどすぐに、立ち直った様子で声を投げかけていく。

「……まあ、そうしたいのもやまやまなんだけどな。さっき彼女《かのじょ》が言った通り、僕《ぼく》たちはこの谷で行方《ゆくえ》知れずになった人間を探さなきゃいけない。……それに僕《ぼく》たち自体も、ここに迷《まよ》い込《こ》んだようなもんでね。出て行きたくても肝心《かんじん》の出口が分からない。あんたが案内でもしてくれるってんなら、話は別だけどな」

わざとらしく肩《かた》をすくめたオトギを、クレマチヤの金の目が僅《わず》かに開いて見下ろした。

『……出口、か。無駄《むだ》じゃ、この谷からは――出られぬ』

「出られない、だって？」

怪訝《けげん》な顔で問い返すオトギを一瞥《いちべつ》すると、クレマチヤはしばし沈黙《ちんもく》した後、話を続けた。

『うぬらにも、見えるだろう。この谷を覆《おお》うあの『くらやみ』が。あれは、我《わ》が力を受けて変質した霊脈《れいみゃく》それ自体じゃ。……我《わ》が焔《ほのお》は空間を歪曲《わいきょく》し論理を灼《や》く、背理《はいり》の焔《ほのお》。あれがある限り……この谷底は、外界と断絶した場所であり続ける』

その言葉に、二人は上を見上げる。

上空を覆《おお》い尽《つ》くす真っ黒な闇《やみ》。あれは全て――クレマチヤの焔《ほのお》だという。

「……合点がいった。妙《みょう》に蒸《む》し暑《あつ》かったのは、アレのせいか」

納得《なっとく》した様子でそう呟《つぶや》いたオトギ。一方でナニカは、その顔に怪訝《けげん》な色を浮《う》かべたまま、

「けど、どうしてそんなことを……」

『望んで、そうしたわけではない。……儂《わし》の意志とは無関係に、いつの間にかあの『くらやみ』は、あそこにあったのじゃ』

ナニカの問いに、つまらなそうにそう答えると――そこでクレマチヤはその頭を僅《わず》かに持ち上げて、上空の『くらやみ』を見つめる。

『いつから、かのう。……どうしたことか儂《わし》は、この地に流れる霊脈《れいみゃく》を制御《せいぎょ》できなくなっていた。制御《せいぎょ》をしようとしてもあれはどんどん勝手に暴走を続けて、いつしか……あんな風に空を、完全に覆《おお》っていたのじゃ』

もう何度目か分からないため息をついて、クレマチヤはその目を細める。

そんなクレマチヤに、オトギが質問を重ねた。

「……どうにかしてアレを消すとか、通《とお》り抜《ぬ》けるとか……そういうことは出来ないのか？　現に僕《ぼく》たちは外から入ってこれたんだ、逆に内側から出ることだって……」

そんな問いに、けれど首を振《ふ》る代わりにゆっくりと瞬《また》きを返すクレマチヤ。

『うぬらがここに辿《たど》り着《つ》いたのは、単なる偶然《ぐうぜん》に過ぎん。もう一度あの『くらやみ』に立ち入ろうものなら——永久に、出口なき深淵《しんえん》の中を彷徨《さまよ》い続けることになろう。……たとえ、儂《わし》であってもな』

そう告げたクレマチヤの言葉は疲《つか》れ切《き》っていて——そして、どこか投げやりで。

だからこそナニカは、思わず訊《き》かずにはいられなかった。

「精霊《せいれい》さまは、ここから出ようとは思わないのですか？」

『ここから、出る？』

ナニカがそう問うと、クレマチヤの声に微《かす》かに奇妙《きみょう》な色が混ざって。

ややあってから——その巨大《きょだい》な口から、がちがちと牙《きば》を打ち鳴らす音がけたたましく響《ひび》く。

それがどうやら笑い声らしいということに、ナニカが気付いたのはしばらくしてからだった。

『この谷を出る、か。……くかか。そうじゃの、そんなことを最後に考えたのは——いつのことじゃったろうか』

そう言いながらがちり、がちりと牙《きば》を鳴らして——やがてクレマチヤは、ナニカをじっと見つめて告げる。

『星守《ほしもり》りよ。うぬは、分かっているはずであろう。儂《わし》がここを動くことなぞ、決して赦《ゆる》されぬことであると』

「……あ」

静かなその言葉に、ナニカはアルエの話を思い出す。

この場所は、霊脈《れいみゃく》の集まる『聖域』であり。この場所で何か異変が起これば――それは世界に多大な影響《えいきょう》を与《あた》えうるのだと、彼女《かのじょ》は話していた。

『……儂《わし》は、この地に縛《しば》られておる。もう、いつの頃《ころ》からか思い出せぬほどに昔から――ずっとここが儂《わし》の居場所であり、儂《わし》の世界だった』

淡々《たんたん》と呟《つぶや》くと、クレマチヤは首だけ少し持ち上げて、周りを――誰《だれ》もいない、灰色の街を見回す。

『時には、ここに人間が住みついたこともあったかのう。あれは、いつであったろう』

今は見えない何かを見るように、金の瞳《ひとみ》を懐《なつ》かしげに細めて、クレマチヤは街を見る。

『あの頃《ころ》は……本当に、喧《やかま》しかった。儂《わし》の周りを朝から晩まで小童《こわっぱ》が駆《か》けずり回《まわ》って、おちおち眠《ねむ》ってもいられなかったわ』

今は聞こえない何かに耳を傾《かたむ》けるように、金の瞳《ひとみ》を閉じて――クレマチヤはそう呟《つぶや》いて。

けれどすぐ、自嘲《じちょう》気味にため息を吐《は》くと、『くらやみ』を見上げて静かに続ける。

『……大勢の人間が、ここにいた。ここにいて、やがて、いなくなった。儂《わし》だけが……ここに、取り残された。……それでも、儂《わし》は精霊《せいれい》であるがゆえに。この地を管理し、維持《いじ》せねばならぬがゆえに。ずっと、ずっと、ずっとずっとずっと──儂《わし》はこの地に、在《あ》り続けた』

首を持ち上げて、ただ上をじっと見つめる巨大《きょだい》な黒竜《こくりゅう》。

けれどどうしてか、その姿はまるで鳥かごの外を見つめる小鳥のように頼《たよ》りなく──儚《はかな》きもののように思えた。

『……ここそが、儂《わし》の居場所じゃ。この地こそが、儂《わし》の存在意義そのものじゃ』

それはまるで、自分に言い聞かせるような響《ひび》きで。

『今までも、これからも。儂《わし》はずっと、ここにいなければ。ずっと、ずっと。……ずっと……この地の底に、ひとりで?』

それはまるで、たちの悪い呪《のろ》いの言葉のようで。

『……もう、いやじゃ。そんなのは、いやじゃ』

不意にぽつりとそう呟《つぶや》いて──黒き竜《りゅう》は、その身を震《ふる》わせる。

「精霊《せいれい》さま……?」

様子がおかしい。嫌《いや》な予感がしてナニカは呼びかけるが、クレマチヤはその声に耳を貸さず、

次の瞬間《しゅんかん》──折《お》り畳《たた》んでいた漆黒《しっこく》の翼《つばさ》を、大きく広げた。

巻き上がった強烈《きょうれつ》な突風《とっぷう》に吹《ふ》き飛《と》ばされて、ごろごろと灰まみれの地面を転がる二人。

そんな二人に見向きもせずに、クレマチヤはその身を起こして、けたたましい咆哮《ほうこう》を放つ。

「っ――……！」

空気を、鼓膜《こまく》をびりびりと震《ふる》わせる絶叫《ぜっきょう》。その声は禍々《まがまが》しい黒き竜《りゅう》に相応《ふさわ》しい、胸がざわめくようなおぞましい音で。

けれど一方で――胸を引《ひ》き裂《さ》かれそうな、悲痛に満ちているようだった。

『もう、いやじゃ。こんな所に、いとうない』

まるで駄々《だだ》っ子《こ》のように、力の限りに泣《な》き叫《さけ》ぶクレマチヤ。

『もう、いやじゃ。一人ぼっちは……もう、いやじゃ』

その金の目から流れ出るのは、黒い涙《なみだ》。その一滴《てき》が地に落ちるたび、その場所は抉《えぐ》れたように綺麗《きれい》さっぱり消えてしまう。

黒き竜《りゅう》は、叫《さけ》び続ける。

叫《さけ》んで、叫《さけ》んで、泣き喚《わめ》いて。

『いやじゃ。いやじゃ。いやじゃ――』

『こんな生は。こんな世界は、もう、いやじゃ……！』

ひときわ大きな咆哮《ほうこう》を上げた、その時だった。

「ならば、終わらせてやる」

広場に響《ひび》いたその冷たい声に、ナニカとオトギは弾《はじ》かれるように視線を向けて——するとその刹那《せつな》。

大通りの方向から一陣《いちじん》の紫電《しでん》が迸《ほとばし》り、立ち上がっていたクレマチヤの腹に、突《つ》き刺《さ》さった。

「精霊《せいれい》さま⁉」

二人が見ている前で、地響《じひび》きを上げて倒《たお》れ込《こ》むクレマチヤ。もうもうと立《た》ち込《こ》める灰の煙《けむり》の中、ナニカは迷うことなく黒竜《こくりゅう》に駆《か》け寄《よ》って——その時だった。

がちゃり、がちゃりと鎧《よろい》の音が幾重《いくえ》にも聞こえて。

黒き鎧《よろい》を纏《まと》った騎《き》士《し》たちが——広場をぐるりと囲むようにして続々と姿を現す。

「……循還《サーキュ》、騎士団《ラー》……！　どうやって、ここまで来たんだ⁉」

彼《かれ》らの姿を、そして正面方向に悠然《ゆうぜん》と立つユースティスの姿を認めて苦虫を噛《か》み潰《つぶ》したように呻《うめ》くオトギを、彼《かれ》は醒《さ》めた目で一瞥《いちべつ》して、

「……また、お前たちか」

微《かす》かに疎《うと》ましげにそう呟《つぶや》くと、それきり二人のことなど眼中にないといった様子で、その手に握《にぎ》った黒い剣《けん》をクレマチヤに向け鋭《するど》く告げる。

「哀《あわ》れな精霊《せいれい》よ。俺《おれ》がお前を、その苦しみから解放してやる」

『……この雷槌《らいつい》、その黒い『角』の剣《けん》。なるほど貴様、ゲルエルドリンの信徒か。……ふ、ふふ、あやつめ、何千年と変わらずご苦労なことよ』

彼《かれ》の持つ剣《けん》をどこか懐《なつ》かしげに見つめて、小さく笑うクレマチヤ。一瞬《いっしゅん》たじろいだ様子になりながらも、ユースティスは剣《けん》を握《にぎ》り直して黒き竜《りゅう》をじっと睨《にら》んで静かに告げる。

「……『黒焔《こくえん》』のクレマチヤ。貴様の影響《えいきょう》で、この聖域の霊脈《れいみゃく》が乱れつつある。よって、俺《おれ》たちは貴様を殺し、歪《ゆが》みを正さねばならない」

その言葉に、抗弁《こうべん》したのはナニカだった。

「待って下さい！　精霊《せいれい》さまが死んだら、この霊脈《れいみゃく》の管理はどうなるんですか？」

クレマチヤが死に、クレマチヤによって引き起こされている精霊《せいれい》災害が終息すればひとまずの平穏《へいおん》は得られるかもしれない。しかしその後――この場所を管理するものがいなければ、不安定な霊脈《れいみゃく》がどのような状況《じょうきょう》を生むかは分からない。

けれどユースティスは、そんなナニカの問いに首を横に振《ふ》ると。

「問題はない。……霊脈《れいみゃく》とは、霊子《マナ》の集まる場所だ。管理者である精霊《せいれい》が死ねば、すぐに霊《れい》脈《みゃく》自身が新しい管理者を生み出す。そういう風に、なっている」

なんて、そんなことを言い放って――クレマチヤへと再び向き直る。

「精霊《せいれい》よ。安心しろ、貴様が死んでも……世界は、廻《まわ》る」

彼《かれ》の言葉に、けれどクレマチヤの表情に浮《う》かんでいたのは、微《かす》かな安堵《あんど》だった。

『……そうか。ならば、安心して死ねるのう』

「精霊《せいれい》さま！」

疲《つか》れた声でそう呟《つぶや》くと、クレマチヤは寄《よ》り添《そ》うナニカの前にその前足を下ろし、まるで彼女《かのじょ》を庇《かば》うように再び立ち上がる。

「精霊《せいれい》さま、ダメです、それは――」

抗弁《こうべん》しようとするナニカを見下ろして、クレマチヤの金の瞳《ひとみ》が僅《わず》かに、笑った気がした。

『星守《ほしも》りよ、ありがとう。……じゃがな。儂《わし》はもう――疲《つか》れたのじゃ』

ゆっくりとそれだけ告げると、クレマチヤはそれきりユースティスへと視線を戻《もど》し。

『ゲルエルドリンの雷槌《らいつい》であれば、十分に儂《わし》を殺し切ることも適《かな》おう。……信徒よ。うまく殺せよ』

そんな黒竜《こくりゅう》の言葉に、ユースティスは僅《わず》かにその紫瞳《しどう》を揺《ゆ》らして――

「……ああ、分かった」

言うやいなや、上段の構えと共にその黒剣《こっけん》を、起動させる。

「……『ゲルエルドリン』、力を貸せ」

「『承認《しょうにん》』」

無機質な声と共に、彼《かれ》の周囲に雷《かみなり》が集まって――それらは巨大《きょだい》な光刃《こうじん》となって、クレマチヤの黒い巨体《きょたい》を真っ二つに両断する。

……した、はずだった。


「……え？」

頭上で起きていた、その奇妙《きみょう》な光景に――ナニカも、オトギも、そしてユースティスすらも、その顔に驚《おどろ》きを浮《う》かべる。

雷槌《らいつい》の刃《は》で切《き》り裂《さ》かれたはずの、黒き竜《りゅう》。

その体が――あの『くらやみ』のように、どろどろとした黒い焔《ほのお》となって溶《と》け出し始めていたのだ。

溶岩《ようがん》のように粘質《ねんしつ》なその黒い焔《ほのお》はみるみるうちに広場に溶《と》け出して、逃《に》げ惑《まど》う騎士《きし》たちを呑《の》み込《こ》んでゆく。

そしてそれはナニカたちも、例外ではなかった。

「ナニカ、こっちへ――」

切羽詰《せっぱつ》まった顔でこちらに手を伸《の》ばそうとするオトギ。けれど――彼《かれ》の姿は真っ黒な焔《ほのお》の波で押《お》し流《なが》されて、その言葉は半《なか》ばで掻《か》き消される。

「オトギさん⁉」

あっという間の出来事に、ナニカはその場で立ちすくんで。

そんな彼女自身《かのじょじしん》もまた、焔《ほのお》に足を取られて倒《たお》れ込《こ》んでしまう。

「……オトギさん！　オトギさん……っ！」

焔《ほのお》に呑《の》まれながら、ナニカはオトギの名を呼ぶ。

どろどろとした焔《ほのお》は、不思議と熱くはない。人肌《ひとはだ》のような、奇妙《きみょう》な温かさのあるその泥《どろ》の焔《ほのお》に抱《だ》かれながら、ナニカは彼《かれ》の名を呼び続ける。

それでも、ついに彼《かれ》の声が返ってくることはなく。

そこでナニカの視界は一旦《いったん》、泥《どろ》のような闇《やみ》に覆《おお》われる。

■

「『……っはぁ……！』」

伸《の》ばした手の先が空を切るのを感じて、オトギが前を見ると。

最初に見えたのは、白い壁《かべ》だった。

身を焼く焔《ほのお》の感触《かんしょく》はない。あの黒い焔《ほのお》に呑《の》まれた一瞬《いっしゅん》だけ、生温《なまぬる》いものの中に飛《と》び込《こ》んだような気持ちの悪さがあったが、それだけだ。

体を見ると、服にも、羽織った白衣にも、焼《や》け焦《こ》げたような部分は見当たらない。

無論、体の方もどこにも異変は感じられない。

呆然《ぼうぜん》とへたり込《こ》みながら、目の前の白い壁《かべ》をじいっと見つめて――オトギはぼんやりと思う。

ひょっとして、ここは死後の世界なのではないか。

さっきの焔《ほのお》に灼《や》かれて、自分はあの場であっけなく死んだのではないか、と。

「『……異世界の次は、死後の世界か。生きてると色々あるもんだなぁ……』」

なんて、ぼやきながらオトギはそこで周りを見回してみて――奇妙《きみよう》なことに気付く。


そこは、見覚えのある場所だった。

白い壁《かべ》で囲まれた、これまた白い廊下《ろうか》。少し向こうにはＩＤカード認証《にんしよう》の自動扉《とびら》があって、背後には金属の扉《とびら》が四列。

漂《ただよ》う空気には僅《わず》かに消毒液の匂《にお》いが感じられて、それもまた、オトギにとってはきわめて身近な――けれど随分《ずいぶん》と長い間、嗅《か》ぐことのなかった懐《なつ》かしいもので。


……そう。

オトギが放り出された「死後の世界」は、どこからどう見ても――あの日『異界送りのエレベータ』を調べていたオトギが訪《おとず》れ、そしてあの世界へと転移する切《き》っ掛《か》けとなった、大学病院のエレベータホールだった。

「『……嘘《うそ》だろ？』」

先ほどまで地の底にいたこともあって、窓から差《さ》し込《こ》む光はやけに明るく感じられる。

見た感じ、午前中だろうか。あの怪談《かいだん》では「午前0時にひがし棟《とう》十階のエレベータに乗れ」という指定があったため、オトギが病院を最後に訪《おとず》れたのは深夜だったはずだ。

「『……ふぅむ』」

その場であぐらをかいて、オトギが顎《あご》に手を当てて考《かんが》え込《こ》んでいると——


「……あーっ、オトギ先生！」

鈴《すず》を転がしたような可愛《かわい》らしい声が響《ひび》いて、オトギがはっと顔を上げると。

そこにいたのは——天の使いのように愛らしい顔立ちの、背の低い看護師姿の少女だった。

「『……おう、天使。やっぱここは、死後の世界か』」

「……？　え、あの、何語ですか先生？」

オトギの返答に戸惑《とまど》いを見せた彼女《かのじょ》。その顔には見覚えがあった。

今年入ってきたばかりの新米の看護師で、たしか……何かの語呂合わせみたいな名前だったはず。ここ最近はオトギのいる精神科病棟《びょうとう》で働いており、同僚《どうりょう》たちからやたらと人気だったこともあってよく印象に残っていた。

　そんな天使（仮）の反応で自分が『あちらの言葉』で話していたことに気付くと、頭の中を日本語モードに切《き》り替《か》えて彼女《かのじょ》に尋《たず》ねる。

「なあ、ちょっと訊《き》きたいんだけどさ、ここって、病院だよな。天国とか地獄《じごく》とかじゃなく」

「当たり前じゃないですか。芦原《あしはら》大学病院ひがし棟《とう》四階、精神科病棟《びょうとう》です。……それより先生！　三日間も無断で欠勤して、何なさってたんですか！　しかもなんか似合わないコスプレまでしちゃって」

「……なに？」

　腕《うで》を腰《こし》に当ててぷんすかと怒《おこ》る彼女《かのじょ》に、思わずオトギは詰《つ》め寄《よ》って訊《き》き返す。すると彼女《かのじょ》はびっくりした表情で何やら勘違《かんちが》いした様子で謝《あやま》り始めた。

「あわわ、すみません！　似合わない気がしましたけど案外ちょっとアリかもですよ！　気を落とさないでください先生！」

「そっちじゃねえし気を落としてもいないよ。……じゃなくて今――『三日』って。そう言ったのか？」

「え？　あ、はい……そうですけど」

「すまん、今日は何月何日だ？」

「五月九日です。……あの、どうしたんですか先生、そんなタイムトラベラーみたいなこと言い出して。先生？」

確か、オトギが十階のエレベータに乗ったのは、五月六日の深夜だった。

それからあちらの世界へと投げ出されて、およそ三ヶ月をあちらで生きてきた、はず。

なのに――三日。たったの三日しか経《た》っていないのだと、彼女《かのじょ》は言う。

「……あの、先生。本当に、どうしたんですか？　他の先生方も心配してらしたんです、電話を掛《か》けても全然繋《つな》がらなかったから、何か事件にでも巻《ま》き込《こ》まれてるんじゃやって」

青い顔で口を抑《おさ》えるオトギに、天使（仮称《かしょう》）は心配そうにおずおずと言葉を掛《か》ける。

そんな彼女《かのじょ》に答えることなく。オトギはゆっくりと立ち上がって――エレベータホールの窓から外を見る。

病院から坂道沿いに少し進んだ先には、大正《たいしょう》時代から使われているというボロ……もとい、歴史ある佇《たたず》まいの医学部棟《とう》と、隣接《りんせつ》する薬学部棟《とう》が見える。

他方を見遣《みや》れば、そちらには最近改築したという研修医用の寮《りょう》が見えるし、もっと遠方を望んでみれば住宅街にマンション、薬局と――ひどく面白《おもしろ》みのない光景が広がっている。

空はくすんでいるし、地表を見ても電線が隙間《すきま》なくぶら下がったやかましい風景。

けれどそれは――間違《まちが》いなく、オトギの住んでいた世界。

戻《もど》ってくることを切望していた、世界だった。

「わわ、先生！　何泣いてるんですか⁉」

天使（暫定《ざんてい》）の慌《あわ》てる声で、オトギは自分の目から流れ落ちる涙《なみだ》に気付く。

大の男が、なんとも情けない。自嘲《じちょう》するように笑《え》みを零《こぼ》して――オトギはその場で、天使（推定）が慌《あわ》てるのにも構わずいきなり床《ゆか》の上に大の字になって寝転《ねころ》ぶ。

「帰ってきたんだ」

文明と秩序《ちつじょ》と常識で守られた、この世界に。

「……帰って……きたんだ」

旅や冒険《ぼうけん》、危険といったものとはおおよそ無縁《むえん》な、この日常に。

そんな、静かな喜びを噛《か》み締《し》めていたオトギに――こちらを覗《のぞ》き込《こ》むようにして、天使（仮《か》名《めい》）がにゅっと顔を出して、心配そうに口を開いた。

その顔を見つめて。オトギはそこでふと、無意識のうちに一人の少女の顔を重ねてしまう。

「……ナニカ」

銀色の髪《かみ》の、星守《ほしも》りの少女。

生真面目《きまじめ》で意地っ張りで、頑固者《がんこ》で――けれど心根の優《やさ》しい、あの少女のことを思い出す。

彼女《かのじょ》も、自分と同じように焔《ほのお》に呑《の》まれたのだろうか。

生きているのだろうか。それとも――

「……あの、先生？『何か』って、何がどうしたんです？」

「……いや、なんでもない」

不安げに己《おのれ》を見つめる天使（確実）にそう返すと、オトギはよっこらせ、と床《ゆか》から立ち上がって白衣を軽くはたく。

体中灰だらけだし、髪《かみ》の毛《け》も伸《の》ばしっぱなし、顔だって無精髭《ぶしょうひげ》だらけで酷《ひど》いものだ。

そう言えばナニカにも、「髭《ひげ》くらいはちゃんと剃《そ》れ」と言われたような。

彼女《かのじょ》の刺々《とげとげ》しい言い回しを思い出して、無意識に苦笑《くしょう》して——オトギは慌《あわ》てて、頭を振《ふ》る。

自分はもう、帰ってきたのだ。もはやあの世界にとって自分は完全に『外なるもの《アウター》』で——もう二度とあの世界と関わりを持つことはないし、持ち得ない。

あそこは、自分のいるべき世界ではない。ならば——忘れるべきだ。そう自分に言い聞かせると、オトギは天使（ネタ切れ）に向き直る。

「なあ。他の先生、今病棟《びょうとう》にいるかな。……無断欠勤して穴開けちまったから、謝《あやま》らねえと」

尋《たず》ねるオトギに、彼女《かのじょ》はう一ん、と考えて。

「朝回診《かいしん》してる先生もいらっしゃると思いますけど、多分ナースステーションあたりで皆《みな》さんカルテ作業してるかと。……そうそう、教授にもちゃんと謝《あやま》っておいたほうがいいと思いますよ？　すっごく怒《おこ》ってらっしゃいましたから」

「おう、ご忠告どうも」

そう言ってオトギは彼女《かのじょ》と別れると、病棟《びょうとう》に続く自動扉《とびら》の前に立ち、ＩＤカードを出そうとポケットを探《さぐ》って――

「……あ」

そこで彼《かれ》は、ＩＤカードをナニカに預けたままだったことを思い出す。

セキュリティの関係上、カードが無ければこの辺りのスペースは行き来が出来ないようになっている。仕方がないのでオトギは後ろを振《ふ》り返《かえ》り、天使（現在進行形）へと声をかけた。

「悪い。ちょっとＩＤカード無くしちまってさ、ここ開けてもらえるか」

「んもう、先生はおっちょこちょいですね」

言いながらこちらに駆《か》け寄《よ》ってくる彼女《かのじょ》。そこで初めて、オトギは彼女《かのじょ》が何やら大掛《おおが》かりな台車を押《お》していたことに気付いた。

「ん、今からＥＣＴだったか。悪かったな、引き止めちゃって」

「いえ、そんな」

彼女《かのじょ》の押《お》していた台車に乗っていたのは、大掛《おおが》かりな機械。ＥＣＴ――電気けいれん療法《りょうほう》と呼ばれる、重症《じゅうしょう》の精神疾患《しっかん》の治療《ちりょう》に使われるものである。

この治療《ちりょう》はオペ室で行われることになっているため、こうしていちいち装置を病棟《びょうとう》から運んでいく決まりになっているのだ。

「自殺企図《きと》のある重度のうつ病の患者《かんじゃ》さんがいらっしゃって、どうしても薬物治療《ちりょう》に反応しないので……ってことで急遽《きゅうきょ》やることになったんです。……なんて、先生に説明することじゃないですよね」

「いやいや。随分《ずいぶん》期間空いちまって病棟《びょうとう》の状況《じょうきょう》忘れてたからな。ありがたい」

「随分《ずいぶん》、って……たった三日ですけど」

おっと、失言だった。肩《かた》をすくめるオトギの隣《となり》で、天使（類型）は何やら上機嫌《じょうきげん》そうににこにこしていた。

「どうしたんだ？」

「いえ。大したことじゃないんですけど――私、精神医学って凄《すご》いなって思うんです」

「……何だいそりゃ、藪《やぶ》から棒に」

首を傾《かし》げるオトギに、彼女《かのじょ》はＥＣＴの機材を見つめて呟《つぶや》く。

「こころの病。精神科で扱《あつか》う病気って、昔は治《なお》せないものだと思われていたり……ひどい時には謂《いわ》れのないことで迫害《はくがい》されたりもしたって言うじゃないですか」

「……ああ、そうだな」

精神病という概念《がいねん》が明確に病として定義され、治療介入《ちりょうかいにゅう》しうるものだと考えられ始めたのはごく近代になってからだ。それまでは、精神病というのは「よく分からないもの《オカルト》」の領分として――ときに迫害《はくがい》され、ときに不当に命を奪《うば》われることすらあったという。

……そう。『あちら』の世界の精霊《クレマチヤ》たちのように。

「けど、精神医学が発展して――そういう目に遭《あ》ったかもしれない人たちに、寄《よ》り添《そ》っていけるようになりました。しっかりと向き合って、お話を聴《き》いてあげて。こうして、治療《ちりょう》の方法だって少しづつ増えてきました」

ＥＣＴの機材を優《やさ》しく撫《な》でて語る彼女《かのじょ》から、オトギは少しだけ視線を外《はず》す。

「……治療《ちりょう》しきれない症例《しょうれい》も、いっぱいあるけどな」

精神科の疾患《しっかん》は、予後の良《い》いものばかりではない。治療《ちりょう》が効いて見違《みちが》えるようになって帰っていく患者《かんじゃ》がいる一方で――治療《ちりょう》しきれず、何度も再発を繰《く》り返《かえ》す例だって枚挙《まいきょ》に暇《いとま》がない。

けれど、彼女《かのじょ》は首を横に振《ふ》って。

「それでも。それでも、精神医学は――『よく分《オ》か《カ》らな《ル》い《ト》もの』だったものに、『病気』というカタチを与《あた》えてくれたんです。『治《なお》せないもの』を、『治せるもの』に。『救えなかった人』を『救うことのできる人』にしてくれたんです。……だから私、精神医学って凄《すご》いものだなって思いますし――先生たちみたいな精神科の先生のことも、本当に尊敬してるんです」

はにかむようにそう告げた、彼女《かのじょ》のそんな言葉に。

オトギは言葉を失って、それから――振《ふ》り払《はら》いきれなかった少女の顔を。彼女《かのじょ》の言葉を不意に思い出して、拳《こぶし》をきつく握《にぎ》り締《し》める。

彼女《かのじょ》も、同じことを言っていた。

貴方《あなた》は『治せないもの』を『治せるもの』にした。だから貴方《あなた》の持っているものを学びたいと——そう、彼女《かのじょ》は言っていた。

なのに僕《ぼく》は。クレマチヤを——ナニカを置いて、こんなところにいる。

「……治せるはずの患者《かんじゃ》を置いて、こんなところで何をやってるんだ、僕《ぼく》は」

「え？」

オトギの呟《つぶや》きに、天使（事実）はきょとんと首を傾《かし》げて。

そんな彼女《かのじょ》に向き直ると、オトギは気さくな笑《え》みを浮《う》かべて口を開く。

「……悪い。ちょっと野暮《やぼ》用思い出しちまった。他の先生や教授に、もうしばらく留守にするって伝えといてくれ」

「え？　ちょっ、先生⁉」

ぽかんとする彼女《かのじょ》にそう言い放つと、オトギはそのまま踵《きびす》を返《かえ》して——

「と、それともう一つだけ」

その前にもう一度だけ振《ふ》り返《かえ》って、告げる。

「有難《ありがと》うな。君のお陰《かげ》で、踏《ふ》み外《はず》さずに済んだ」

そんな彼《かれ》の背を。天使（真実）は目をぱちくりさせながら、ただ呆然《ぼうぜん》と見送っていた。

『ひがし棟《とう》十階のエレベータホールまで階段で登って、右から二番目、故障中のエレベータ扉《とびら》から乗る』というのが、例の怪談《かいだん》で示された作法だった。

非常階段の鉄扉《てつぴ》を開けて一足飛びに階段を駆《か》け上《あ》がりながら、オトギは歯噛《はが》みして呟《つぶや》く。

「そうだ。僕《ぼく》にはまだ、患者《かんじゃ》がいる。僕《ぼく》にしか診《み》てやれない、患者《かんじゃ》がいる！　……それに」

彼女《かのじょ》と旅した数日を、思い出す。

たったの数日。彼女《かのじょ》に教えられたことなんて、幾《いく》つかの疾患《しつかん》の概念《がいねん》と薬のことくらいだった。

もっと、もっと、教えていない疾患《しつかん》は沢山《たくさん》あるのに。

もっと、もっと、精神医学というのは奥《おく》が深いのに。

なのに――

「……僕《ぼく》はまだ、君に何にも教えられていない！」

吐《は》き捨《す》てるようにそう叫《さけ》んで。

オトギは、最上階――十階の鉄扉《てつぴ》を、押《お》し開《あ》ける。

■

伸《の》ばした手の先が空を切るのを感じて、ナニカが前を見ると。

そこに広がっていたのはあの灰色の広場ではなく――色彩鮮《しきさいあざ》やかな、一面の花畑だった。

「……え？」

混乱する頭をどうにか働かせて、状況《じょうきょう》を整理し直す。確か、クレマチヤの体から溶《と》け出したあの黒い焔《ほのお》に呑《の》み込《こ》まれて――

「……生き、てる？」

身に纏《まと》う長衣《ちょうい》にも、ところどころ煤《すす》けた部分はあるものの明らかに焼《や》け焦《こ》げたような痕跡《こんせき》はない。何より自分自身、どこにも痛むところなどはない。

周囲を見回すと、周りに居並ぶ建造物はさっきまでいた広場から見えたそれと相違《そうい》ないように思える。

けれど上に見える空は、透《す》き通《とお》るように青くて。街並みも灰色一色ではなく、ちゃんと――人の営みが感じられるような色があった。

しばしナニカが呆然《ぼうぜん》としていると。不意に――声が、聞こえてきた。

「マチヤさま！　あそぼー！」

「マチヤさま！　今日ね、がっこうでねー……」

「マチヤさま！　見て見て！」

舌足らずな、いくつもの子供の声。彼《かれ》らが口々に呼ぶその名を聞いて、ナニカははっとして声の方へと視線を向ける。

すると——そこにいたのはいくつもの、灰で出来たヒトガタだった。

「……これ、は？」

子供の声を発するそれらを、ナニカは呆然《ぼうぜん》と見つめて。

そして彼《かれ》らの集まった花畑の中央に、ナニカはあるものを発見する。

「……クレ、マチヤさま？」

地に伏《ふ》せて静かに眠《ねむ》る、巨大《きょだい》な灰色の竜《りゅう》。

その黒き鱗《うろこ》は変色し、色あせてしまっているが——それは確かに、クレマチヤだった。

「マチヤさま」

「マチヤさま」

灰の竜《りゅう》を、そう呼び続ける灰のヒトガタたち。

少なくともクレマチヤがまだ生きていたことに安堵《あんど》しつつ、ナニカは駆《か》け寄《よ》ろうとするが
——灰のヒトガタたちがぎっしりと囲んでいてなかなか近付けない。どころか、

「マチヤさま」

「マチヤさま」「マチヤさま」「マチヤさま」

ナニカの存在に気付いたのか、そう呟《つぶや》きながら彼《かれ》らはその顔のない頭を向けて、ナニカへと群がり始める。

ゆっくりと、じわじわと距離《きょり》を詰《つ》めてくる彼《かれ》らに気圧《けお》されて後ずさりするナニカ。

けれどそんな彼女《かのじょ》の目の前で――突然《とつぜん》の轟音《ごうおん》と共に後方から放たれた紫電《しでん》が、彼《かれ》らの姿を呑《の》み込《こ》んで一掃《いっそう》した。

「……あ」

振《ふ》り返《かえ》って、ナニカはそこに立っていた人物を認めるや否《いな》や身を固くする。

白髪《はくはつ》の、黒い騎士《きし》――黒剣《こっけん》を構えたユースティスが、そこにいた。

「……っ、あなた……。なんで、こんな所に」

「あの焔《ほのお》に呑《の》まれた後、焔《ほのお》を裂《さ》いて回っていたらここに出た。……俺《おれ》の剣《けん》は精霊《せいれい》の加護を受けたもの。このくらいのことは造作もない」

なんて滅茶苦茶《めちゃくちゃ》な。

とはいえ、彼《かれ》の言葉で――彼《かれ》ら『循環騎士団《サーキュラー》』がこの空間の歪《ゆが》んだ谷底に降りてくることが出来た理由にも納得《なっとく》がいった。恐《おそ》らくは彼《かれ》の『剣《けん》』で、上空を覆《おお》っていたあの『くらやみ』の天井《てんじょう》に穴を開けて来たのだろう。……何にせよ、滅茶苦茶《めちゃくちゃ》な力押《お》しに変わりはなかったが。

「……だが、大当たりだったらしいな」

彼《かれ》は無感情な声でそう呟《つぶや》くと、花畑で静かに眠《ねむ》るクレマチヤへと剣《けん》を向ける。

そんな彼《かれ》の挙動に――ナニカは思わず、クレマチヤの前へと立ちはだかっていた。

「何をするつもりですか」

「決まっている。今度こそ、そいつを殺す。……さっきは『角』を折り損《そこ》ねたせいで、こんなことになってしまったからな」

言いながら彼《かれ》は、ぐるりと周囲を一瞥《いちべつ》する。

「ここは恐《おそ》らくあの『焰《ほのお》』の中……そいつの意識が創り出した、現実改変の真《ま》っ只中《ただなか》だ。……それに、そいつらを見てみろ」

彼《かれ》が指差したのは、先ほど彼《かれ》が散らした灰のヒトガタたち。

灰を散らされた彼《かれ》ら――その灰の中に埋《う》まっていた人間たちを見て、ナニカは声にならない衝撃《しょうげき》を受ける。

壮年《そうねん》の男性や若い男、女性、そして中には、『循還騎士団《サーキュラー》』の騎士《きし》まで混じっている。

皆《みな》意識は失っているようだが、幸いにして息はあるらしい。それにしても――

「……この、人たちは」

「恐《おそ》らく、この谷で消息を絶った調査隊だ。そうやって灰の中に埋《う》められて、この空間にずっと囚《とら》われ続けていたんだろう。お前のように襲《おそ》われてな」

先ほど、群がってきた彼《かれ》らの姿を思い出す。あのまま助けられなかったら、自分もこうやって灰人形と化していたのだろうか。

でも、どうしてそんなことを。ナニカは思いを巡《めぐ》らせて――やがて、ある言葉を思い出す。

寂《さび》しいと。しきりにそう訴《うった》えていたクレマチヤの、疲《つか》れたような声を。

「……寂《さび》しかった、から？」

寂《さび》しさゆえに、クレマチヤは精霊病《せいれいびょう》を患《わずら》って。

自身の力を暴走させ、こうして人を——取《と》り込《こ》むようになってしまったのではないだろうか。

……この谷にまだ人がいた頃《ころ》が、恋《こい》しくて。

人と、他者と触《ふ》れ合《あ》ったときの記《き》憶《おく》が、懐《なつ》かしくて。

「理由なぞ、どうでもいい」

ぽつりと呟《つぶや》いたナニカの言葉をユースティスはそう一蹴《いっしゅう》して、彼女《かのじょ》を——そして彼女《かのじょ》の後ろで眠《ねむ》るクレマチヤを、じっと睨《にら》みつける。

「そこを退《ど》け。星守《ほしも》り」

「……イヤです」

ユースティスが一歩、踏《ふ》み出《だ》して。彼《かれ》の剣先《けんさき》に、ぴしりと紫電《しでん》が弾《はじ》ける。

「星守り。お前なら分かるだろう、この精霊《せいれい》災害の原因は——そいつだ。……この馬鹿《ばか》げた世界を壊《こわ》して、そこで転がっている連中を救うためには——そいつを殺すしか手はない」

彼《かれ》の言うことは、きっと正しい。

彼《かれ》のするがままにしておけば、きっとこの一連の騒動《そうどう》は平和に幕を閉じる。皆《みな》、この谷を脱《だつ》出《しゅっ》して。やがて新しい精霊《せいれい》が生まれて、何ら変わらず霊脈《れいみゃく》は元通りに管理されるようになる。

それがきっと――もっとも賢《かしこ》い選択《せんたく》で。

だけどナニカは、突《つ》きつけられた剣先《けんさき》を睨《にら》み返して首を横に振《ふ》る。

「まだ。まだ、クレマチヤさまを助ける方法は……あるはずです」

頭の中に、一人の男の顔がよぎる。

異世界から来たなんてわけの分からないことを言って、常識も体力もなくて、いつも飄々《ひょうひょう》としていて、無精髭《ぶしょうひげ》が汚《きたな》い――冴《さ》えない中年男。

たった数日一緒《いっしょ》に旅をしただけだけれど。それでもナニカは、心のどこかで確信する。

彼《かれ》ならきっと、こうすると。彼《かれ》ならきっと、にやりと笑って不思議な知識を披露《ひろう》して――クレマチヤさまを治《なお》してしまうだろうと。

けれど彼《かれ》はここに、いない。ならば――それをするのは、自分だ。

「私が、クレマチヤさまを治します」

「……治す、だと。まだそんなことを言っているのか、星守《ほしも》り。……精霊病《せいれいびょう》は――治らないものだというのに」

苛立《いらだ》たしげに吐《は》き捨《す》てる彼《かれ》にびくりと肩《かた》を震《ふる》わせて、けれどナニカは反論する。

「精霊病《せいれいびょう》は、こころの病《やまい》です。……ちゃんと話して、精霊《せいれい》さまの言葉に耳を傾《かたむ》けて。頑張《がんば》って手を伸《の》ばせば――きっと、精霊《せいれい》さまは応《こた》えてくれます」

「夢物語だ」

ばっさりと切り捨てて、ユースティスはその紫《むらさき》の瞳《ひとみ》を鋭《するど》く細める。

「いい加減にしろ、星守り。……退《ど》かないというのならお前諸共《もろとも》、斬《き》るだけだ」

そう告げて彼《かれ》はさらに歩を進めて——その剣先《けんさき》はもう、ナニカを間合いに捉《とら》え始めていた。

彼《かれ》の言葉は、恐《おそ》らく脅《おど》しではない。恐《おそ》らく彼《かれ》は、それができる人間なのだ。

だけど——ナニカは、動かない。

たとえ斬《き》られようとも。ここで退《ひ》いて後悔《こうかい》するよりは、百倍マシだったから。

ゆっくりと、ユースティスが剣《けん》を振《ふ》りかざす。その剣先《けんさき》を、ナニカはただ、無心で見つめて

——その時だった。

突然《とつぜん》、地面が大きく揺《ゆ》れて。二人は揃《そろ》ってバランスを崩《くず》し、大きくよろける。

「……っ、余計な時間を食ったか」

焦《あせ》りが混じったユースティスの言に、ナニカは辺りを見回して——おおよそ現実感を欠いたその光景を前に言葉を失った。

「なに、これ」

……空が、ぴしりぴしりと音を立ててひび割れて。あの『くらやみ』のような焔《ほのお》が——その隙間《すきま》からじわじわと、堕《お》ちてきていた。

辺りの建造物も、まるで外側から圧《お》されたように歪《いびつ》に折れ曲がり、あるいは崩《くず》れて。

その様相はさながら、丸いボールを強い力で押《お》し潰《つぶ》しているかのような――そんなふうにも見えた。

立ちすくむナニカをよそに、ユースティスは周囲を見回しながら切羽《せっぱ》詰《つ》まった顔で唇《くちびる》を嚙《か》む。

「……空間の歪《ゆが》みが、強まっている。いや、外側から圧縮されている――？　……どうやら、この空間ごと自殺する気らしいな」

舌打ちをして、ユースティスは剣《けん》に向かって呼びかける。

「『ゲルエルドリン』。起動を――」

しかし、その瞬間《しゅんかん》。

『ああああああぁぁあああぁぁぁぁあああぁぁぁぁぁぁぁぁぁぁぁ!!!』

突然《とつぜん》叫《さけ》び出したクレマチヤに、ナニカもユースティスも思わず動きを止めて息を呑《の》む。

重々しく響《ひび》き渡《わた》る、クレマチヤの絶叫《ぜっきょう》。

その絶叫《ぜっきょう》に呼応するかのように、クレマチヤを中心として――花畑全体に、びっしりと緋《ひ》色《いろ》の受容紋《レセプタ》が浮《う》かび上《あ》がっていたのだ。

そして――起こった異変は、それだけではなかった。

「……え？」

周囲に受容紋《レセプタ》が浮《う》かび上《あ》がるのと同時に、ナニカの懐《ふところ》でも何かが光を放っていた。

取り出してみると、それは――オトギから貰《もら》ったあの、奇妙《きみょう》な文字の入った絵札。

「なんで、これが――」

鼓動《こどう》のように明滅《めいめつ》するそれは花畑の受容紋《レセプタ》と同期して、その光の強さを増していき。

そして、ある時。一際《ひときわ》まばゆい光が膨《ふく》れ上《あ》がると、辺り一面を包《つつ》み込《こ》み――


「……お、おおおぉおぉおぉっ⁉」


光が収束して最初に聞こえたのは、どこか間の抜《ぬ》けたそんな声。

虚空《こくう》に現れたその声の主は――花畑に投げ出されて、みっともない尻餅《しりもち》をついていた。

「……あ……」

突然《とつぜん》のその乱入者の姿を、ナニカはただ呆然《ぼうぜん》と見つめる。

薄汚《うすよご》れた白い長衣《ちょうい》を羽織った、長身痩軀《そうく》。伸《の》ばしっぱなしの黒髪《くろかみ》に無精髭《ぶしょうひげ》。

……こんな珍妙《ちんみょう》な風体《ふうてい》の人間を、見間違《みまち》がえようも、なかった。

「……よう、ナニカ。数分ぶり」

片手を上げて、バツの悪そうな笑顔《えがお》を向ける彼《かれ》に。ナニカは思わず、決して見せたくない表情を見せてしまいそうになって――慌《あわ》てて仏頂面《ぶっちょうづら》を作って、彼《かれ》に返す。

「……っ。遅《おそ》いです、オトギさん……！」

■

さて、その少し前。

勢いだけで非常階段を登りきったところで――オトギは冷静さを取《と》り戻《もど》して足を止めた。

「……年甲斐《としがい》もなくいい感じに飛び出してきちまったけど、どうしよう」

十階は一年ほど前にあった診療《しんりょう》科の統合合併《がっぺい》以降どの科も利用しておらず、現在は物置きと化しているフロアだ。

病室だけでも他科で利用すればいいのに……と思ったりもするが、どうもお上の事情でそうもいかないらしく、そんなわけで幸いにして夜でなくとも殆《ほとん》ど人が訪《おとず》れることはない。

そんな電気もついていないがらんどうのエレベータホールで、オトギは腕《うで》を組んで唸《うな》る。

右から二番目、故障中の張り紙のあるエレベータ扉《とびら》。怪談《かいだん》話で指定されたそのエレベータはしかし、当たり前だがうんともすんとも動かない。

「やっぱり夜まで待った方がいいのか……？　いやでも、それで行けたとしてもあっち行ったら数ヶ月後……とかありそうだしなぁ」

先ほどの天使（回想）の話では、自分があちらに行ってから、こちらではたったの三日しか経《た》っていないのだという。であればざっくり計算してこちらの一日が向こうの一ヶ月、十二時間ですら二週間前後だ。

今まさにクレマチヤを手にかけんとしていた循還騎士団《サーキュラー》たちのことを考えても、悠長《ゆうちょう》にしている暇《ひま》などない。

「……あー、もう。どうする、どうする？」

じんわりと焦《あせ》りを滲《にじ》ませてエレベータのボタンを無意味に連打するが、当然反応はない。

何か使えるものはないか、そう思って白衣のポケットを漁《あさ》ると——手に触《ふ》れたのは、備忘録《びぼうろく》として向こうで見聞きしたことを書き留めていたメモ帳。

その中身にざっと目を通して、オトギはある記述に目を留《と》めると——

「……くそ、こうなりゃ試《ため》すだけ試《ため》してみるか。……く、『展開《クオレ》』！」

自身の書いた『精霊術《せいれいじゅつ》』に関する記述。そこに書き留めていた精霊《せいれい》語を大声で叫《さけ》んで——

「……ま、そうだよなぁ」

当然のことながら何も起こらないことに、安心するやらがっかりするやら。魔法《まほう》の呪文《じゅもん》を大声で叫《さけ》んでいる三十路《みそじ》男性という絵面《えづら》に己《おのれ》のことながら嫌《いや》な汗《あせ》を流しつつ、オトギは自嘲《じちょう》気味に苦笑《くしょう》を零《こぼ》して――

その瞬間《しゅんかん》。足元から黒い靄《もや》が立ち上り。

「お？」

がくん、と。足場の感覚がなくなって、オトギは真っ逆さまに、どこかへと落ちていく。

「おぉおおぉおおぉ!?」

エレベータは関係ねぇのかよ！　と胸中で突《つ》っ込《こ》みを入れる余裕《よゆう》すらなく、オトギは真っ暗なトンネルのような場所を真っ逆さまに落ちていき――やがて盛大《せいだい》に尻餅《しりもち》をついて、どこかに着地した。

痛む腰骨《こしぼね》をさすりつつ、いまだ浮遊《ふゆう》感の残る頭を軽く揺《ゆ》すっていると、

「……あ……」

たった数分。だけどもう随分《ずいぶん》聞いていないような懐《なつ》かしい声が聞こえて。

オトギは顔を上げると――泣きそうな顔でこちらを見つめる少女に、バツの悪い笑顔《えがお》を浮《う》かべて口を開く。

「……よう、ナニカ。数分ぶり」

「……っ。遅《おそ》いです、オトギさん……！」

若干《じゃっかん》震《ふる》えた声で、けれどいつもの調子でそう叱《しか》りつけてくる彼女《かのじょ》――ナニカに妙《みょう》な安心感を感じながら、駆《か》け寄《よ》ってきた彼女《かのじょ》に「すまんすまん」と軽い調子で謝《あやま》った後、オトギは立ち

上がって周りを見回す。

先ほどまでいた広場とよく似た場所だが——足元の広場には積もった灰の代わりに花畑が広がっていて。空はひび割れ、広場を囲む建物はとんでもない外圧が加わったのか、どれもがひしゃげ、折れ、崩《くず》れ落《お》ちてしまっている。

「……何だこりゃ、何があった」

「精霊《せいれい》さまが……クレマチヤさまが精霊《せいれい》災害で、『くらやみ』が暴走で！」

「なるほど、大体分からんでもないが微妙《びみょう》に分からん」

どうも大分頭の中がこんがらがっているらしいナニカの言葉に首を傾《かし》げていると、答えは意外な方向から返ってきた。

「精霊《せいれい》災害だ。……あの精霊《せいれい》は恐《おそ》らく、この空間ごと自殺しようとしている」

ぶっきらぼうにそう告げたのは、ユースティスだった。思わず睨《にら》み返しそうになるのを抑《おさ》えて、オトギは彼《かれ》をじっと見つめる。

「……分かりやすく、どうも。で、どうしてそんなことを教えてくれる気に？」

「その星守《ほしも》りに邪魔《じゃま》されたせいで、アレを殺すのが遅《おく》れた。……また同じ問答を繰《く》り返《かえ》すのは、面倒《めんどう》だからな」

「そうかい。そりゃお気遣《きづか》い頂いて悪いが……残念だけど、僕《ぼく》も君の邪魔《じゃま》をするぜ」

言って、オトギは後ろで石のように眠《ねむ》り続ける灰色の竜《りゅう》を一瞥《いちべつ》した後、ユースティスへと向き直って不敵に笑ってみせる。

「君にあの精霊《せいれい》は、殺させない」

「……物分りの悪い奴《やつ》が増えただけ、か」

二人の視線が、剣闘士《けんとうし》の刃《は》のように交錯《こうさく》して。

先に動いたのは――オトギだった。

「ナニカ。薬の用意を頼《たの》めるか」

「え？　……あ、はい……」

剣《けん》を向けるユースティスにくるりと背を向けて、そう告げるオトギ。そんな彼《かれ》の言葉にナニカは一瞬《いっしゅん》呆然《ぼうぜん》とした様子だったが、すぐに戸惑《とまど》いながらも頷《うなず》いて、背中の薬匣《くすりばこ》を下ろし始める。

そんなオトギを、まあ当然と言えば当然だが――ユースティスが鋭《するど》く睨《にら》む。

「……何のつもりだ」

「いや、だから治《なお》すんだ。クレマチヤを」

堂々とそう言いつつも、なるべく彼《かれ》の持つ剣《けん》には視線を向けない。オトギはその手の鉄火場《てっかば》とはおおよそ無縁《むえん》の一般人《いっぱんじん》である。そんなものを向けられながらでは、落ち着いて話も出来ないというものだ。

あくまで医師としての体面を取《と》り繕《つくろ》いつつ、オトギは口元に笑《え》みを浮《う》かべて続ける。

「抑《よく》うつ気分を主徴《しるし》とし、そこに睡眠《すいみん》障害、精神運動性の沈滞《ちんたい》、気力の減退、自責感――そして自殺企図《きと》などのエピソードを伴《ともな》う気分障害。これは、僕《ぼく》たちが『うつ病』と呼んでいるものに近い。……責任感の強い、真面目な性格の奴《やつ》が罹《かか》りやすいって点も含《ふく》めてな」

たった一人、愚直《ぐちょく》にこの谷を守り続けてきた黒き竜《りゅう》。

その孤独《こどく》が、その徒労感が——かの精霊《せいれい》を蝕《むしば》んだのだ。

「冬季うつ病なんて言葉もあるくらいでね、気分の浮《う》き沈《しず》みってのは日照時間にも左右されるって話がある。……こんな暗い谷で、誰《だれ》とも会話もしないで一人でいれば——誰《だれ》だって、気持ちは落《お》ち込《こ》むってもんだ」

そう説明するオトギの言葉に、思わず耳を傾《かたむ》けていたらしいユースティスははっとして剣《けん》を握《にぎ》り直した。

「……っ、わけの分からんことを。そんな下らない御託《ごたく》が、何になる」

「いいかい、イケメン君。医療《いりょう》ってものの第一歩は——敵の正体をはっきりさせることだ。『よく分からないもの』を、『分かるもの』にする。『分かるもの』になれば、それとの戦い方だって考えられる。君らみたいな騎士《きし》様なら、分かるだろう?」

オトギの言葉に、ユースティスはその仏頂面《ぶっちょうづら》を歪《ゆが》めて口をつぐむ。なるほど、どうやら心まで鋼《はがね》で出来てる鉄の男——というわけでもないらしい。……年齢《ねんれい》相応に、押《お》せば揺《ゆ》れる。

オトギが密《ひそ》かにほくそ笑《え》んでいると、ナニカが「あの」と声を掛《か》けてきた。

「オトギさん。薬は……どれを使えばいいんでしょうか?」

「んー、そうだな」

少し考えて、オトギはクレマチヤの発言を思い出しながら、続ける。

「クレマチヤは、霊脈《れいみゃく》の制御《せいぎょ》が出来なくなったせいであの『くらやみ』が生まれたと言っていた。……これは僕《ぼく》の仮説だけど、恐《おそ》らくそれは――彼女《かのじょ》が霊子《マナ》を放出出来なくなったせいだと思う」

「霊子《マナ》を、放出できない……？」

「ああ。うつ病の疾患《しっかん》原因の仮説の一つとしてモノアミン仮説ってのがあってな。脳から出た神経伝達物質がうまく行《ゆ》き渡《わた》らないせいで、正常な興奮反応が起きなくなっちまう……」

と、くどくどと説明し始めたあたりでナニカは目をぐるぐるさせ始めていたので、オトギは慌《あわ》てて言葉を換《か》える。

「……あー、まあつまりだな。こっちの言い方で言うなら、『霊子《マナ》』を上手《うま》く出せなくなって、そのせいで『精霊術《せいれいじゅつ》』を上手《うま》く起こせなくなる。そういう病気だと考えられているんだ」

「……なるほど。だったら」

何やら合点がいった様子でそう呟《つぶや》くと、彼女《かのじょ》は匣《はこ》から小瓶《こびん》を取り出してオトギに手渡《てわた》す。

その小瓶《こびん》のラベルには――ミルタザピン（理論上）という、相変わらずなネーミングの名前が書かれていた。

「この薬は、精霊《せいれい》さまの『角』に作用して、霊子《マナ》の放出力を強める薬です。……今のオトギさんの話なら、これをクレマチヤさまに……って、何ですかその顔」

驚《おどろ》きが思いっきり顔に出ていたらしい。オトギは軽く目頭《めがしら》を揉《も》んだ後、大きく頷《うなず》いた。

「いや、なんでもない。君の理解力にちょいと驚《おどろ》いただけだ。……ああ、君の選択《せんたく》で多分、間《ま》違《ちが》いない」

本来のミルタザピンは、ざっくり言えば神経伝達物質の放出量を増やして抑《よく》うつ症《しょう》状を抑《おさ》える——今彼女《かのじょ》が告げたのとほぼ同じ機序《きじょ》をもたらす薬である。

一度疾患《しっかん》の概要《がいよう》を聞いただけで正しく理解し、対応した薬を出してくる——彼女《かのじょ》の薬士《くすし》としての力量に内心舌を巻きつつ、オトギは彼女《かのじょ》に促《うなが》す。

「それじゃ、頼《たの》む」

「はい。……頑張《がんば》ります」

念のため横目でユースティスの様子を窺《うかが》うが、意外にもこちらに手を出そうという素振《そぶ》りはなく、ただ剣《けん》を地に突《つ》き立《た》て、腕組《うでぐ》みをしてこちらをじっと見つめている。

そんな中で——ナニカの詠唱《えいしょう》が、始まった。

「……『展開《クオレ》』『集中して《アレート》』『運べ《ヴィント》』」

小瓶《こびん》の中身を撒《ま》きながら、彼女《かのじょ》が謳《うた》うと——淡《あわ》く緑色に輝《かがや》く光がクレマチヤの全身を包《つつ》み込《こ》み、その頭に生えた一対《つい》の薄水《うすみず》色の『角』へと吸《す》い込《こ》まれてゆく。

そして——次の瞬間《しゅんかん》。その体を起点として、辺り一面に明るい色の焔《ほのお》が弾《はじ》けた。

「うお⁉」

咄嗟《とっさ》に体を仰《の》け反《ぞ》らせるオトギだったが、しかし焰《ほのお》が体に触《ふ》れても熱感はない。恐《おそ》らくはこの焰《ほのお》は――クレマチヤの放つ霊子《マナ》そのものなのだ。

焰《ほのお》は瞬《またた》く間《ま》に空へと伸《の》びて柱を造り、ひび割れた空に。そして、その奥《おく》に広がる『くらやみ』に突《つ》き刺《さ》さっていく。

空がひときわ眩《まばゆ》い光を放ち、オトギはそれに、顔を覆《おお》いながら叫《さけ》ぶ。

「……効いたか⁉」

が、しかし。

「いや」

そう返したのは、同じく上を見上げていたユースティス。彼《かれ》の言葉に空を見ると――焰《ほのお》の柱は『くらやみ』に突《つ》き刺《さ》さったものの、それを掻《か》き消しきれず拮抗《きっこう》したまま。

「……止まったが、それだけだ。時間稼《じかんかせ》ぎにはなるだろうが、じきに押《お》し負《ま》ける」

つまらなそうにそう呟《つぶや》くユースティスを前に、オトギはぎりりと歯嚙《はが》みする。

「薬を使っても、改善しないか……！」

重度のうつ病では、抗《こう》うつ薬《やく》に対する反応性が鈍《にぶ》いものもある。この状況《じょうきょう》も、それに類するものだろう。

だったら、どうする。別の薬剤《やくざい》を使うか？　だが――もはや状況《じょうきょう》は、悠長《ゆうちょう》に各種薬品を試《ため》していられる時期を逸《いっ》している。

「やはり、無駄《むだ》だったか。……期待はずれだな」

ユースティスが地面から剣《けん》を引《ひ》き抜《ぬ》いて、クレマチヤの方へと向かおうとする。それを――

ナニカは彼《かれ》の腰《こし》に抱《だ》きついて、必死に止めようとしていた。

……時間がない。どうする。

あの焔《ほのお》の柱が『くらやみ』を押《お》さえ込《こ》んでいられるのも、見た限り長くはない。

焔《ほのお》は既《すで》に輝《かがや》きを失い始めて、そらを覆《おお》う『くらやみ』も再びその密度を増し始めている。

何か、まだ手はあるはず。この状況《じょうきょう》で打てる、重症《じゅうしょう》うつ病に対する対抗《たいこう》策――

「……あった」

雲が晴れたような気持ちで、オトギは気付けば、そう呟《つぶや》いていた。

「え？」

ユースティスに抱《だ》き付《つ》いたままで声を漏《も》らしたナニカに、オトギは静かに頷《うなず》いて。

「まだ、手はある。ただし……君の力が、必要だ」

そして――ユースティスへと向き直って、そう告げた。

「……何だと？　貴様、何を言っている」

その表情を険しくするユースティスに、オトギは淡々《たんたん》と言葉を継《つ》いでゆく。

「電気けいれん療法《りょうほう》、という治療《ちりょう》がある。これは体に電流……雷《かみなり》を流すことで人為的《じんい》なけいれんを起こして、脳に刺激《しげき》を与《あた》えて症状《しょうじょう》を改善させるってものでね。重症《じゅうしょう》のうつ病に対しても即効性《そっこう》の期待できる治療《ちりょう》なんだが……今言ったとおり、雷《かみなり》が必要になるんだ」

「だから、俺《おれ》に協力しろと？　そう言いたいのか、貴様は」

「ああ、そうだ。……クレマチヤを治《なお》すために、協力してくれ」

そう、オトギが告げた直後。その首筋に、見えないほどの速度で黒剣《こっけん》が突《つ》きつけられた。

「……治す、だと。貴様らの言うことは、夢想事だ。精霊病《せいれいびょう》は、治らない」

そう呟《つぶや》いて。彼《かれ》はその紫瞳《しどう》を揺《ゆ》らしながら――オトギに向かって吠《ほ》える。

「だから俺《おれ》たちは、殺すんだ。奴《やつ》らが人を傷つける前に。奴《やつ》らが、奴らでなくなる前に。……精霊《せいれい》に、精霊《せいれい》としての尊厳ある死を、与《あた》える為《ため》に！」

絞《しぼ》り出《だ》すようにそう告げた、彼《かれ》に。

「そうするしかないから、そうしてるんだろう」

オトギが返したのは、そんな短い言葉。

けれどその言葉に――ユースティスの肩《かた》は、びくりと震《ふる》えた。

「君は、この前言ったよな。殺すことが『救い』だって」

「……ああ、そうだ。それが――」

「つまり君も、精霊《せいれい》を救いたい。その点では僕《ぼく》たちと、意見は一致《いっち》しているはずだぜ」

そんな言葉に、彼《かれ》は一瞬《いっしゅん》だけ目を丸くして——けれどすぐに、その眼光の鋭《するど》さを研《と》ぎ澄《す》ます。

「……下らん。俺《おれ》は、貴様らとは違《ちが》う。貴様らのような不確実なやり方など、決して認めない！」

「不確実？」

吐《は》き捨《す》てるように告げた彼《かれ》を、オトギは不思議そうに見返して——それから彼《かれ》にしては珍《めずら》しく、馬鹿《ばか》にしたようにその言葉を鼻で笑い飛ばすと。

「そいつは違《ちが》うな、イケメン君。僕《ぼく》は——僕《ぼく》たち医者はな、『失敗しない』んだよ」

突《つ》きつけられた剣《けん》に構うことなく詰《つ》め寄《よ》って、断固たる口調でそう告げる。

「……なっ……」

「僕《ぼく》たちは、確実に患者を救う。絶対に、患者《かんじゃ》を救う。死んでも患者《かんじゃ》を救う。……そういうつもりで診察《しんさつ》するし、そういうつもりで治療《ちりょう》を選択《せんたく》してるんだ。だから」

そう言って、突《つ》きつけられた剣《けん》をぐっと摑《つか》んで。

「分かったら、僕《ぼく》たちに協力しろ。……僕《ぼく》の『確実』は、誰《だれ》も殺さなくていい『確実』だ」

そう断言したオトギに、ユースティスはただ、言葉を失って。

「……とんだ、傲慢《ごうまん》だ」

呟《つぶや》くや否《いな》や剣《けん》を引くと、おもむろにオトギを——オトギの背後で再起していた灰のヒトガタを打《う》ち据《す》えて、小さく息を吐《は》く。

「一度だけだ。証明してみせろ、貴様の『確実』とやらを」

そんな彼《かれ》に、オトギは内心で冷《ひ》や汗《あせ》を流しつつもあくまで平然とした表向きを保って頷《うなず》き返し──眠《ねむ》り続けるクレマチヤへと視線を戻《もど》す。

……さて、ここからが問題だ。

電気けいれん療法《りようほう》は比《ひ》較的《かくてき》侵《しん》襲《しゆう》性の高い治療法《ちりよう》である。ゆえに、本来の作法であれば事前に心電図や血液など全身状態の確認《かくにん》をしっかり行った上で、施術《せじゆつ》時にも麻酔《ますい》や筋弛《きんし》緩剤《かんざい》、酸素投与《とうよ》を併用《へいよう》しつつ執《と》り行《おこな》うのが理想なのだ。

だが相手は、この巨大《きよだい》な竜《りゆう》。そうでなくとも満足のいく準備を『こちら』で行うのは望むべくもなし、そもそもそんな時間だってありはしない。

となれば──ぶっつけ本番の外法《げほう》で攻《せ》めるしかないだろう。

腹をくったオトギに、そこでナニカが横から不安そうに問うてくる。

「あの、オトギさん。オトギさんの言う『電気けいれん療法《りようほう》』って、その……ちゃんと、効果があるんですか？　体に雷《かみなり》を流して、それが『こころの病《やまい》』に効くなんて──いまいち想像が出来ないんですけど」

ふむ、いい着眼点だ。

「もちろん。れっきとした治療法《ちりよう》さ。……効果の出方は人によるから何度かやってようやく反応がある場合もあるし──逆に、一回でてきめんに元気になることだってある」

そんな回答にナニカはへぇ、と感嘆《かんたん》の声を漏《も》らした後、しかしすぐ難しい顔で続ける。

「……でも、ちゃんと精霊《せいれい》さまにも効くんでしょうか」

そんな彼女《かのじょ》の指摘《してき》に内心で痛いところを突《つ》かれたと苦笑《くしょう》しつつ、けれどそれを表には出さずにオトギはしっかりと頷《うなず》いて、

「ミールが言ってただろ、仮の肉体に起こった異変は——精霊《せいれい》の本体である精神にも何らかの形でフィードバックを起こすって。……ならこうしてクレマチヤの体に刺激《しげき》を与《あた》えることで、精神にも何かしらの良《い》い変化が起こる可能性は大いに期待できる」

「……確証は」

「経験と勘《かん》、ついでに言えば願望も混じってるな」

「……嘘《うそ》つきですね、オトギさんは。何が『確実』ですか」

返す言葉もないが、とはいえ今打てる手はもうこれしかないのだ。

そんな二人の会話に、外野で腕《うで》を組んでいたユースティスが苛立《いらだ》たしげに振《ふ》り返《かえ》ると、

「……おい医者。それで、俺《おれ》は一体何をすればいいんだ」

そう急《せ》かしてきたので、オトギは頭を掻《か》きながら返す。

「クレマチヤの……そうだな。額《ひたい》の辺りを目掛《めが》けて、君の雷《かみなり》を当てて貰《もら》えるか。強度は状態を見ながら僕《ぼく》が指示する」

「分かった」

意外にも、素直《すなお》にそう頷《うなず》くと彼《かれ》はクレマチヤへと歩み寄り、剣先《けんさき》をその額《ひたい》に突《つ》きつけて――静かに呟《つぶや》く。

「『雷よ《ゲールス》』」

彼《かれ》の『精霊語《ワード》』に応じて、紫電《しでん》がばちりと剣先《けんさき》で小さく弾《はじ》けて。けれど特に、何か変化があった様子は見られない。

「もう少し、強度を上げてくれ」

オトギの言葉に応じて、ユースティスの黒剣《こっけん》はその輝《かがや》きを増してゆく。ばちり、ばちりと放たれる紫電《しでん》はその勢いを増して――そして、数秒ほど経《た》った時のことだった。

クレマチヤの巨体《きょたい》が、びくりと震《ふる》えて。その体を覆《おお》っていた灰が、さらさらと鱗《うろこ》の上を滑《すべ》り落《お》ちてゆく。

「もう少し」

クレマチヤの大きな翼《つばさ》が不規則に跳《は》ね上《あ》がって、その顎《あご》はがちがちと牙《きば》を打ち鳴らし始める。

そうして更《さら》に数秒が経《た》った、その時だった。

『……ぐ、ああぁぁあああぁぁ!!　痛い。痛いぞ！』

くわっとその金の瞳《ひとみ》を見開いて。

クレマチヤが——目を覚ました。

「よし、ストップ」

オトギの制止に従って、剣《けん》を収めるユースティス。そんな二人の前でクレマチヤはその顔を歪《ゆが》めながら天を仰《あお》いで、形容し難《にく》い——地鳴りのような咆哮《ほうこう》を響《ひび》かせる。

その瞬間《しゅんかん》、クレマチヤの鱗《うろこ》の上を滑《すべ》るように焔《ほのお》が広がって。それらが収まると、灰色に脱《だっ》色《しょく》していたその鱗《うろこ》は、黒曜石のように光沢《こうたく》のある漆黒色《しっこくいろ》を取《と》り戻《もど》していた。

『痛い、痛い。何だ、なんだというのじゃ……！』

いまだ頭を振《ふ》りながら呻《うめ》き続ける黒竜《こくりゅう》に、オトギはほっとした顔で声を投げかける。

「痛い思いをさせて済まない、気分はどうだ？」

『……最悪じゃ。久々に、貴様ら人間を縊《くび》り殺してやりたくなったわ』

脳に刺激《しげき》を送られるというのは仮の肉体、しかも屈強《くっきょう》な竜《りゅう》の体であっても変わらず苦痛であるらしい。だが——「苦痛を感じて、それを恨《うら》みに思っている」。そんなクレマチヤの反応に、オトギはある種の安堵《あんど》を感じていた。

「なあ、クレマチヤ」

『なんじゃ、人間め。……貴様、この儂《わし》になんたる——』

「今、『死にたい』って思うか？」

オトギが静かにそう問うと、クレマチヤは面食らったように黙《だま》り込《こ》んで。

しばし何かを考え込《かんがこ》んだ後、その首を横に振《ふ》った。

『……分からぬ。分からぬが……今、痛いと思ったこと。イヤだと思ったことは、確かじゃ』

そう答えたクレマチヤの表情は――どこか、戸惑《とまど》った様子で。

そんなクレマチヤに、オトギは間髪《かんはつ》入れずに告げる。

「なあクレマチヤ。起きがけで悪いが、あんたに提案がある。一緒《いっしょ》に……ここから、外に出ないか」

そんな彼《かれ》の提案に、眉《まゆ》をひそめたのはユースティスだった。

「……馬鹿《ばか》なことを。こいつはこの聖域の管理精霊《せいれい》だ。それがその座を空けるなど、決して許されることではない」

そう厳しく言い放った彼《かれ》に、

『そうじゃ。……儂《わし》がこの場を去るなど、断じて有り得ぬ』

そう言って――同調したのはクレマチヤ本人だった。

そんなクレマチヤに、オトギは眉根《まゆね》を寄せて抗弁《こうべん》を返す。

「あんたが病《やまい》を患《わずら》ったのは、この環境《かんきょう》のせいも多分にある。……今は少し持ち直したけど、環《かん》境《きょう》を変えなかったらまた――症状《しょうじょう》が再燃することだって」

『そうなれば、そうなったじゃ』

オトギの説得にもただそれだけ返して、静かな瞳《ひとみ》で遠くを眺《なが》めるクレマチヤ。

そんな竜《りゅう》の態度はけれど、希死念慮《きしねんりよ》や投げやりともまた違《ちが》う、確固たる意志を秘めていて。

それが何なのか――それを知るために、オトギは問いを重ねる。

「……そうまでしてあんたが意地になる理由は、なんだ。ここが『聖域』とやらだからなのか」

そんなオトギの問いかけに、クレマチヤはゆっくりと首を横に振《ふ》ると――その金色の瞳《ひとみ》で、己《おのれ》の足元に広がる花畑をじっと見つめて呟《つぶや》く。

『贖罪《しよくざい》、じゃよ』

「……贖罪《しよくざい》？」

尋《たず》ね返すオトギに、クレマチヤは静かに頷《うなず》いて、言葉を続ける。

『……この地にかつて人が住んでいたと、儂《わし》はそう、話したな』

「……ああ」

『じゃが、何故《なぜ》いなくなったのかは――話しておらなんだ』

そうぽつりと呟《つぶや》くと、クレマチヤは何かを思い返すようにその分厚い瞼《まぶた》を閉じる。

『……この街は、うぬらも知っているとおり霊脈《れいみやく》の集まる場所。じゃが、それだけではない。この地は――この地がかつて『世界の口』と呼ばれていなかった頃《ころ》は、この近くには大きな火の山があったのじゃ』

「……だから火を司《つかさど》るクレマチヤさまが、この地に？」

言葉を挟《はさ》んだナニカに、クレマチヤは無言で小さく頷《うなず》く。

『かつては、この地は今ほど霊脈《れいみゃく》の集まる場所ではなかった。儂《わし》はただ、あの火の山を司《つかさど》るものとしてこの地にあった』

『黒焔《こくえん》』のクレマチヤ。そんな名でどうしてこんな場所を管理しているのかというのはオトギとしても疑問に思うところではあったが、なるほどそういうことなら合点がいく。

『儂《わし》は儂《わし》の権能でもってあの火の山を制御《せいぎょ》し、噴火《ふんか》を防いでいた。するとやがて、人間どもは──あろうことかこんな場所に街なぞ造って、住み着きよった』

少しだけ、ほんの少しだけ、その顔に笑《え》みのようなものを滲《にじ》ませて、竜《りゅう》は言う。

『奴《やつ》らは、愚《おろ》か者《もの》じゃった。儂《わし》を崇《あが》め、奉《たてまつ》り。馴《な》れ馴《な》れしく、まるで隣人《りんじん》のように儂《わし》に言葉を掛《か》けてきて。……そんな阿呆《あほう》共のせいで、儂《わし》は──幸せに、なってしまった。あの日、かの山が焔《ほのお》を吐《は》き出《だ》すまでは』

「……焔《ほのお》を、って」

オトギはそれで、全てを理解する。

かつて火山の麓《ふもと》にあったという、灰に覆《おお》われた街。……つまり、この場所は。この街は──

『少しずつ、山が動き始めていたことは理解していた。儂《わし》は奴《やつ》らに、この街を捨てるように言った。けれど──奴《やつ》らはどこまでも、愚《おろ》かじゃった。儂《わし》を独り置いて逃《に》げるわけにはいかないと。儂《わし》を信じて、ここに居ると。そんなことを宣《のたま》って──誰一人《だれひとり》として、この地を去ろうとしなかった』

ぎちり、と、竜《りゅう》の顎《あご》が音を立てて軋《きし》む。

『儂《わし》は、どうにかしてあの焔《ほのお》を——真っ黒な、あの焔《ほのお》を押《お》さえ込《こ》もうとした。けれど、儂《わし》ですら——星の底から湧《わ》き出《で》るあの焔《ほのお》を、止めることはできなかった。その結果が、この有様《ありさま》じゃ』

クレマチヤがそう告げた途端《とたん》。世界の色が、がらりと変わる。

広場に咲《さ》き乱《みだ》れていた花畑は一面、焔《ほのお》に包まれて。

道という道を、押《お》し寄《よ》せる真っ黒な濁流《だくりゅう》が埋《う》め尽《つ》くし。

そして——無数の悲鳴が、あちらこちらから聞こえては消えてゆく。

『儂《わし》のせいで、この街は——灰となった。それだけではない。あの火の山の蠢《うごめ》きで大地は割れ、霊脈《れいみゃく》は大きくねじ曲がり、そしてこの街は、こんな地の底に沈《しず》んだ。……儂《わし》のせいじゃ。何もかもが、儂《わし》のせいなのじゃ』

声を荒《あら》げて、竜《りゅう》は悲鳴のようにそう告げる。

その金の瞳《ひとみ》から真っ黒な涙《なみだ》を流しながら、クレマチヤは——駄々《だだ》っ子《こ》のように首を振《ふ》る。

『これは、儂《わし》の罪じゃ。この地に独り、在《あ》り続けること。それは——儂《わし》が背負わなければならない、罪なのじゃ。だから……』

「……だから、ここから出ない。そうおっしゃるんですか」

そんな声に、オトギがはっとして振《ふ》り返《かえ》ると。

凛《りん》とした声でそう問うたのは——意外にも、ナニカだった。

『そうじゃ、星守《ほしも》りよ。……じゃが、勘違《かんちが》いはするな。儂《わし》はこうすることに、満足しておるのじゃ。うぬらのおかげで、儂《わし》は儂《わし》を取《と》り戻《もど》して。お陰《かげ》でまた、この罪と共にこの地の底に眠《ねむ》り続けることが出来る。この罪をずっと、背負い続けられる。……これが、儂《わし》にとっての『救い』に他ならな──』

「……ダメです、そんなの」

クレマチヤの言葉を遮《さえぎ》るように。ナニカは静かに、けれど断固たる口調でそう告げて──金色の巨大《きよだい》な瞳《ひとみ》を真正面から睨《にら》みつける。

「オトギさんが貴方《あなた》を治《なお》そうとしたのは、貴方《あなた》にそんなことを選ばせるためじゃない。貴方《あなた》にちゃんと、生きてもらうためです。……そうですよね、オトギさん」

「お、おう……」

いきなり話を振《ふ》られて思わずしどろもどろになりながら、オトギは頷《うなず》く。そんな彼《かれ》に鼻息荒《あら》く頷《うなず》くと、ナニカはクレマチヤへと視線を戻《もど》して──さらにまくし立てる。

「……『救い』って。貴方《あなた》はそう、言いました。だったら、そうなのかもしれない。……『救う』ってどういうことなのか、『救われる』ってどういうことなのか。私にはまだ全然分かっていないから、私は貴方《あなた》の言うことを、否定することなんてできない。……けど」

決然と、彼女《かのじよ》はクレマチヤに向かって告げる。

「それでも。貴方《あなた》みたいに──そんな風に悲しい顔をしていることが『救い』だなんて私は思いたくない。我儘《わがまま》かもしれない、身勝手なのは分かってます。けど私は……それだけは、譲《ゆず》りたくないんです、だから」

すぅ、と大きく息を吸《す》い込《こ》んで。

「だから、もう——全部放り出しましょう！」


『……なに？』

勢い良くそう言い放ったナニカに、クレマチヤは——目を丸くして、言葉を失っていた。

いや、クレマチヤだけではない。ユースティスも、そしてオトギですらも——彼女《かのじょ》の発言に、少なからず度肝《どぎも》を抜《ぬ》かれていた。

「……おい、ナニカ……？」

「オトギさんは黙《だま》ってて下さい」

オトギの口出しをぴしゃりと打《う》ち払《はら》うと、彼女《かのじょ》はクレマチヤに向かって言葉をぶつける。

「もう、十分です。クレマチヤさまは——十分すぎるほど、御役目《おやくめ》を果たしたと思います。頑《がん》張《ば》ったと、思います。だから……これからはもう、頑張《がんば》らなくていいんです」

『頑張《がんば》らなくて、いい、だと？』

「はい」

堂々と頷《うなず》いて、彼女《かのじょ》はぎこちない笑顔《えがお》をクレマチヤに向ける。

「この谷の霊脈《れいみゃく》のことだって、クレマチヤさまが一人で抱《かか》え込《こ》む必要はないはずです。だってこれは——精霊《せいれい》さまだけじゃなくて、私たち人間の問題でもあるんですから。一緒《いっしょ》にどうするかを考えましょう」

そんな彼女《かのじょ》の言葉を受けて、クレマチヤはしばらく呆然《ぼうぜん》として——


『……ふ、はは。あははははははははは！』

天と地がひっくり返りそうな、凄《すさ》まじい笑い声が世界を揺《ゆ》らして——ひとしきり笑い終えると、クレマチヤは大きく、満足げに息を吐《は》いた。

『全く、取るに足らぬ小娘《こむすめ》の言葉ひとつで……こんなにも、満たされてしまうとは。儂《わし》も余程《よほど》、心が弱っていたようじゃな』

くっくっ、と、呻《うめ》くように笑いを零《こぼ》しながら黒竜《こくりゅう》はそう呟《つぶや》いて。

その横顔に——一筋、涙《なみだ》が流れ落ちる。

『頑張《がんば》らなくて、いい。……その言葉が欲《ほ》しかったのか、儂《わし》は。く、かか。なんとも……なんとも浅ましいものよ』

自嘲《じちょう》気味にそう告げると、クレマチヤはそこで、少し離《はな》れて腕《うで》を組んでいたユースティスへと顔を向けた。

『……ゲルエルドリンの信徒よ。うぬは、儂《わし》を――どうしたい』

穏《おだ》やかな声で問うたクレマチヤをユースティスは数秒じっと見つめた後、顔を背《そむ》けて呟《つぶや》く。

「俺《おれ》の役目は、災《わざわ》いを為《な》す精霊《せいれい》を斬《き》ることだ。……貴様のことなぞ、知らん」

『……そうか。有難《ありがと》う』

クレマチヤの言葉に、忌々《いまいま》しげに舌打ちするユースティス。けれどそれ以上の行動を起こす気はないらしかった。

……に、しても。クレマチヤを見上げるナニカを横目で見つめて、オトギは肩《かた》をすくめる。

『頑張《がんば》らなくていい』と――そう、彼女《かのじょ》はクレマチヤに告げた。

それはきっと、思ったがままに出ただけの言葉だろう。けれどクレマチヤにとって――彼女《かのじょ》のように認知《にんち》の歪《ゆが》みが生じ、自分の心に押《お》し潰《つぶ》されそうになっている者にとっては、それは時にどんな抗精神病薬《こうせいしんびょうやく》よりもよい治療《ちりょう》となりうるのだ。

「……なんですか、人のことをじろじろ見て」

「いや、なに。君はすげーやつだと、そう思っただけさ」

「……？」

そんなオトギの言葉に、ナニカは怪訝《けげん》な顔で首を傾《かし》げて。と、そんな時のことだった。

ずずん、と。大きな振動《しんどう》と共に遠くで建物が崩《くず》れて、オトギたちはたまらずよろめいた。

「なんだ、一体――」

呻《うめ》きながら空を見上げて、そこでオトギは苦い顔になる。

真っ黒な、空。一面に広がる闇《やみ》が、先ほどまでよりも近付いているように見えた。

……クレマチヤの焰《ほのお》の柱がいよいよ霧散《むさん》して、『くらやみ』が再び堕《お》ち始めているのだ。

「抑《おさ》えが、効かなくなったか」

空を睨《にら》んで呟《つぶや》いたユースティスの言葉の中には、僅《わず》かにだが苦いものが混じっていた。

どうやら、彼《かれ》から見てもよくない状況《じょうきょう》……ということらしい。

「なあ、クレマチヤ。あれをどうにかする方法は……あるのか？」

オトギがそう問うと、クレマチヤは上空をじっと睨《にら》んで、低く唸《うな》る。

『……何度も言うが、あの『くらやみ』は霊脈《れいみやく》そのものじゃ。様々な場所からこの地へと終着し、淀《よど》んだ霊脈《れいみやく》。……あそこまで変質しては、儂《わし》であっても調律するのは難しい……が』

そう言葉を区切って、クレマチヤがゆっくりと、その巨体《きよたい》を起こし。

『手は、なくはない』

次の瞬間《しゆんかん》、その全身に――びっしりと、緋色《ひいろ》の受容紋《レセプタ》が浮《う》かび上《あ》がった。

「……クレ、マチヤさま？」

『のう、星守《ほしも》りよ。訊《き》き忘れていたことが、一つある。……うぬは、なんという名なのじゃ』

唐突《とうとつ》なその問いかけに、ナニカは戸惑《とまど》いつつも答える。

「ナニカ、です」

『ナニカか。よい名じゃ』

そう呟《つぶや》くとクレマチヤは満足げに目を細めて、その翼《つばさ》を大きく広げてみせた。

『のう、ナニカよ』

「……なん、でしょうか」

風圧にどうにか踏《ふ》み止《とど》まりながら返した彼女《かのじょ》に、クレマチヤは――静かに、告げる。

『あの『くらやみ』を御《ぎょ》して、この谷から出られたら……儂《わし》は、うぬと旅をしてみたい』

「……え？」

突然《とつぜん》の言葉に戸惑《とまど》った様子のナニカに、クレマチヤはがちがちと牙《きば》を鳴らして笑って、

『うぬが言ったのじゃろう、何もかも、投げ出してしまえと。そうなれば儂《わし》はもうこの地に縛《しば》られる謂《いわ》れのない、単なる野良精霊《のらせいれい》じゃ』

「そうなります、けど……」

『なら儂《わし》は、どこか新しい天地を探さねばなるまい。……自由気ままにこの長過ぎる生を浪費《ろうひ》できる場所を。そして――儂《わし》を唆《そその》かしたうぬにはそれを手伝う、義務がある』

どこかいたずらっぽい響《ひび》きを含《ふく》ませてそう言うと、クレマチヤはナニカへと鼻先を近付けて

——その前足をゆっくりと差し出した。

『これは、精霊《せいれい》と人との契約《けいやく》じゃ。違《たが》えることは、許さん』

厳《おごそ》かに、そう告げるクレマチヤ。

ナニカはその大きな金の瞳《ひとみ》をじっと見つめて——戸惑《とまど》いながら、その前足に手を置いた。

そんな彼女《かのじょ》に満足した様子で、クレマチヤは一度大きく頷《うなず》いた後その長い首をもたげて空を見つめる。

『ああ、楽しみじゃのう。森の緑も、空の碧《あお》も、夕日の赤も、随分《ずいぶん》と長い間見ておらぬ。人の子の喧騒《けんそう》も、水のせせらぎも、風の歌声も、随分《ずいぶん》と長い間聴《き》いておらぬのだ——』

真っ黒な空を。その先にあるものを見つめて懐《なつ》かしげに呟《つぶや》くクレマチヤに、ナニカは大きく頷《うなず》く。

「……一緒《いっしょ》に、見に行きましょう。一緒《いっしょ》に、聴《き》きに行きましょう。クレマチヤさま」

『ああ、そうじゃのう……。それはきっと、きっと——とても楽しいじゃろうな』

うっとりとそう告げて、そこでクレマチヤはその翼《つばさ》をもう一度、大きく羽ばたかせた。

『そろそろ、潮時のようじゃな』

先ほどよりも強烈《きょうれつ》な衝撃《しょうげき》が、辺りの灰を巻き上げて。たまらずナニカは両手で顔を覆《おお》う。

「クレマチヤさま、一体、何を——」

『あの『くらやみ』は、もはや儂《わし》の力ですら止めることは難しい。じゃが——儂自身を使い切ればあるいは、歪《ゆが》みを正すこともできるかもしれぬ』

精霊《せいれい》という存在は、霊脈《れいみゃく》から生まれた莫大《ばくだい》な霊子《マナ》の結晶体《けっしょうたい》であると考えられている。

その中でもクレマチヤほどの高位の精霊《せいれい》ともなれば、その体を構成する霊子《マナ》の量はそれこそひとつの霊脈《れいみゃく》に匹敵《ひってき》するほどであろう。

それを使い切ればクレマチヤの言うとおり、あの歪《ゆが》んだ霊脈《れいみゃく》を修正することも可能かもしれない。だが……

「でも、それじゃあクレマチヤさまが、死――」

言いかけたナニカに、クレマチヤはゆっくりと、首を横に振《ふ》る。

『儂《わし》は、死なぬよ。ただ――巡《めぐ》り、還《かえ》り、流転《るてん》するだけじゃ。そうじゃろう、ゲルエルドリンの信徒よ？』

「……ああ、そうだとも。お前の旅路は、俺《おれ》が保証してやる」

その言葉に、クレマチヤは『そうか』と呟《つぶや》いて。

『ならば――安心して、往けそうじゃのう』

言うやいなやもう一度その大翼《たいよく》が唸《うな》り、クレマチヤの巨体《きょたい》が地表から少しづつ、離《はな》れてゆく。

『じゃあの、ナニカと……ついでにそっちの妙《みょう》な人間と、ゲルエルドリンの信徒よ。世話になった』

衝撃《しょうげき》を伴《ともな》う大音声《だいおんじょう》でそう告げた黒竜《こくりゅう》に、ナニカはたまらず空へと叫《さけ》ぶ。

「……クレマチヤさま！」

まばゆい焔《ほのお》を纏《まと》った、クレマチヤの体。よく見ると、その体は——まるで水中に落とした砂玉のようにその輪郭《りんかく》を徐々《じょじょ》に曖昧《あいまい》にしていた。

その光景は、かつて——精霊病《せいれいびょう》を患《わずら》っていた山の精霊《せいれい》、アグラストリスが消えかけた時と、よく似ていて。

オトギもそれになんとも言えない嫌《いや》な予感を感じて思わず手を伸《の》ばそうとするが、クレマチヤはもう、遥《はる》か高くまで飛翔《ひしょう》した後だった。

遠い上空、光の粒《つぶ》のように小さく見えるクレマチヤが——咆哮《ほうこう》を上げる。

その重々しい音は、けれどなお地上まで届いて。

そして、次の瞬間《しゅんかん》。

『くらやみ』に、クレマチヤの光が吸《す》い込《こ》まれて。

漆黒《しっこく》の空を——夜明けのように白い光が、引《ひ》き裂《さ》いた。

「……いやぁ、何はともあれ本当にご苦労様でした、お二方《ふたかた》」

あれから三日後の、ルベールカ『星火教《せいかきょう》』教会教区長室。

散らかりに散らかったその部屋で、帰還《きかん》したオトギが顛末《てんまつ》を話し終えると――アルエはその顔に底知れない笑《え》みを貼《は》り付《つ》けてぺこりとお辞儀《じぎ》をしてみせた。

「それにしてもまさか、あの谷から本当に帰ってくるとは思ってませんでした。……本当に、大したものです」

「お前な……」

呻《うめ》くオトギに構う様子もなく、アルエは笑顔《えがお》のままで自分の茶を啜《すす》り――一息ついた後ナニカへと向き直って、

「えい」

いきなり人の頬《ほお》を人差し指で突《つ》いてくる。

「……あの、なんですか」

「いえ、なんとなく元気がなさそうだったもので」

彼女《かのじょ》の指摘《してき》にどきりと心臓が跳《は》ねそうになるが、必死で抑《おさ》えて平静を取《と》り繕《つくろ》う。

……彼女《かのじょ》を相手に隠《かく》し事《ごと》をしても無意味なのは分かっているが——思わず、そうする。

するとアルエは数秒ほどじっとナニカを見つめた後、何やら無言で頷《うなず》いて。

「ご安心下さいな。言いたくないと思っている事まで無理やり暴こうとするほど、私も人間やめてはいませんから」

そう言って、安心させるように温かな笑《え》みを浮《う》かべてみせた後——彼女《かのじょ》は手元の紙束に目を落とし、静かに口を開く。


「『世界の口』における諸問題は、精霊《せいれい》クレマチヤが発現させた超《ちょう》大規模の空間干渉《かんしょう》と——それに伴《ともな》う霊脈《れいみゃく》の流路変更《へんこう》によって解決。自身の存在を構成する霊子《マナ》全てを消費しての大規模な精霊術《せいれいじゅつ》の行使により精霊クレ、マ、チ、ヤは消滅したが、『世界の口』の霊脈《れいみゃく》自体も縮小が確認《かくにん》されたため精霊《せいれい》による霊脈《れいみゃく》管理は不要……と『星見座《ほしみざ》』は判断。以降は定期的な調査のみで経過を観察する。……今回の一件は、こんなところで落ち着きそうです」

「……そうか」

彼女《かのじょ》の告げたその内容に、目を伏《ふ》せる二人。そんな二人をじっと見つめて、彼女《かのじょ》はけれど、同情するでも励《はげ》ますでもなく、ただいつも通りのゆるゆるとした口調で続けた。

「ご報告、有難《ありがと》うございます。また次のご予定が立つまでは、ごゆるりとこの教会をお使い頂いて構いませんからね。なんならお隣《となり》のえっちなホテルでもいいですけど」

「へいへい」

彼女《かのじょ》の軽口を流しながら、オトギはナニカへと向き直ると、

「……っと。僕《ぼく》はもうちょいアルエに話があるから、先に出てていいぞ」

「分かりました、それじゃお先に」

言いながら立ち上がり、扉《とびら》まで歩くとそこでナニカは立ち止まり。

「……その、有難《ありがと》うございました」

ぺこりとお辞儀《じぎ》した彼女《かのじょ》に、アルエはにっこりと微笑《ほほえ》んで返す。

「いえいえ。頑張《がんば》ってくださいね」

その言葉を聞きながら扉《とびら》を閉じて。礼拝堂を抜《ぬ》けて外に出ると――


「済んだかの？　済んだかの？」


ぴょこぴょこと、古びた柱の影《かげ》から跳《は》ねるように出てきたのは、ナニカと同じくらいの年頃《としごろ》の少女だった。

銀色の髪《かみ》に褐色肌《かつしよくはだ》。その耳は、人のそれとは異なる――長い耳をしている。

服装はまるで踊《おど》り子《こ》か何かのような、色彩豊《しきさいゆたか》かな色の布で組まれただけの大胆《だいたん》に肌《はだ》の出た衣《い》装《しよう》で――露出《ろしゆつ》した薄《うす》い腹や太ももには、呪術《じゆじゆつ》めいた緋色《ひいろ》の紋様《もんよう》が描《えが》かれている。全体的に、異

国的な情緒《じょうちょ》を色濃《いろこ》く感じさせる装束《しょうぞく》である。

そして何より、彼女《かのじょ》の腰《こし》。そこには片方を欠いた……一対《つい》の『角』があった。

子犬のように駆《か》けてくるその少女に、ナニカは眉《まゆ》を上げる。

「……もう、またそんな薄着《うすぎ》で外に出て。服着て下さい服」

「えぇぇ。着とるじゃろう、ほれ」

くるくると回ってみせる彼女《かのじょ》に、ナニカは思わず目を覆《おお》う。色々と見えそうで危ない。

「そうじゃなくて、私があげた上着があるじゃないですか。あっちを着てくださいよ」

「むぅ。そうは言ってものう、ああいうものを上から被《かぶ》るのはどうにも落ち着かんのじゃ」

あっけらかんと言い放つその少女を前に、ナニカは頭を抱《かか》える。

大体の方はお気づきであろうが、そうなのだ。

「……クレマチヤさま。あのですね——」

彼女《かのじょ》こそが、かの黒竜《こくりゅう》クレマチヤ。いや、

「クレマチヤではなくマチヤと呼べと言うたじゃろうが」

……だ、そうである。

どうしてこんなことになっているのかと言えば——まあ、色々と話せば面倒《めんどう》くさいのだが。

全てはあの時。あの『くらやみ』に閉ざされた街を脱出《だっしゅつ》した時まで、遡《さかのぼ》る。

あの時。飛び去った彼女《かのじょ》がしようとしたことは――先ほどアルエへと報告した内容とは若《じゃっ》干違《かんちが》うものだった。

変質した霊脈《れいみゃく》――『くらやみ』。それを消滅《しょうめつ》させるために、彼女《かのじょ》は自身を構成する霊子《マナ》を使って霊脈《れいみゃく》の制御《せいぎょ》を行おうとした。そこまでは、同じ。

ただし彼女《かのじょ》が対価としたのは自身の全てではなく、半分。

つまりは一対ある『角』の一方――それを犠牲《ぎせい》に、超《ちょう》大規模の空間操作を発動させたのだ。

彼女《かのじょ》の術によって霊脈《れいみゃく》の流路は大きく捻《ね》じ曲《ま》げられ、あるいは分散し。

結果的に、『大きな川』であった聖域の霊脈《れいみゃく》は無数の支流へと分けられることとなった。

後は、報告通り。

ただし、まさか精霊《せいれい》が自分の意志で谷から去ったなどという事実が知れれば色々と面倒《めんどう》事になりそうだったため、クレマチヤは死んだと――そういうことには、しておいた。

「……まさか、マチヤさまがこんなに出鱈目《でたらめ》だとは思いませんでした」

彼女《かのじょ》と共に街を歩きながら、疲《つか》れたように呟《つぶや》くナニカに、マチヤはその金色の目を丸くして首を傾《かし》げる。

「だって約束したじゃろうに。谷を出たら、一緒《いっしょ》に旅をしようと。精霊《せいれい》は嘘《うそ》はつかんのじゃ」

「まあ、そうですけど。……まさかそれであんな無茶《むちゃ》をするとまでは」

彼女《かのじょ》の腰《こし》に飾《かざ》られた欠けた『角』を一瞥《いちべつ》してそう告げると、彼女《かのじょ》はふふん、とえらく得意気にない胸を張ってみせる。

「儂《わし》にかかればあの程度、造作もないことよ。……あっ、なんじゃあれ、なんじゃあれ。なんかすっごく旨《うま》そうな匂《にお》いがするぞ」

なにか言いかけたかと思いきや、いきなり近くの焼き菓子《がし》売りの露店《ろてん》へと飛んでいく彼女《かのじょ》。

……なんというか、まるで子供。それもえらいハイテンションな子供である。

オトギに言わせれば、

『ちょいと荒療治《あらりょうじ》だったからなぁ。抗《こう》うつ薬《やく》やECTの反動で躁転《そうてん》した……のかも』

と、これまたいまいちよく分からない説明であったが、ともあれ。

「ああもう、待って下さいマチヤさま！　お店の食べ物は、お金払《はら》わないと食べちゃいけないんですからねー！」

ナニカはもう何度目か分からない注意を彼女《かのじょ》に投げかけて――と、その時のこと。

「こいつは俺《おれ》の連れだ。代金は払《はら》う、受け取れ」

クレマチヤが文字通り食らいついていた露店《ろてん》で、彼女《かのじょ》の代わりに一人の男が店主に銅貨を手《て》渡《わた》していた。

「騎士《きし》の旦那《だんな》様、お代なんて滅相《めっそう》もないことです！　どうぞお好きなだけ、持っていって……」

「お前は、俺《おれ》が盗人《ぬすっと》か物乞《ものご》いにでも見えるのか」

「め、滅相《めっそう》もない！」

そう言って恐縮《きょうしゅく》する露天《ろてん》の店主には目もくれず、男はじっとクレマチヤと、そしてナニカへと鋭《するど》い視線を向ける。……その紫瞳《しどう》には、よくよく見覚えがあった。

「……あなたは」

そこにいたのは、漆黒《しっこく》の僧服《そうふく》に身を包んだ白髪《はくはつ》の男――ユースティスであった。彼《かれ》の姿を認めてそそくさとナニカの方へ駆《か》けてくるクレマチヤ。ナニカもまた、彼女《かのじょ》を庇《かば》うように立ってユースティスを睨《にら》みつけるが――彼《かれ》はというと無感動な瞳《ひとみ》でこちらを見つめ、

「放し飼いにするなら、躾《しつけ》くらいはしておくことだな」

静かにそう告げると、何をするでもなくそのまま踵《きびす》を返《かえ》して立ち去ろうとする。その態度を意外に思いつつ、ナニカは思わず彼《かれ》を呼び止めた。

「……あ、あの。何も、しないんですか」

「どういう意味だ」

「だって、その。貴方《あなた》は……マチヤさまを」

言《い》い淀《よど》むナニカを静かに見つめると、彼《かれ》はこちらへと歩を進め――隣《となり》で立ち止まった。

身構えていたナニカは拍子《ひょうし》抜《ぬ》けして彼《かれ》を見上げるが、そこに浮《う》かんでいるのは変わらぬ無

表情で、ナニカは今更《いまさら》になって恐怖《きょうふ》を思い出す。

あの谷底での一件の後、彼《かれ》はクレマチヤについて一切《いっさい》の追及《ついきゅう》もなく、何も言わずに手勢《てぜい》の騎《き》士《し》たちと共に立ち去っていった。だが——とはいえ彼《かれ》らがクレマチヤを赦《ゆる》したという保証はどこにもない。

けれどそんなナニカの不安をよそに、彼《かれ》は無表情のまま小さく息をつく。

「お前がどう思っているかは知らないが、今の俺《おれ》たちにそいつを狙《ねら》う理由はない。……『角』の欠けた精霊《せいれい》もどきなぞ、世界に何の影響《えいきょう》も及《およ》ぼさんからな」

「ほう、言うのう小僧《こぞう》。……試《ため》してみるか？」

「やーめーてーくーだーさーいーー！」

売り言葉に買い言葉を返そうとするクレマチヤを押《お》しとどめつつ、ナニカはユースティスの表情をつぶさに窺《うかが》う。相変わらずの無表情だが、あまり嘘《うそ》をついているようにも見えない。

確かに——彼《かれ》の言うとおり。『角』を片方失ったクレマチヤは、結果としてとても半端《はんぱ》な存在となった。

精霊《せいれい》未満、人間以上。どう定義すべきかは分からないが、今の彼女《かのじょ》はそういうモノだ。

「……もう、話すことはない。とっとと——」

「あ、あの！」

話を打ち切ろうとするユースティスに、ナニカは引き止めようと声を掛《か》ける。

「何だ」

彼《かれ》の眼光に射竦《いすく》められそうになりながらも、ナニカは震《ふる》えを自制して、言葉を吐《は》き出《だ》した。

「……貴方《あなた》のことは、許せません。フルエナフルエさまを殺した貴方《あなた》たちのことを、私は絶対、許せない。けど――」

大きく息を吸って、ナニカはユースティスを真《ま》っ直《す》ぐに見つめ、続ける。

「マチヤさまを助けるために協力してくれたこと――それだけは、お礼を言わせて下さい」

その言葉に。ユースティスは僅《わず》かにその目を見開いて。その鉄面皮《てつめんぴ》に苦虫を噛《か》み潰《つぶ》したような奇妙《きみょう》な表情を浮《う》かべて、ぷいと顔を背《そむ》けた。

「……礼だと。勘違《かんちが》いをするなよ、星守《ほしも》り。俺《おれ》はお前たちに協力したつもりはないし――お前たちのやり方を認めたわけでもない。お前たちのやり方で、誰《だれ》も彼《かれ》もが救われるわけじゃない」

彼《かれ》の表情は見えないが、その言葉は刃《は》のように鋭《するど》く。びくりと震《ふる》えるナニカにその切っ先を向けて、彼《かれ》は続ける。

「……だが、俺たちのやり方では救えない者をお前たちは救った。……今回はたまたま、そういうことだっただけだ。あの男にもそう、伝えておけ」

それだけ言い残して、彼《かれ》はナニカの返事を待つことなく立ち去ろうとして。

けれどそんな彼《かれ》の服の袖《そで》を、隣《となり》のクレマチヤがむんずと掴《つか》んだ。

「……何のつもりだ」

「儂《わし》としても思うところはあるがの——とはいえナニカの言うとおり、うぬがいなければ儂《わし》は今こうして空の下を歩くことも、美味《うま》いものを食べることもできんかったじゃろうからな」

そう言って彼女《かのじょ》は手に持っていた露店《ろてん》のワッフルを一個、露骨《ろこつ》に名残惜《なごりお》しげな顔で彼《かれ》に差し出す。

「これは礼じゃ、くれてやる。……とっても美味《うま》いぞ」

ユースティスはその紫瞳《しどう》を僅《わず》かに見開いて、そんな彼女《かのじょ》とワッフルを数秒見つめて、やがて。

「……何が『くれてやる』だ。俺《おれ》の金で買ったものだろうが」

小さく舌打ちしてそう告げると、彼《かれ》は乱暴にそれをひったくって踵《きびす》を返《かえ》して歩き去っていく。

そんな彼《かれ》の後ろ姿を見送って、満足げにうんうんと頷《うなず》くクレマチヤ。そんな彼女《かのじょ》をナニカは少し意外そうに見つめる。

「マチヤさま。その……マチヤさまは、あの人のこと、怖《こわ》くはないんですか」

「怖《こわ》い？　何でじゃ」

「それは、その——だってあの人は、マチヤさまを殺そうとした人で……」

そんなナニカの言葉に、マチヤはけれど穏《おだ》やかな笑《え》みを浮《う》かべて首を横に振《ふ》る。

「確かにの。じゃが、奴《やつ》とて儂《わし》を殺したくて殺そうとしていたわけでもあるまい。……もしもうぬらがいなければ、儂《わし》はきっと、大変なことをしでかしていたかも知れぬ。それならば——

人のために、世界のために。あやつらが儂《わし》を殺すのも、またひとつの理屈《りくつ》じゃ」

彼女《かのじょ》の言葉に、ナニカは先ほどのユースティスの言葉を思い出す。

オトギの、ナニカのやり方で、今回はクレマチヤを助けることが出来た。けれど――この先もそうであるという保証はない。

精霊病《せいれいびょう》に冒《おか》された精霊《せいれい》が各地で災厄《さいやく》をもたらしている以上、それを平定するためにはユースティスのようなやり方もまた一つの『救い』で。

精霊《せいれい》のための『救い』。人のための『救い』。……それらがこの先もずっと合致《がっち》し続けるとは限らないのだ。

唇《くちびる》を噛《か》むナニカを見つめて、クレマチヤはけれど、慈《いつく》しむように笑《え》みを浮《う》かべる。

「なに、そう悩《なや》むでない。どうあれ儂《わし》は、うぬらのお陰《かげ》で今こうして生きているのじゃ。……精霊《せいれい》としての力こそ弱まったが、代わりに人に近づき、人と言葉を交《か》わせるようにもなった」

ユースティスの言った通り、今の彼女《かのじょ》は人でも精霊《せいれい》でもない半端《はんぱ》者だ。

力を失う代わりに、人に近くなり。……それゆえに彼女《かのじょ》は精霊《せいれい》でありながら、星守《ほしも》り以外の人間とも言葉を交《か》わし、交わることが出来るようになった。

通りを歩いて行《ゆ》き交《か》う人々を見つめながら、彼女《かのじょ》は満足げに続ける。

「……儂《わし》はの、今のこのありようが楽しくて仕方がない。そして、儂《わし》に『楽しい』という気持ちを思い出させてくれたのは――他ならぬうぬらじゃ。だから」

彼女《かのじょ》はその金色の瞳《ひとみ》を真《ま》っ直《す》ぐにナニカへ向けて。

「だから……うぬはただ、胸を張っておれ」

そう告げると、軽い足取りで通りを進み――また何か興味を惹《ひ》くものを見つけたのか、ふらりふらりと居並ぶ露店《ろてん》に吸い寄せられていく。

そんな彼女《かのじょ》の楽しげな横顔を見つめながら、ナニカは思う。

何にせよ、彼女《かのじょ》は生きていて。今こうして、笑っている。

少なくとも今は――その事実だけで十分なのかもしれない。


「おー、なんじゃこの食い物！　いっこくれ！」

「あいよ、毎度！」

だから、その笑顔《えがお》の為《ため》ならこの程度の散財。……散、財……。

「ああもう、マチヤさま！　そんなに食べたら路銀がちょっとマズいことになるので止めて下さい！」

「ナニカ、ナニカ！　これ旨《うま》いぞ！　うぬも食うのじゃ！」

「あ、ほんとだ……じゃなくて！　もー！」

……とにかく今は、誰《だれ》かを救うとはどういうことか――なんて小難しいことを考えている暇《ひま》はない。まずは彼女《かのじょ》に服の着方と貨幣《かへい》経済についてを教えることが至上命題だろう。

無銭飲食で循環騎士団《サーキュラー》に狙《ねら》われるようなことにでもなったらそれこそ洒落《しゃれ》にならないというものだ。

数千年もの間、人の社会を知らずにいた彼女《かのじょ》にそれを教《おし》え込《こ》むのは一苦労だろうが――まあ、それでもいい。

なにせ、彼女《かのじょ》と旅する時間はまだまだ、沢山《たくさん》あるのだから。

「で、オトギさん。今回の一件は私のこの胸の内にしまっておくとして……オトギさんは、私に何をしてくれるんですか？」

にこにこと。ナニカが退席したのを確認《かくにん》して、アルエはおもむろにそんなことを言った。

そんな彼女《かのじょ》の言葉に、オトギはげっそりとした表情でため息をつく。

「……ま、バレてるとは思ったが」

「バレてますよう。貴方《あなた》がたが力を失った精霊《せいれい》さまを連れて帰ってきちゃったことくらい」

ふふ、と意味深《いみしん》に笑って茶を啜《すす》る彼女《かのじょ》。つくづく、話しているだけで神経がすり減る相手だ。

目頭《めがしら》を揉《も》みながら、オトギはやや前のめりの姿勢で彼女《かのじょ》をじっと見つめる。

「……『黙《だま》っててやるから、対価を支払《しはら》え』。君が言いたいのは、そういうことかい」

「あはは一。困りますよう、そんなチンピラめいた言い方をされるのは。私はただ、真実というモノとよりよいお付き合いがしたいと思っているだけです」

「さいで」

呻《うめ》くオトギを前に上機嫌《じようきげん》そうに笑うと、彼女《かのじよ》は少しだけ神妙《しんみよう》な顔になって静かに続ける。

「精霊《せいれい》さまがご自身の意志で管理地域を捨てて出奔《しゆつぽん》したというのは——事実の中身がどうであれ、我々人間と精霊《せいれい》さまの関係性を揺《ゆ》るがす大問題となりえます。精霊《せいれい》さまは無条件で人を、世界を守るものであり、私たち人間はそんな彼《かれ》らに日々感謝と祈《いの》りを捧《ささ》ぐべし。それが私たちの規定する、私たちの関係性ですから」

「……随分《ずいぶん》と、勝手な言い分だ」

「あはは~。ノーコメントで」

はぐらかしたように笑いながら、彼女《かのじよ》は少しだけ真面目なトーンになり、

「ともあれ。そういうことですから——我々の教義にとって都合の悪いクレマチヤさまのような『例外』は多分、認めてはもらえません。どころか、星火教《うち》のお偉方《えらがた》は大概《たいがい》アレですから……場合によっては後ろ暗い手にだって出かねません」

悪びれたふうもなくそう告げる彼女《かのじよ》に、オトギは肩《かた》をすくめて腕《うで》を組んだ。

「つまりこうか。この先痛い目を見たくなかったら、言うこと聞けって?」

「お互《たが》いに利益のある関係性ってやつです。うぃんうぃん、うぃんうぃん」

両手でピースサインをつくってそう告げた後、彼女《かのじょ》は片方の手で卓上《たくじょう》に無造作に置かれていた一枚の紙をつまみ上げ、オトギへと差し出してくる。

「というわけで、よりよい関係の第一歩です」

「……なんだこりゃ」

紙面に目を通して、オトギは怪訝《けげん》な顔になる。そこに書かれていたのは――

「オトギさんには、私の使いとして各地に出向して精霊《せいれい》さまに関する諸問題の解決にあたって頂ければと思っています。いかがでしょう」

いかがでしょう、も何もない。

要は、これまでの旅にアルエの――『星火教《せいかきょう》』のバックアップが付くと、そういう話だ。

だが――それ故《ゆえ》に、オトギは眉間《みけん》の皺《しわ》を深くする。いつだって、どこでだって、うまい話とただひたすらに、うまい話と言うほかない。

大安売りには罠《わな》があるというのが通例だ。

「アルエ、何を企《たくら》んでる？」

「あら～、信用ないですねぇ。企《たくら》みだなんて、人を何だと思ってるんですか」

悲しいです、と大げさに泣《な》き真似《まね》をしてみせた後、彼女《かのじょ》は渋面《じゅうめん》のオトギにけろりとした顔で続ける。

「オトギさんのご心配してらっしゃるようなことはないですよ。オトギさんの扱《あつか》いはあくまで外部協力者という括《くく》りになりますから、『星火教《せいかきょう》』に取《と》り込《こ》まれるってこともないですし。お二人……いえ、お三方《さんかた》の旅についていても、特段制約を設けることはありません」

「それで、君に何の得がある？」

「オトギさんみたいな有能な手駒《てごま》をうまいこと使って各地の所轄《しょかつ》に恩を売れれば、私の株がぐいぐい上がっちゃうって寸法です」

「……手駒《てごま》って言い切りやがったなてめぇ」

驚《おどろ》くほどに素直《すなお》にそう告げた彼女《かのじょ》に、オトギはもう一度唸《うな》って。しばらく穴が開くほどに書面を見つめ続けた後――

「……分かった。引き受ける」

観念したようにそう答えると、アルエは満足げに頷《うなず》いた。

「ご協力、感謝します」

「協力しなかったら君、すぐにでもあいつらをとっ捕《つか》まえに行ったんじゃないのか」

「おや失敬な。『すぐに』じゃなくて、いつでも実行できるよう部下を数人付けていましたよ」

本気か冗談《じょうだん》かまるで分からない。……いや、彼女《かのじょ》の場合は十分にやりかねない。

冷《ひ》や汗《あせ》を一筋垂らすオトギに、彼女《かのじょ》はそこで、「さて」と声を上げた。

「そうと決まれば、そうですね。オトギさんには専用の役職をお与《あた》えしなきゃいけません」

「いや、別に。君の協力者ってだけでいいだろ」

「そういうわけにもいきません。オトギさんにはこれから、私の名声を高めるためにたっぷりと活躍《かつやく》してもらうんですから。相応《ふさわ》しい名前をつけておかなきゃ、締《し》まらないってものです」

「名前、ねぇ」

お役所的なことを言うもんだ、と思いながらオトギが呆《あき》れ顔で眺《なが》めていると、彼女《かのじょ》は何やら思いついたらしく声を上げた。

「よろしい、決まりました。……オトギさん」

「はいはい」

かしこまった様子で向き直ると、彼女《かのじょ》は仰々《ぎょうぎょう》しい口調で、告げる。

「貴方《あなた》を精霊病《せいれいびょう》特別顧問《こもん》――『精霊科医《せいれいかい》』として、ここに任命します。くれぐれも、私に恥《は》じることのない働きを期待していますよ？」

いたずらっぽく笑いながら、彼女《かのじょ》はオトギに手を差し出して。

オトギはその手を――肩《かた》をすくめながら、握《にぎ》り返す。

■オトギの備忘録《びぼうろく》■

『霊脈《れいみやく》』と『聖域』

霊脈《れいみやく》とは、大地を循環《じゅんかん》する霊子《マナ》の流れのこと。聖域というのはこの霊脈《れいみやく》がいくつも集合した地域を指す。

いわば霊脈《れいみやく》は、霊子《マナ》の川。聖域は、そんな川がいくつも合流して出来た大河、と考えれば分かりやすいか。

聖域はその性質上莫大《ばくだい》な量の霊子《マナ》が蓄積《ちくせき》しており、精霊病《せいれいびょう》などを契機《けいき》とした大規模な異変が起こりやすい。そのため頻繁《ひんぱん》に調査が行われているという。

……あの『世界の口』とかいう聖域でも、これまでにもっと深い調査が行われていれば今回みたいなことにはならなかったかもしれないが。今更《いまさら》それを言った所で、後の祭りだろう。

■エピローグ——イスファリアの精霊科医《せいれいかい》■

「よう、待たせたな」

「あ、オトギさん」

あちらこちらへとふらふら動き回るクレマチヤをどうにか引っ張って教会まで戻《もど》ってくると、オトギがこちらに手を振《ふ》ってきた。

「アルエさんとのお話は、終わったんですか？」

「ああ」

「どんなお話だったんですか？」

「いや別に、大したことじゃないよ」

露骨《ろこつ》に視線を逸《そ》らしてそう嘯《うそぶ》くオトギ。つくづくこの人は、嘘《うそ》をつくのが下手《へた》だと思う。

ナニカがじいっと半眼で見つめていると、やがて彼《かれ》は観念したように両手を上げた。

「……ちょいと用事を任されてね。これからもまたしばらくは、君と一緒《いっしょ》にあちこち回ってこいってさ」

「……ふーん、そうですか」

しばらくは。

彼《かれ》の告げた何気ない言葉に、ナニカはなんとなく――心がざわつくのを感じて。

歩き出そうとする彼《かれ》の背中に、思わず声を投げかける。

「あの、オトギさん」

「ん？」

「オトギさんは――どうして、旅をしているんですか？」

前にも訊《き》いた質問だ。その答えは、とうに知っていた。

オトギは少しだけ驚《おどろ》いた顔で、けれどすぐに肩《かた》をすくめながら口を開く。

「言ったろ、僕《ぼく》は異世界に渡《わた》る方法を……そういう力を持つ精霊《せいれい》を、探してるって」

「違《ちが》う世界から来たから、ですか？」

静かにそう問いを重ねたナニカに、オトギは少しだけ気圧《けお》された様子で、

「……ああ。そうだ。それが、どうにか――」

「なら。オトギさんは――もしもそういう力を持つ精霊《せいれい》さまが見つかったら、帰っちゃうんですか？　……オトギさんがいたっていう、『元の世界』に」

以前、クレマチヤは言っていた。彼《かれ》が――別の世界から来た人間であると。

彼女《かのじょ》がそう言うのであれば、それは恐《おそ》らく事実なのだ。おおよそ信じられないが――彼《かれ》は、この世界の人間ではない。

ならば。

彼《かれ》の、旅の目的は――『帰る』ことに他ならないのではないか。

ナニカの問いに、彼《かれ》はしばらく口を噤《つぐ》んで――やがて、

「……まあ、そうだな」

短く、そう答えた。

その言葉が、どうしてかナニカの心にずしんと重くのしかかる。どうしてか分からないけれど、胸がざわつく。気持ち悪い。

もう、ここで話を打ち切ってしまいたかった。なのにどうしてか、口は勝手に、言葉を紡《つむ》ぐ。

「なら、オトギさんはもう、私と一緒《いっしょ》に旅をしなくてもいいじゃないですか」

言ってしまった。どっと後悔《こうかい》が湧《わ》き上《あ》がってくるけれど、もう、歯止めが効かない。

「……ナニカ？」

「だって、そうじゃないですか。マチヤさまが――オトギさんが探し求めていた力を持つ精霊《せいれい》さまが、ここにいて。なら、オトギさんは……もう、ここに居る意味は、ないじゃないですか。私と旅をする意味なんて、もうないじゃないですか」

オトギの旅は、帰る方法を探すための旅。

ならばクレマチヤという「手段」が今ここにある以上――彼《かれ》にはもう、旅をする動機はない。

もう彼《かれ》が、ナニカと共に旅をする必要は――何一つ、ありはしないのだ。

目の端《はし》のほうが、じんわりと熱い。

こんな顔、見られたくない。そう思ってナニカは顔を伏《ふ》せるが——それは、地面に大きな水《すい》滴《てき》を落とすに至っただけだった。

「……うぅ、ひっく」

別に、悲しいことなんてあるはずない。

オトギさんが居なくなっても。そんなことは私には全く関係ないのだから。

ずっと、独りで旅をしてきた。オトギと旅をするようになって、二人旅になった。

今度はただ、入《い》れ替《か》わるだけ。また、クレマチヤと二人旅になって——それだけだ。

それだけなのに、どうして。

どうしてこんな風に、寂《さび》しくてしょうがないのだろう。

「……あー、ナニカ。ええとだな」

オトギが何か声を掛《か》けようとするが、頭の中がぐちゃぐちゃになってよく分からない。

じんわりと、感じ続けていた不安。

あの谷で、彼《かれ》が本当に異世界人であると知った時から——ナニカの中に、漠然《ばくぜん》とあった不安。

蜂《はち》の巣《す》を突《つつ》いたみたいに、それがわっと吹《ふ》き出《だ》してきて。

とめどなく、止まることなく溢《あふ》れ出《で》て——

「……ナニカ、聞いてくれ！」

がしりと、オトギの大きな手が肩《かた》を摑《つか》んで。その衝撃《しょうげき》で、ナニカはすっと引《ひ》き戻《もど》される。

見上げると――オトギが、いつになく真剣《しんけん》そうにこちらを見つめていて。

そんな二人を脇《わき》で見ていたクレマチヤが、不意に口を挟《はさ》んだ。


「心配せんでも、そいつは当分、帰れんぞ」


「…………え？」

軽い調子で告げたクレマチヤに、ナニカは思わず、気の抜《ぬ》けた声を出してしまう。

「……帰れないって。でも、マチヤさまのお力があれば、別の世界に行くことだって」

「それは僕《ぼく》も考えたんだけどさ。……どうも、無理らしいんだ」

苦笑《くしょう》混じりに答えたオトギの言葉を継《つ》ぐように、クレマチヤがさらに続ける。

「うぬらも知っての通り、今の儂《わし》は――この有様《ありさま》。精霊《せいれい》としては、ハッキリ言って欠陥《けっかん》品の不良品じゃ」

己《おのれ》の腰《こし》に飾《かざ》られた片割れの『角』を一瞥《いちべつ》して、そう告げるクレマチヤ。

「片方の『角』だけでも精霊術《せいれいじゅつ》は使えるし、まだまだうぬら人間とは別格である自信はあるがの。とはいえ――異世界まで穴を空けるのは、ちと骨が折れる。というかアレは莫大《ばくだい》な量の霊《マ》子《ナ》を使うからのう。それこそあの聖域……あのくらい、無尽蔵《むじんぞう》の霊子《マナ》が貯蔵されている場所でもなければ到底叶《とうていかな》わん」

「……ってこと、らしくてな」

肩《かた》をすくめながら、やや残念そうにそう呟《つぶや》いて——それから彼《かれ》は、安心させるように口元に笑《え》みを浮《う》かべて、続ける。

「ともかく、そういうわけだから。残念ながら、僕《ぼく》は当分君の路銀を食《く》い潰《つぶ》しながら一緒《いっしょ》に旅をすることになったらしい」

「儂《わし》も、儂《わし》も」

「…………はぁ…………」

ぽかんと口を開けて、目をぱちくりさせるナニカ。そんな彼女《かのじょ》の肩《かた》を軽く叩《たた》いて、オトギは何やらにやにやしながら頷《うなず》く。

「いやー、でもちょっと意外だったな。……君がまさか、泣いてまで僕《ぼく》を引き留めようとしてくれるとは」

「……っ！」

からかうような笑《え》みを浮《う》かべてそう告げたオトギに、ナニカは顔を真っ赤にして言葉を失う。

するとそれに便乗して、クレマチヤまでもが参加してきた。

「むぅ。儂《わし》の時は泣かなかったのに、なんか悔《くや》しいのう」

「いや、それは。違《ちが》うんです、その」

「愛ってやつかのう。むぅ、妬《ねた》ましいわ」

「ちーがーいーまーすーっ！」

「ははは」

そんな二人のやりとりを見て笑うオトギを、ナニカは鋭《するど》い視線で威嚇《いかく》して――それから、先ほど流した涙《なみだ》……もとい塩水がまだ頬《ほお》に残っていることに気づいて慌《あわ》てて服の裾《すそ》でこする。

そんな彼女《かのじょ》を、微笑《ほほえ》ましげに見つめつつ。

「まあ、何にせよ。……仮にマチヤの力が戻《もど》ったり、何かしらそれ以外の方法が見つかったとしても――どっちみち、当分は帰れそうにない」

「……え？」

その言葉の意図が分からず、訊《き》き返すナニカに。

彼《かれ》は不器用なウインクをひとつして、静かに笑ってみせる。

「なんせ僕《ぼく》は、約束しちまったからな。君に――僕《ぼく》の持っている知識と技術の全てを伝授するってさ」

そんな、彼《かれ》の言葉に。ナニカはどうしてか、また目元が熱くなってくるのを感じて。

すぐにぷいと顔を逸《そ》らすと、声の震《ふる》えが目立たないよう大声で返す。

「あ、当たり前です！　……徹底的《てっていてき》に、びしびし教えて貰《もら》いますから。全部、全部吸収しつくしてやりますから。それで、オトギさんなんてすぐに元の世界に蹴《け》り返してやります！」

「おう、そいつは心強いね」

肩《かた》を揺《ゆ》らして笑いながら、そこでオトギは、その手を差し出す。

「それじゃあ、ナニカ。……改めて、これからも——世話になるぜ」

その手をじっと見つめて、次に彼《かれ》の顔を見返した後、ナニカはむすっとした表情のままでその手を取ると。

「……はい、オトギさん。これからも、お世話になります」

しっかりと握手《あくしゅ》を交《か》わした後に、脇《わき》からにゅっと手が伸《の》びてきて、

「うぬら、儂《わし》を仲間外《はず》れにしていてなんか腹立つぞ！」

頬《ほお》を膨《ふく》らませてそう告げたクレマチヤに——二人は同時に吹《ふ》き出《だ》して、小さく笑う。


駆《か》け出《だ》し星守《ほしも》りと、異邦《いほう》の精霊科医《せいれいかい》。

二人に一柱《ひとはしら》を加えた彼《かれ》らの旅は——いや、もはや仔細《しさい》を語らずともよいだろう。

たとえ世界が変わっても。
心を救うには、心さえあれば十分なのだ。

あとがき

初めての方は初めまして、お久しぶりの方は有難《ありがと》うございます。西塔鼎《さいとうかなえ》と申します。

前作から一年以上経《た》っててなんというかアレですが、またぞろこんな感じの医療《いりょう》モノもどきをお送りさせて頂きました。

中身としては前作「かみさまドクター」同様「人ならざるもの」に対する医療《いりょう》モノ。身体的なところに焦点《しょうてん》を当てたり当てなかったりした前作とは違《ちが》って今度は『こころの病』がメインとなっております。

……などと言いつつ疾患《しっかん》の病態や治療《ちりょう》、経過については大きくデフォルメしている部分もあるため詳《くわ》しい方からしてみれば不自然を感じる部分もあるかもですがそこはそこ。

基本的には小難しい専門用語なんぞはフレーバー程度に流しつつ、ダメダメなおじさんと小心者で頑張《がんば》り屋の女の子の旅路をメインに楽しんで頂けていれば幸いと思っております。

……とまあこの辺で既《すで》に書くことがなくなってきてたりするんですが。あとがきも見開き分くらいはないと流石《さすが》に寂《さび》しいのでここらでどうでもいい小ネタをひとつ。

実を言うと今現在、このあとがきを書いているタイミングでは実は本作のタイトルがまだ決まっていなかったりします。

当初の仮題は「精霊科医《せいれいかい》モノ（仮）」。そこから、

「イスファリアの精霊科医《せいれいかい》」「薬士ナニカの処方箋《しょほうせん》」「精霊《せいれい》さまの処方箋《しょほうせん》」なんて案を出したりしつつ、今現在タイトル案として行ったり来たりしているのが、「エレメンタル・ドクター」「エレメンタル・メンタルケア」の二案。精霊《エレメンタル》と精神《メンタル》を掛《か》けるのは上手《うま》いな！　と感服したりしてますが何を隠《かく》そう編集さん発の案です。お見事。

とまあ、そんなこんなでギリギリまで悩《なや》んでいる本作「精霊科医《せいれいかい》（仮）」。皆様《みなさま》の前に顔見せする時にはどんなタイトルになっているのでしょうか。この先は君の目で確かめてくれ！

……なんて一昔前の攻略《こうりゃく》本めいたことを言いつつ、紙面も終わりが近いので恒例《こうれい》の謝辞を。

担当様、平素より大変お世話になっております。タイトル決めでは毎度ドンピシャな案を出して頂いてて、作者より作品のこと分かってるな……といつも戦慄《せんりつ》しております。

イラストレーターの風花風花《かざばなふうか》先生。最初頂いたキャラデザ拝見した段階でああもうかわいいやばいかわいいやばい……と変なテンションになりました。本当に有難《ありがと》うございます。

そしてそして本書を手にとって下さった皆様《みなさま》。こんなところまで読んで頂いて、まっこと有難《ありがと》うございます。

誰《だれ》かが本書で何かを感じて、楽しんで、心を動かしてくれていたなら。それは私にとって何より嬉《うれ》しいことです。

どうか皆様《みなさま》にとって、本書との出会いが益体《やくたい》のあるものでありますように。

西塔　鼎

◉西塔　鼎著作リスト

「ウォーロック・プリンセス　戦争殺しの姫君と六人の家臣たち」（電撃文庫）
「かみさまドクター　—怪医イサナさんの症例報告—」（同）
「エレメンタル・カウンセラー　-ひよっこ星守りと精霊科医-」（同）

本書に対するご意見、ご感想をお寄せください。

電撃文庫公式ホームページ 読者アンケートフォーム
http://dengekibunko.jp/
※メニューの「読者アンケート」よりお進みください。

ファンレターあて先
〒 102-8584　東京都千代田区富士見 1-8-19
アスキー・メディアワークス電撃文庫編集部
「西塔 鼎先生」係
「風花風花先生」係

本書は書き下ろしです。

電撃文庫

エレメンタル・カウンセラー
―ひよっこ星守《ほしも》りと精霊科医《せいれいかい》―

西塔《さいとう》 鼎《かなえ》

2018年1月10日　初版発行

発行者　郡司 聡
発行　株式会社KADOKAWA
〒102-8177　東京都千代田区富士見2-13-3
プロデュース　アスキー・メディアワークス
〒102-8584　東京都千代田区富士見1-8-19
03-5216-8399（編集）
03-3238-1854（営業）
装丁者　荻窪裕司 (META＋MANIERA)
印刷　株式会社暁印刷
製本　株式会社ビルディング・ブックセンター

ISBN978-4-04-893580-7　C0193　Printed in Japan

電撃文庫　http://dengekibunko.jp/
株式会社 KADOKAWA　http://www.kadokawa.co.jp/

電撃文庫創刊に際して

文庫は、我が国にとどまらず、世界の書籍の流れのなかで〝小さな巨人〟としての地位を築いてきた。古今東西の名著を、廉価で手に入りやすい形で提供してきたからこそ、人は文庫を自分の師として、また青春の想い出として、語りついできたのである。

その源を、文化的にはドイツのレクラム文庫に求めるにせよ、規模の上でイギリスのペンギンブックスに求めるにせよ、いま文庫は知識人の層の多様化に従って、ますますその意義を大きくしていると言ってよい。

文庫出版の意味するものは、激動の現代のみならず将来にわたって、大きくなることはあっても、小さくなることはないだろう。

「電撃文庫」は、そのように多様化した対象に応え、歴史に耐えうる作品を収録するのはもちろん、新しい世紀を迎えるにあたって、既成の枠をこえる新鮮で強烈なアイ・オープナーたりたい。

その特異さ故に、この存在は、かつて文庫がはじめて出版世界に登場したときと、同じ戸惑いを読書人に与えるかもしれない。

しかし、〈Changing Times,Changing Publishing〉時代は変わって、出版も変わる。時を重ねるなかで、精神の糧として、心の一隅を占めるものとして、次なる文化の担い手の若者たちに確かな評価を得られると信じて、ここに「電撃文庫」を出版する。

1993年6月10日
角川歴彦

電撃文庫DIGEST　1月の新刊

発売日2018年1月10日

はたらく魔王さま!18

【著】和ヶ原聡司　【イラスト】029

マグロナルド幡ヶ谷駅前店に新店長がやってきた。新体制にバタつく中、さらに千穂も受験のためバイトを辞めることに!　お店と異世界両方の危機を救うべく、魔王に秘策が!?

ストライク・ザ・ブラッド APPEND1 人形師の遺産

【著】三雲岳斗　【イラスト】マニャ子

吸血鬼だけが発症する奇病、吸血鬼風邪に倒れた古城。張り切って彼を看病する雪菜だが……!　シリーズ初の番外編。もうひとつの「聖者の右腕」の物語!

ソードアート・オンライン オルタナティブ クローバーズ・リグレット2

【著】渡瀬草一郎【イラスト】ぎん太【原案・監修】川原 礫

《アスカ・エンパイア》というVRMMO内で《探偵業》を営むクレーヴェル。戦巫女のナユタと忍者のコヨミを助手に迎え(?)、今日も新たな《謎(クエスト)》に挑む。

賭博師は祈らない③

【著】周藤 蓮　【イラスト】ニリツ

賭博が盛んな観光地バースへたどり着いたラザルス。気ままで怠惰な逗留をリーラと楽しむはずだったが、身分不明の血まみれ少女を保護してしまったことで、ある陰謀に巻き込まれ……。

陰キャになりたい陽乃森さん Step2

【著】岬 鷺宮　【イラスト】Bison倉鼠

陽乃森さん陰キャ化事件からしばらく。今度は陰キャ部員たちが陽キャになる……だと!?　って、無理に決まってんだろ……。でもそこに陽乃森さんが加担することで、事態は急展開し——!?

新作　うちの姉ちゃんが最恐の貧乏神なのは問題だろうか

【著】鹿島うさぎ　【イラスト】かやはら

俺は超貧乏人。理由は、俺の姉を自称する貧乏神・福乃が憑いているからだ。見た目が可愛い福乃だが、激オコになると、しょんべん漏らすほど怖い。マジだぜ……。

新作　ゼロの戦術師

【著】紺野天龍　【イラスト】すみ兵

突然人類に発現した異能の力《刻印(ルーン)》。その才能の優劣によって序列を決められる世界。生まれつき《ウィアド(能なし)》のエルヴィンは、ある少女と出会い、図らずも世界の大きなうねりに巻き込まれていく——

新作　君のみそ汁の為なら、僕は億だって稼げるかもしれない

【著】えいちだ　【イラスト】シソ

大好きな春日井食堂の看板娘・夢路さん(と看板メニューのみそ汁定食)を守る為、貧乏学生である僕が学費100万を元手に1億稼ぐ戦いが始まる!

新作　エレメンタル・カウンセラー ―ひよっこ星守りと精霊科医―

【著】西塔 鼎　【イラスト】風花風花

「こいつは『こころの病』……治せる病気だ」。精霊と対話する『星守り』の巫女・ナニカの前に現れた男・オトギ。二人の、精霊の"心"を救う異世界の旅が始まる——。

新作　天華百剣 ―乱―

【著】出口きぬごし【イラスト】あきは【原作】天華百剣プロジェクト

300万DLを突破した人気スマホアプリ『天華百剣』の原作ストーリーが、いよいよノベル化!　三十二年式軍刀甲をはじめ、強く可愛く健気な〈巫剣〉たちがキミの心を"斬る"!!

第23回電撃小説大賞《大賞》受賞作!!
最終選考委員・編集部一同を唸らせた
エンターテイメントノベルの
真・決定版!
86
[EIGHTY SIX]
―エイティシックス―
The dead aren't in the field.
But they died there.
[著]
安里アサト
[イラスト]
しらび
[メカニックデザイン] I-IV
The number is the land which isn't admitted in the country.
And they're also boys and girls from the land.
ASATO ASATO PRESENTS
Illustration/Shirabi Mechanical Design/I-IV
電撃文庫